Alleen

Van Greetje van den Berg verschenen eerder
bij Uitgeverij Zomer & Keuning o.a.

Kindlief
Een nieuwe naam
Onder de linde
De vader van Luca
Stil vuur
Eén vonk

Greetje van den Berg

Alleen

Z&K

Uitgeverij Zomer & Keuning

ISBN 9789020545494
ISBN e-book 9789020545500
NUR 344

Postbus 13288, 3507 LG Utrecht

Omslagontwerp Liesbeth Thomas, t4design
Auteursfoto: Femke Koning

www.greetjevandenberg.nl
www.romanserie.nl
www.zomerenkeuning.nl

Uitgeverij Zomer & Keuning vindt het belangrijk om op milieuvriendelijke en verantwoorde wijze om te gaan met natuurlijke bronnen. Voor de papieren editie van dit boek is daarom gebruikgemaakt van papier waarbij zeker is dat de productie ervan niet heeft geleid tot bosvernietiging.

Alleen als je in het licht gelooft,
al is het maar een vonkje,
ben je ertegen opgewassen.

Nynke

De hoop heeft twee dochters: woede en moed.
Woede over de situatie zoals zij is
en de moed om er iets aan te veranderen.

Augustinus

1

Voorjaar 2012

Zon won het van de bewolking. Wind hield zijn adem in en de groene vlaggen van de Boma bouwmarkt van Gerben Zomerman hingen roerloos neer. Gerben zelf verwonderde zich over de drukte die op deze zaterdagmorgen al vroeg was begonnen. Het weer nodigde toen nog niet echt uit om te gaan klussen of planten voor de tuin aan te schaffen. Pas later op de dag was het beter geworden. Hij was naar buiten gelopen en stond bij de stellingen met tuinplanten die voor de winkel stonden. Als warme broodjes gingen de geraniums, fuchsia's, margrieten en petunia's over de toonbank. Met winkelwagens vol liepen mensen over de parkeerplaats naar hun auto's, alsof ze hoopten dat ze de lente ermee konden afdwingen.

Hij schudde zijn hoofd en draaide zich om. Nadenkend haalde hij een hand door zijn donkerblonde krullen. Volgende week moest hij naar de kapper. Het werd al weer veel te lang. Hij liep terug. De deuren van zijn winkel openden zich.

'Gerben!' Een bekende stem galmde over het terrein. Hij draaide zich om. Zijn vrouw Giny en hun zevenjarige tweelingdochters Fay en Cato stonden een eind verderop met hun fietsen te wachten.

'Gaan jullie al?'

De deuren schoven dicht. Hij wilde hun kant uit lopen.

'Is het niet te vroeg om nu al tuinplanten te kopen?' Een oudere vrouw keek hem fronsend aan. 'Er wordt nachtvorst voorspeld.'

Hij kon nog net een zucht binnenhouden, gebaarde naar Giny dat ze even moest blijven wachten. 'Vaak wordt ijsheiligen aangehouden.' Hij probeerde geduldig te blijven. 'Dat is ergens in mei.'

De vrouw knikte instemmend, begon vervolgens een hele litanie over grote winkelketens waarvoor het alleen van belang was dat ze verdienden en over consumenten die niet meer konden wachten. 'Witlof in de zomer, sla in de winter, het kan tegenwoordig allemaal. Vroeger verheugden we ons op sla in de zomer. Het was niet vanzelfsprekend.' Hij luisterde half, kon zijn irritatie haast niet onderdrukken. Ze kwam weer terug op ijsheiligen. Hij ging er direct op in. 'Ik zou u aanraden om de planten 's nachts binnen te zetten tot ongeveer half mei. Overdag is het geen enkel probleem.'

Vanuit zijn ooghoeken registreerde hij het ongeduld van Giny. Fay en Cato fietsten rondjes over het terrein. Hij hoopte maar dat hij het zo goed had uitgelegd.

'U snapt wel dat ik op mijn leeftijd niet meer met plantenbakken ga sjouwen.' Ze klonk alsof ze zich miskend voelde.

'Dat zou ik u ook zeker niet aanraden. Gelukkig heb ik in mei ook tuinplanten te kust en te keur. U zult zien dat het aanbod dan nog groter is. De mensen die nu planten meenemen, zullen waarschijnlijk wel in staat zijn om de bakken heen en weer te sjouwen.'

'Ik betwijfel dat.' Het klonk zuinig.

Giny stapte op de fiets en riep de meisjes. Wat hij nog nooit gedaan had, deed hij nu. Hij verontschuldigde zich bij zijn klant en nog voordat ze commentaar kon geven, riep hij al: 'Giny, wacht!'

Ze hoorde hem en stapte af.

'Sorry... ik kon niet van haar afkomen,' zei hij zachtjes zodat Fay en Cato het niet zouden horen en wendde zich tot zijn dochters. 'Jullie gaan logeren bij opa en oma en tante Irene. Veel plezier, en als jullie heimwee krijgen, kunnen jullie bellen.'

Zijn suggestie werd schamper begroet. 'Wij krijgen echt geen heimwee!' kwam het tegelijkertijd uit twee monden. Hij gaf Giny een kus. 'Doe je familie de groeten. Aan het einde van de middag ben je er toch wel weer?'

'Tuurlijk... als wij samen uit eten gaan, moet ik me toch een beetje opdoffen?' Haar lippen waren rood en glanzend van de lippenstift. Ze kuste hem voorzichtig, veegde daarna over zijn mondhoek. 'Er is toch nog wat achtergebleven.'

Ze lachte, ze zag er vrolijk uit. Hij wist dat ze zich verheugde op een avond samen. Ondanks de drukte in zijn winkel bleef hij hen nakijken. Hij dronk het beeld in van zijn vrouw met zijn kinderen. De halflange, blonde haren van zijn dochters, die achter hen aan fladderden, het roze jasje van Fay, de kobaltblauwe van Cato, hun trappende voeten. Giny keek nog eens om. Haar bruine, corduroy rok schoof omhoog, hij zag haar knieën boven de laarzen met de hoge hakken in dezelfde tint als de rok. Daarop droeg ze een kort, cognackleurig jasje dat haar prachtig stond. Elk detail prentte hij zich in, haar korte, donkere haar, haar ogen die de zijne zochten. Hij zwaaide tot ze uit het zicht waren verdwenen.

Pas later besefte hij hoe belangrijk het was dat hij dat had gedaan, alsof hij onbewust had aangevoeld dat alles anders zou worden.

Haar ouders stonden in de deuropening. Fay en Cato wilden een kus. Giny omarmde hen voor de derde keer, keek daarna snel op haar horloge en concludeerde dat ze veel te lang was blijven zitten. Het was zo gezellig geweest. Een groot deel van de middag was haar zus Irene gebleven. Ze had Fay en Cato met klei laten boetseren in haar atelier dat aan het huis van haar ouders grensde. Irene bewoonde een deel van de bovenverdieping. Nadat alleen zij nog thuis woonde, hadden haar ouders de leegstaande kamers boven laten verbouwen tot een klein appartement, en op de begane grond was er een ruimte aangebouwd waar Irene haar atelier had. Zo hadden ze haar ervan kunnen weerhouden om op kamers te gaan. Irene leidde een druk leven. Vaak was ze op pad met vrienden of ze sloot zich op in haar atelier om alleen tevoorschijn te komen wanneer ze hadden afgesproken om samen te eten. Voor de tweeling maakte ze altijd een uitzondering. Ze was dol op Fay en Cato. Het werd tijd dat ze zelf ook eens aan de man kwam en kinderen kreeg, dacht Giny vaak. Wanneer ze die suggestie met haar zusje deelde, lachte Irene haar uit. Ze had geen tijd voor een man, laat staan voor kinderen. Giny was ervan overtuigd dat ze de lat veel te hoog legde. Een paar keer had ze het begin van een relatie gehad, maar het liep altijd op niets uit. De laatste was Pieter geweest en Giny had echt gehoopt dat hij haar zwager zou worden. Ze kon uitstekend met hem overweg, maar dat bleek voor Irene niet op te gaan. 'Hij kamt mijn werk altijd af,' had ze gezegd. 'Ik vind het prima als iemand er met een kritische blik naar kijkt, maar hij zegt nooit iets positiefs.'

Bij nader inzien was dat Giny ook wel opgevallen. Pieter, was net als Irene, beeldend kunstenaar, maar hij creëerde kunst van afval en dat leek hij kunst van een veel hoger niveau te vinden dan de beelden die Irene maakte. Ze gaf de tweeling een laatste kus en stapte op haar fiets. Als ze nog langer bleef staan, zou Gerben eerder in huis zijn dan zij en ze wilde nog even douchen voordat ze iets anders aantrok. De jurk die ze vanavond zou dragen, hing al aan de kast. Ze wist dat Gerben die mooi vond.

Onwillekeurig glimlachte ze. Misschien zou ze hem vanavond kunnen overhalen om een weekendje weg te gaan. Laatst had ze het er ook al met hem over gehad. Een hotelletje net over de grens in Duitsland leek haar wel wat. In Bad Bentheim had ze een mooi hotel in het centrum gevonden. Ze had het Gerben al laten zien. Wanneer zij verder alles regelde, zou hij alleen nog een datum moeten vinden waarop Rogier Cuijlenburg een weekend voor hem wilde waarnemen. Ze had de rechterhand van Gerben al voorzichtig gepolst. Zoals gebruikelijk gaf dat geen problemen. Haar ouders zouden vast op de tweeling willen passen.

Wat verlangde ze ernaar om er even helemaal uit te zijn, ver van de bouwmarkt en alles wat daarbij hoorde. Ze wist dat Gerben er moeite mee had, maar ze deelde zijn passie op dat gebied niet. Als ze echt even weg zouden zijn, kon Gerben de winkel ook even loslaten. Hun woning stond op hetzelfde terrein. Wanneer ze thuisbleven, was Gerben altijd wel een keer nodig en dan zat hij zomaar weer een paar uur in de winkel. Als ze dat van tevoren had geweten, zou ze hebben gestaan op een woning elders in de stad. Nu moest ze het hebben van af en toe een weekendje weg. Het leek haar heerlijk en voor hem zou het ook goed zijn. Op de website van het hotel had ze al foto's van een uitgebreid ontbijtbuffet gezien. Van zulke dingen kon ze intens genieten, al at ze maar een klein beetje. Ze moest op haar lijn letten. Na de zwangerschap van Fay en Cato waren er een paar kilo's bijgekomen. Volgens Gerben stonden die haar goed, maar zij wilde beslist niet zwaarder worden.

Ze reed de rotonde op, stak haar hand naar links uit zodat de chauffeur van de auto die eraan kwam zou zien dat hij voor haar moest stoppen. De man leek het in de gaten te hebben. Ze fietste verder en schrok toen de auto toch doorreed. Er was geen ontwijken meer aan. Ineens vloog ze door de lucht en viel met een klap neer. Ze zou te laat thuis zijn om zich op te knappen, flitste door haar hoofd voordat het de rand van de rotonde raakte.

Daarna verdween elke gedachte.

Gerben had de sirenes van de ambulances en de brandweer gehoord. Een traumahelikopter was zelfs over zijn winkel gevlogen, had Heleen verteld. Ze was toen net een oudere klant aan het helpen om plantenbakken en planten naar zijn auto te brengen.

Heleen was altijd behulpzaam. Een jaar geleden had ze bij hem gesolliciteerd. Hij was verbaasd omdat een vrouw met zo'n opleiding en cv als het hare als kassamedewerker in zijn winkel wilde werken. Na jaren waarin ze diverse administratieve functies had vervuld, was ze communicatie gaan studeren. Dat had haar een baan op de afdeling communicatie bij de gemeente opgeleverd. Een teleurstellende ervaring, had ze het genoemd. Het was een kleine afdeling met mensen die er al jaren werkten. Zij kwam er niet tussen, haar ideeën werden niet op prijs gesteld.

'Waarom solliciteer je dan niet ergens anders naar een soortgelijke functie?' had hij verbaasd gevraagd. 'De verdiensten als kassamedewerker zijn een heel stuk lager dan je gewend bent.'

'Omdat ik even rust in m'n hoofd wil. De afgelopen twee jaar hebben veel met me gedaan. Financieel kan ik me goed redden, ondanks mijn scheiding. Bovendien ben ik nu natuurlijk genoodzaakt om zelf de klusjes in mijn flat aan te pakken. Ik heb op dat gebied dus enige ervaring.'

Haar lach was innemend. Toch had hij haar niet aangenomen. Heleen was vierenveertig en daarmee een paar jaar ouder dan hij. Hij kon zich echt niet voorstellen dat ze bij hem achter de kassa wilde zitten.

Twee weken later stond ze weer op de stoep. Ze had nagedacht en meende dat zijn weigering wellicht te maken had met de angst dat ze snel weer op zou stappen. Dat wilde ze rechtzetten. Hij had er helemaal niet meer over nagedacht, maar haar vasthoudendheid en de verzekering dat ze echt niet van plan was om op korte termijn weer te vertrekken, hadden hem toch over de streep getrokken.

Hij had er geen spijt van. Heleen ging rustig haar gang, was klantvriendelijk, deed meer dan er van haar werd verwacht en was nooit te beroerd om extra uren te werken. Hij betrapte zich erop dat hij steeds vaker haar mening vroeg als hij wilde adverteren. Ze had een frisse kijk op die dingen.

Na haar opmerking over de traumahelikopter had hij even aan Giny gedacht. Hij vroeg zich af of ze al thuis was, maar net toen hij wilde gaan kijken, was hij weer elders nodig. Andere zaken namen hem in beslag. Nog een uurtje voordat de zaak ging sluiten. Giny was vast langs gefietst zonder dat hij het had gezien. Het grootste deel van de tijd had hij binnen doorgebracht.

Hij was opgewekt aan het fluiten op het moment dat de twee agenten zijn zaak binnenkwamen, een man en een vrouw die zoekend rondkeken. Onmiddellijk hield hij op met fluiten. Nog even hoopte hij dat ze een andere reden hadden toen ze vroegen of hij met hen mee naar zijn kantoor wilde komen. Tegen beter weten in. Aan alles voelde hij dat het om Giny ging. De vrouw nam het woord. Ze hakkelde een beetje. Misschien was het wel de eerste keer dat ze zo'n boodschap over moest brengen, bedacht hij. Ze zag er nog zo jong uit. Hij hoorde haar spreken over ernstig hersenletsel en vervoer naar een ziekenhuis in een andere stad, waar ze een afdeling hadden voor dergelijke patiënten en bekwame specialisten.

'Ze leeft dus nog?' wist hij uit te brengen. Hij zag haar bruine rok voor zich die omhoog gekropen was toen ze wegfietste, het mooie jasje en haar lach.

'Ze leeft nog, maar haar verwondingen zijn heel ernstig.' De mannelijke agent nam het woord.

'De kinderen...' In zijn hoofd wolkten zoveel gedachten omhoog en tegelijk had hij het idee dat hij in een dichte mist verzeild was geraakt. Hij keek om zich heen. Zijn kantoor leek niet langer vertrouwd.

'Uw vrouw was alleen,' zei de mannelijke agent.

Natuurlijk, Fay en Cato waren al bij zijn schoonouders. Giny had hen daar afgeleverd.

'Ik moet naar haar toe.' Hij hoorde het zichzelf zeggen, maar het waren woorden die buiten hem om gingen.

'Ik zal je brengen. Je moet nu niet alleen gaan,' zei iemand achter hem. Hij draaide zich om en zag Heleen. Het drong niet echt tot hem door, maar hij knikte toch. 'Ik bel Rogier of hij kan komen,' voegde ze eraan toe.

Hij knikte weer. Ze had alles kunnen zeggen. Hij zou voor alles toestemming hebben gegeven.

2

De vlaggen bewogen ook vandaag niet. Voor Gerben stond de hele wereld stil.

'Zullen we?' Irene legde haar hand op zijn bovenarm.

Hij schudde zijn hoofd. Hij wilde niet.

Hij kon het niet aan om achter die kist naar buiten te lopen en te zien hoe de dragers die in de grote, grijze auto voor zijn huis zouden schuiven.

De afgelopen dagen had de kist op hun slaapkamer gestaan. Hij had zich erover verwonderd dat Giny er zo mooi uitzag, ondanks het ongeval. De kinderen maakten tekeningen en briefjes waarop ze *I love you* schreven, omrand door rode en roze hartjes, en legden die bij Giny neer. Met z'n drieën zaten ze soms naast de kist. 's Avonds zat hij er alleen en huilend vertelde hij dat hij er alles voor over had om nog een keer met haar uit eten te kunnen, of een weekendje in een hotel. Hij had het steeds uitgesteld.

Straks was ze voor altijd weg.

Aan de kast hing de jurk die ze aan had willen trekken toen ze uit eten zouden gaan. Hij had de jurk laten hangen en steeds als hij ernaar keek, wist hij dat hij tekort was geschoten. Ze hadden vaker leuke dingen moeten doen. In plaats daarvan maakte hij haar stille verwijten, omdat ze afstand nam van de winkel, omdat ze nooit naast hem stond. Ze wist wat hij wilde toen ze trouwden. Ze stond achter hem toen hij de winkel overnam, maar de praktijk was haar tegengevallen. Hij had haar gevraagd om mee te werken, om de administratie te doen. Ze verschool zich achter Fay en Cato die ze alle aandacht wilde geven. In de winkel stond hij er alleen voor en altijd met een schuldgevoel omdat hij het idee had dat hij Giny en de kinderen tekort deed. Ze hadden elkaar niet begrepen, maar wat maakte het nu nog allemaal uit?

Hij zou er alles voor over hebben als hij het over kon doen.

Haar kleding hing nog steeds in de kast, op de toilettafel lag haar borstel naast haar make-uptasje, en op de hoek stond haar favoriete parfum die hij ook zo lekker vond ruiken.

Alles zou er nog zijn. Alleen Giny niet. Hij had net, samen met zijn schoonfamilie, de kist gesloten. Fay en Cato hadden ook geholpen. Nu moesten ze haar wegbrengen. Er was geen ontkomen aan.

Voorgoed... Nooit meer...

Hij ving de blik van zijn schoonmoeder en zag hoe ze hem door haar tranen heen toeknikte. 'Toe maar, jongen,' hoorde hij haar zeggen.

Hij herinnerde zich de eerste keer dat hij bij Giny thuis was gekomen. 'Nu wordt het Gerben en Giny,' had ze gezegd. 'Wat past dat mooi bij elkaar.'

Hij ademde diep in en keek naar zijn dochters. Zijn moeder had haar armen om hen heen geslagen, zoals het een goede oma betaamde. Hoe lang was het geleden dat zijn ouders hier waren geweest? Zijn vader stond bij het raam, zijn blik naar de grond gericht.

'Cato en Fay, we moeten gaan.' Hij keek zijn moeder niet aan.

'Gaat mama in die grote auto?' wilde Cato weten.

'En wij in die grote auto erachter,' zei hij. Hij kneep bemoedigend in de kleine, warme handen van zijn dochters. De kist werd gedragen door zijn schoonvader, zijn twee zwagers met hun echtgenotes en Irene.

Buiten legde de zon zich als een lichte deken over de kist. Warmte streelde zijn gezicht. Door een haag van medewerkers van zijn bouwmarkt liep hij naar de auto. Hij zag bekende gezichten, ontdekte tussen zijn personeel Huib Dantuma, de eigenaar van de zieltogende beddenzaak in het pand dat aan zijn zaak grensde. Een halfjaar geleden had Huib gezegd dat hij er volgend jaar mee wilde stoppen. Als Gerben belangstelling had, was hij de eerste koper. Hij had erover nagedacht en het idee weer verworpen. Nog meer werk, nog minder tijd voor zijn gezin.

Hij keek toe toen de kist in de auto werd geschoven.

Het was alsof hij er niet werkelijk bij was, alsof hij van een afstandje naar zichzelf keek.

Zijn blik gleed naar de roerloze vlaggen. Maandag moet de zaak weer open, dacht hij en hij verbaasde zich er zelf over dat die gedachte hem op dit moment inviel.

Het huis was nog hetzelfde. Sinds de middag was de wind weer wat aangetrokken. De vlaggen bewogen zachtjes. Gerben stapte uit de auto van Irene, die hem had thuisgebracht.

'Weet je zeker dat je niet wilt dat ik blijf?' hoorde hij haar nog eens vragen, vlak voordat hij het portier dicht wilde gooien. Hij boog zich voorover. Zijn gezicht voelde vreemd strak. Hij deed zijn best om te glimlachen. 'Lief van je, maar ik moet het alleen zien te redden. Je kunt hier niet eeuwig blijven.'

Ze deed haar mond open om iets te zeggen, maar hij schudde zijn hoofd. 'Ik zal moeten wennen aan het alleen-zijn en daar kan ik dan maar beter direct mee beginnen. Het is fijn dat Cato en Fay dit weekend bij pa en ma mogen slapen. Morgen kan ik een beetje tot mezelf komen en maandag ga ik weer gewoon aan het werk. Rogier heeft het zolang van me overgenomen, maar dat kan ook niet te lang doorgaan. Men zegt dat afleiding goed is.'

'Hoe ga je het doen met de meisjes?' wilde Irene weten.

'Geloof me, daar denk ik steeds over na. Ik ga het morgen met Rogier overleggen. Misschien kan ik wat later beginnen en ze eerst naar school brengen. Pa en ma hebben al aangeboden om te helpen. Zelfs Heleen wil op dat gebied wel iets doen. We zien wel... Nu ben ik doodop. Sorry, ik wil graag naar bed.'

'Tuurlijk,' ze knikte begripvol. 'Wanneer pa en ma niet kunnen, ben ik er ook nog. Ik zet alles aan de kant als het nodig is.'

'Weet ik. Ik ga er over nadenken, maar nu...'

'Sorry... het is gewoon... Laat maar...' Ze probeerde haar tranen tegen te houden. 'Ik vind het zo moeilijk... Dat lege huis... De kinderen die ineens geen moeder meer hebben. Ik kan het haast niet verdragen dat Giny er niet meer is. Ik kan het me zelfs nauwelijks voorstellen. Het kan toch zomaar niet afgelopen zijn? Ze was nog maar zesendertig!'

Nog maar zesendertig jaar. Hoe vaak had hij dat de afgelopen dagen niet gedacht? Vanaf het moment dat hij na aankomst in het ziekenhuis had gehoord dat Giny was overleden, had die gedachte in hem postgevat. Ze was nog maar zesendertig… Waarom?

'Al moet ik door dalen van duisternis en dood, ik ben voor geen onheil bang, want U bent bij mij.' Vanmiddag in de kerk hadden die woorden hem zo aangesproken. Hij had gevoeld dat hij het niet alleen hoefde te doen, maar op dit moment vloog de angst voor de eenzaamheid hem naar de keel. Voor geen onheil bang? Hij was doodsbenauwd. Hoe moest hij verder? Hij moest maken dat hij wegkwam, voordat hij overstag zou gaan en Irenes aanbod om bij hem te blijven zou aannemen. Met haar zou hij kunnen praten. Giny en zij verschilden tien jaar, maar ze waren zussen en vriendinnen. Zelf had hij Irene altijd als een jonger zusje beschouwd. Het zou niets oplossen, wist hij. Het moment dat hij alleen zijn huis binnen moest, zou toch een keer komen en hoe langer hij dat uitstelde, hoe zwaarder het werd.

Het was goed dat de kinderen dit weekend uit logeren waren. Als hij zou willen huilen en schreeuwen, had niemand er last van.

'Ga nou maar.' Zijn stem klonk laag. 'Op een dag zullen we eraan gewend zijn. Je moet naar huis. Pa en ma hebben je nu ook nodig. Doe gauw dat raam omhoog, het is fris.'

'We praten morgen wel verder.'

'Doen we.' Hij wreef over z'n voorhoofd waar een vage hoofdpijn dreigde uit te groeien tot een bonkende. 'Rij voorzichtig! Dank je wel voor alles en tot morgen!'

Bij de deur wachtte hij totdat hij haar auto van het terrein zag wegrijden. Ze keek niet meer om en hij wist dat ze huilde.

Schemer vergleed langzaam naar duisternis. Gerben bedacht dat hij een lamp aan zou moeten knippen. Hij bleef zitten. Een week geleden zouden ze samen uit eten gaan.

Onafgebroken speelde zich een film in zijn hoofd af met daarop gebeurtenissen die nooit meer terug zouden komen, beloftes die nooit vervuld zouden worden, mogelijkheden die onmogelijk werden. Hij had zichzelf altijd als een sterke man beschouwd. Nu ontdekte hij dat Giny flink aan dat gevoel had bijgedragen. Alles wat hem ooit belangrijk had geleken, leek nu van een totale nietigheid. Hoe kon hij verder met zijn zaak? Wat maakte het uit dat het hem lukte te concurreren met de grote bouwmarkten. Dat mensen juist bij zijn zaak kwamen inkopen, omdat ze het hadden over de professionaliteit van zijn medewerkers en blij waren met hun meedenken? Sinds kort had hij een nieuw concept waar Heleen de eerste aanzet voor had gegeven. Zij was het die had opgemerkt dat vrouwen zoals zij, die niet heel onhandig waren maar ook niet echt handig, behoefte hadden aan hulp bij grotere klussen. Rogier en hij hadden erover doorgedacht. Dat had erin geresulteerd dat hij naast de materialen nu ook vakmensen leverde, die zijn klanten terzijde konden staan bij hun plannen voor een verbouwing of aanpassing van hun huis. Het bleek een succes.

Hij was er zo blij mee geweest.

Nu was het niets meer waard.

Alle plannen die hij nog had en die hij aan Giny had voorgelegd leken ineens zinloos. Groot, groter, grootst, wat deed het er nog toe?

Giny's aanwezigheid was vanzelfsprekend geweest. Ze was er altijd en zorgde voor hun dochters. Hij had zich geërgerd aan het feit dat ze weigerde om hem bij te staan in de winkel, al had hij haar beweegredenen wel begrepen. Cato en Fay gingen boven alles.

Hoe kwam het dat hij zich pas op dit moment realiseerde dat hij dwars door die vanzelfsprekendheid en ergernis heen onnoemelijk veel van haar had gehouden?

Waarom kwam dat moment pas als je het nooit meer kon zeggen?

Hij kreeg het idee dat hij niet meer kon ademen en trok zijn stropdas los, gooide die een eind van zich af. Er reed een auto het terrein op.

Hij trok zich terug in een stoel waar hij van buitenaf niet gezien kon worden, bleef doodstil zitten terwijl hij de kleine, donkere auto in de gaten hield die hij in het licht van de lampen op het terrein herkende als die van Heleen. Ze stapte uit. Hij zag haar aarzeling, hoe ze bleef staan en naar het donkere huis keek. Hij hoopte dat ze haar conclusies zou trekken, weer zou instappen en weg zou rijden, maar tot zijn schrik zag hij dat ze in de richting van het huis liep. Hij hield zijn adem in toen ze vlak voor het pad inhield en naar het raam tuurde, alsof ze wist dat hij hier zat en probeerde om zich onzichtbaar te maken. Ineens liep ze kordaat het pad op, hij hoorde de brievenbus klepperen en daarna zag hij tot zijn opluchting dat ze weer terugliep.

Hij wachtte tot hij de rode achterlichten van haar kleine, donkerblauwe Citroën zag verdwijnen en liep naar de gang. Op de mat lag een envelop. Hij bukte zich en probeerde onderweg naar de kamer het opschrift te lezen. Even overwoog hij om de lichten aan te knippen en de gordijnen te sluiten, maar het idee dat de duisternis zou wijken en hij alle vertrouwde spullen in het licht zou zien, joeg hem angst aan. Daarom liep hij naar het raam en probeerde de keurige, kleine letters in het lamplicht van buiten te lezen. 'Voor Gerben', meer stond er niet. Hij opende de envelop en las in hetzelfde handschrift: 'Het zal moeilijk zijn. Ik denk aan je. Als je me nodig hebt, kun je op me rekenen. Groetjes van Heleen.'

Heleen... Ze was er in het ziekenhuis voor hem geweest toen hij had gehoord dat Giny niet meer leefde. Ze had zich teruggetrokken toen zijn schoonouders en Irene kwamen. Stilletjes was ze weggegaan. Hij had haar nog niet eens bedankt.

Nadat hij de tekst nog eens had bestudeerd, legde hij de kaart op tafel. Hij trok zijn colbert uit en gooide het op de bank. Blindelings greep hij een fles uit het wijnrek. In de keuken goot hij een glas helemaal vol en dronk met grote, gretige slokken. Daarna vulde hij het glas opnieuw en nam het mee naar de kamer. Drinken zou hij totdat hij zonder gedachten in slaap zou vallen. Iets anders wist hij niet te bedenken.

Fay en Cato sliepen in het logeerbed. Hun blonde haren lagen uitgewaaierd over de kussens. Ze lagen dicht tegen elkaar aan, alsof ze steun bij elkaar hadden gezocht. Irene keek op hen neer. Wat ging er in die kleine hoofdjes om? Ze waren nog maar zeven. Hoe moesten ze verder zonder Giny? Kinderen hadden een moeder nodig. Irene wreef door haar ogen. Vanaf het moment dat ze Gerben had afgezet, had ze alleen nog maar gehuild. Bij haar ouders in de kamer had ze zich groot weten te houden, maar nu ze naar de kinderen keek, liepen de tranen weer over haar wangen. Het was altijd heerlijk om na schooltijd even bij Giny aan te gaan. Niet alleen om Giny, maar ook vanwege Fay en Cato. Ze luisterde graag naar hun verhalen over school. Ze lieten hun tekeningen en werkstukken zien. Soms bleef ze eten.

Samen rond de tafel. Gerben die anekdotes over de winkel opdiste of problemen deelde. Ze zat erbij en genoot ervan.

Nooit zou het meer zo zijn.

Morgenavond ging de tweeling weer naar huis, maar Giny zou hen niet opwachten.

Nooit meer.

Haar geliefde zus, tien jaar ouder dan zij. Ze was altijd dol op Giny geweest, maar net zo goed op Gerben. Met haar twee broers Paul en Chris had ze niet zo'n band als met Gerben. Gekscherend noemde ze hem weleens haar derde grote broer.

Ze herinnerde zich dat het werk van Gerben meer dan eens gespreksonderwerp tussen Giny en haar was geweest. Haar leek het mooi om samen zo'n winkel te leiden, waarin ze ieder hun eigen taak zouden hebben en elkaar aanvulden. Ze begreep niet dat Giny zich er zo van distantieerde.

Giny noemde haar romantisch. 'Het is niet goed om elke dag bij elkaar op de lip te zitten. Bovendien heb ik genoeg aan de kinderen.'

Dat was niet waar, besefte Irene nu. Giny verveelde zich vaak. Hun huis zag er meestal redelijk netjes uit, maar een poetser was ze niet.

'Als ik het over zou moeten doen, weet ik niet of ik wel dezelfde beslissingen zou hebben genomen,' had ze een tijd geleden gezegd. 'In ieder geval zou ik er dan voor zorgen dat we niet naast de zaak zouden gaan wonen. Ik heb dat schromelijk onderschat. Die winkel staat altijd op de eerste plaats en we kunnen er nooit afstand van nemen.'

'Is dat niet bij iedere onderneming zo?' had Irene met enige aarzeling gevraagd. 'Werk heb je, ondernemer ben je.'

'Zoals jij kunstenaar bent.' Irene had later over die constatering van Giny nagedacht. Zat zij net zo aan haar werk vast als Gerben? Kwam het daardoor dat zij hem beter leek te begrijpen dan Giny?

Ze had het er op dat moment bij gelaten. Later wilde ze er nog eens op terugkomen.

Dat later was er niet meer.

Ze probeerde haar tranen weg te slikken, maar ze leken onstuitbaar. Diepe snikken welden op uit haar keel. Straks maakte ze de meisjes nog wakker. Voorzichtig streek ze over hun haren voordat ze naar de overloop liep. Ze wachtte totdat ze zichzelf weer een beetje in de hand had en liep naar beneden om nog even bij haar ouders te zitten.

Midden in de nacht schrok Gerben wakker. Het duurde even voordat het tot hem doordrong dat hij op de bank lag. Hij had het ijskoud, zijn mond voelde droog en zijn hoofd barstte bijna uit elkaar. Kreunend hees hij zich overeind, en liet de waarheid op zich inwerken. Wat had hij zich verbeeld?

Dat met een zatte kop het gemis van Giny minder hard zou aanvoelen?

Moeizaam stond hij op. Hij pakte de lege fles, zag dat zijn glas was omgevallen en een wijnvlek op hun fraaie houten vloer had achtergelaten. Daar zou hij morgen wel naar kijken. Wat maakte het nog uit? Hij wankelde naar de keuken, zette het glas en de fles op het aanrecht en vulde een limonadeglas met water. Hij dronk het leeg, vulde het opnieuw en dronk het voor de helft leeg. Langzaam hees hij zich de trap op, zette het glas op zijn nachtkastje, poetste snel zijn tanden en plensde met zijn handen koud water in zijn gezicht. Echt opknappen deed hij er niet van. Op de rand van het bed trok hij zijn sokken, broek en overhemd uit en kroop toen onder het dekbed.

Stil bleef hij op zijn rug liggen. Normaal hoorde hij de zachte ademhaling van Giny als hij wakker lag. Nu bleef het doodstil.

3

Ze zat op de bank op haar vaste plek en toen hij de kamer binnenkwam, glimlachte ze. Gerben bleef staan. Hij moest hebben gedroomd. Giny leefde!

Hij wilde naar haar toegaan, maar zijn voeten voelden zwaar. Hij wilde haar zeggen dat hij direct werk ging maken van dat weekend in Bad Bentheim waar ze het een tijdje geleden over had, dat hij zo blij was om haar te zien. Zijn stem weigerde.

Ze zweeg, maar de glimlach week niet van haar lippen.

Hij wilde haar hand pakken en merkte dat hij zich nog steeds niet kon verroeren. Nu ontdekte hij Fay en Cato die tekeningen en briefjes in de kist legden die midden in de kamer stond. Die kist moest weg. Hij wilde erheen. Zijn benen weigerden dienst.

'Bad Bentheim!' Het was net alsof hij zich op een station bevond waar een vrouwenstem door de luidsprekers de bestemming van de trein omriep. Die stem kwam hem bekend voor. Hij keek om zich heen of hij iemand zag, maar hij zag geen trein, hij zag alleen de kist en het drong tot hem door dat Giny niet meer op haar plek zat. Ze lag in de kist. Fay en Cato pakten de kist op, samen met Irene. Hij had nooit geweten dat ze zo sterk waren. Nog steeds klonk die luidsprekerstem: 'Bad Bentheim!'

Het was de stem van Giny. De kinderen en Irene liepen met de kist de kamer uit. Hij schreeuwde, wilde opstaan en viel in een diep, bodemloos, donker gat. Zwetend schrok hij wakker.

Met moeite kreeg hij zijn ogen open. Zijn oogleden voelden zwaar, zijn hoofd bonkte. Het leek alsof hij geen adem kon halen en kreunend kwam hij overeind. Langzaam drong het tot hem door dat hij had gedroomd, maar de angst verliet hem niet. Als een razende hamerde zijn hart in zijn borstkas, zijn T-shirt was nat van het zweet. Hij kwam overeind en keek de kamer rond, die hem nu vreemd voorkwam.

Gisteravond had hij de lamellen voor het raam niet goed gesloten. Zonlicht kierde naar binnen en trok strepen op het grijze dekbed. Aan de kast hing nog steeds Giny's jurk. Hij had er op gestaan dat die bleef hangen. Nu kon hij de aanblik ervan haast niet verdragen.

De wekker gaf aan dat het over negenen was. Vannacht had hij er niet aan gedacht om die op tijd te zetten. Waarom zou hij ook? Het was zondagmorgen, maar geen mens zou van hem verwachten dat hij straks in de kerk zou zitten. Misschien ging hij wel nooit meer. Giny was altijd de drijvende kracht geweest. Ze vond het belangrijk voor de meisjes. Fay en Cato vonden het leuk om naar de kindernevendienst te gaan. Voor hen zou hij het moeten volhouden. Op dit moment leek het hem onmogelijk. Op dit moment leek alles onmogelijk. Hij wilde alleen maar in bed liggen.

De angst van zijn droom gloeide nog steeds na. Misschien was het goed om op te staan. Hij kon rustig ontbijten, een kop koffie drinken en zich voorbereiden op het ritje naar zijn schoonouders om Fay en Cato te halen. Hij ging op de rand van het bed zitten.

Douchen en aankleden, dacht hij. Daar begon het mee. Als hij die stap maar eenmaal had gezet. Uit de kast pakte hij een overhemd en een broek. Hoe ging hij dat straks met het wasgoed doen? Het was altijd zo vanzelfsprekend geweest dat alles schoon en gestreken in de kast lag. Moest hij een hulp in de huishouding aannemen? Het huis moest ook schoongehouden worden, er moest worden gekookt. Hoe moest hij dat toch allemaal regelen? En met Fay en Cato? Hij gaapte en weerstond de verleiding om weer te gaan liggen en het dekbed over zich heen te trekken. Het huis moest er een beetje netjes uitzien voor als Fay en Cato straks weer thuiskwamen. Hij zou ze later ophalen. Met zijn schoonouders kon hij dan ook nog even overleggen hoe hij de praktische zaken het beste kon aanpakken. Die gedachte gaf hem de moed om naar de badkamer te gaan en de douche aan te zetten.

Hij was nog maar net klaar met opruimen toen Rogier en zijn vrouw Ineke onverwacht voor de deur stonden. Ineke had een pan met courgettesoep voor hem meegenomen, en een lasagneschotel, zodat hij de eerste dagen niet hoefde te koken. Het was heel lief bedoeld, maar het bepaalde hem erbij dat hij nu een man was die hulp nodig had. Giny deed normaal zulke dingen als ze wist dat iemand kampte met ziekte of andere problemen. Aandacht en praktische hulp vond ze bij elkaar horen. Nooit had hij kunnen denken dat anderen dit nog eens voor hem zouden doen. 'Ik weet dat je dit moeilijk vindt,' zei Ineke begripvol toen hij eerst geen woord kon uitbrengen. Zij en Giny hadden altijd goed met elkaar overweg gekund. Rogier was in al die jaren dat hij bij hem werkte meer dan een werknemer geworden. Gerben liet met een gerust hart zijn zaak aan Rogier over wanneer hij een paar dagen vakantie nam.

'Giny wilde zo graag met je weg,' zei Rogier. 'Ze belde me een tijdje geleden om te vragen of ik voor je wilde waarnemen als jij een datum had uitgezocht. Ze keek er zo naar uit.'

Gerben liet zijn mededeling op zich inwerken. Rogier had het zo niet bedoeld, maar die wetenschap wakkerde zijn schuldgevoel alleen maar aan. 'Ik wou dat ik meer tijd aan Giny en de kinderen had besteed,' verzuchtte hij.

'Dat zou je hebben gedaan als je had geweten hoe kort jullie nog maar samen zouden zijn,' meende Ineke nuchter. 'Maar je wist het niet en net zoals elk mens leef je niet alsof elke dag je laatste kan zijn.' Ze streek met haar hand door haar rossige haar, dat ze zelf vaak spottend vuurtorenhaar noemde. Haar bleke huid stak scherp af tegen het donkerbruine coltruitje dat ze droeg op een rechte, geruite rok. De beige sneakers daaronder versterkten het idee van betrouwbare degelijkheid.

'Ik wilde je alleen maar laten weten hoeveel ze van je hield,' zei Rogier schaapachtig.

Gerben wilde iets zeggen, maar hij voelde hoe zijn keel dichtkneep. Geërgerd veegde hij een paar tranen weg. Hij huilde nooit.

Zijn moeder noemde het een teken van zwakte.

'Kom op, Gerben… verdriet mag er zijn,' zei Ineke zachtjes. Ze stond op en legde haar hand op zijn schouder. Met haar andere hand veegde ze snel over haar ogen. 'Ik denk dat ik even koffie voor ons ga zetten.'

'Dat had ik natuurlijk...'

'Je moet wennen aan je nieuwe taak als gastheer. Laat het vandaag maar aan mij over.' Ze liep de kamer al uit, energiek als altijd.

Een dijk van een vrouw, noemde Rogier haar. Zelfs in de tijd dat ze met een burn-out thuis zat. Hij staarde naar de wijnvlek die in de houten vloer was getrokken. Het had niets geholpen dat hij die vlek net met sop te lijf was gegaan. Hij bleef zitten waar hij zat en zou Gerben blijven herinneren aan die eerste nacht na Giny's begrafenis, de nacht toen hij niet wist waar hij het zoeken moest. Het was alsof in die nacht de werkelijkheid voor het eerst in alle hevigheid tot hem was doorgedrongen.

'Ik denk dat we het over morgen moeten hebben,' hoorde hij Rogier zeggen. 'Wil je weer aan het werk of blijf je nog een dagje thuis? Misschien heb je meer dan een dagje nodig?'

Hij schudde zijn hoofd. 'Geen denken aan. Ik geloof dat ik knettergek word als ik hier blijf zitten.'

'Je moet wel je tijd nemen.' Rogier sloeg zijn lange, magere benen over elkaar en drukte in een gewoontegebaar zijn bril wat hoger op zijn neus. 'Het is ontzettend heftig wat er is gebeurd en ik red me nog best een dag.'

Gerben bleef met zijn hoofd schudden.

'Neem dan in ieder geval 's morgens even de tijd. Ik open wel,' vervolgde Rogier. Gerben had niet het idee dat het nodig zou zijn, maar hij stemde toch toe.

'En hoe ga je dat met de kinderen doen? Ik heb begrepen dat je ze straks weer ophaalt?'

'Vanmiddag.' Gerben wreef met zijn handen langs zijn kin. Hij zou zich moeten scheren. Giny had het altijd vreselijk gevonden als hij zo prikte. Nu zou niemand erover mopperen. Vlak voor de begrafenis was hij nog naar de kapper geweest. Volgens zijn schoonmoeder zou Giny zich anders voor hem hebben gegeneerd. Daar had ze altijd goed opgelet. Hij moest er netjes uitzien. Regelmatig kocht ze een nieuw overhemd omdat ze de oude te vaal vond, of ergens een sleets plekje had gezien. Iets wat hem nooit opviel. Nu zou hij dat allemaal zelf moeten doen. Ze was uit zijn leven weggefietst en zou nooit meer terugkomen. Het bleef een onvoorstelbare gedachte. Hij verontschuldigde zich met de smoes dat hij naar de wc moest. Daar bleef hij een poos met zijn hoofd in de handen zitten totdat Ineke riep dat de koffie klaar was.

Hij treuzelde nog. Het was goed dat ze er waren en tegelijk wilde hij dat ze weggingen, zodat hij niet over de praktische zaken hoefde na te denken. Altijd was zijn bedrijf alles voor hem geweest. Hij had het alleen opgebouwd, hij stond er alleen voor en hij voelde zich sterk. Geen moment had hij aan zijn capaciteiten op dat gebied getwijfeld. Hoe was het mogelijk dat het nu zo anders voelde?

'We zijn er voor je,' zei Ineke toen hij terug in de kamer was. 'Daar hoef je geen moment aan te twijfelen.'

Diezelfde woorden zeiden zijn schoonouders een paar uur later ook toen hij bij hen was om zijn dochters op te halen. Fay en Cato waren naast hem op de bank gekropen, ieder aan een kant. Hij sloeg zijn armen om hen heen en besefte hoeveel hij van hen hield.

'Je moet wel aangeven wat we voor je kunnen doen,' voegde zijn schoonmoeder daaraan toe. Giny had er altijd een hekel aan gehad als iemand haar vertelde dat ze op haar moeder leek. Gerben begreep nooit waarom. Het was een feit dat Giny een jongere uitgave was van Kiki Hovius. Zijn schoonmoeder zag er voor haar zestig jaar nog fantastisch uit, en ze was warm en hartelijk. Samen met John waren ze voor hem de beste schoonouders die hij zich maar kon wensen. Vanaf hun kennismaking had hij zich welkom gevoeld.

'Ik heb me ook afgevraagd of het goed zou zijn om Fay en Cato nog een week thuis te houden.' Met een verdrietig glimlachje keek ze naar haar kleindochters. 'Het lijkt me anders zo snel. Ik denk dat ze er op school begrip voor zullen hebben. John en ik vinden het prima als ze hier blijven, dan heb je deze week ook nog geen oppas nodig. Ik heb vrij gevraagd en John kan ook wel wat extra uren vrij krijgen.'

'We willen met jou mee.' Fay klemde zich vaster tegen hem aan.

'Anders ben jij helemaal alleen,' voegde Cato eraan toe.

'Je kunt 's avonds bij ons eten,' zei zijn schoonmoeder snel. 'Dan zien jullie elkaar elke dag even.'

Gerbens hoofd liep om, maar hij wist toch dat hij zijn kinderen zo snel mogelijk thuis wilde hebben. 'Ik haal ze morgen na werktijd op,' reageerde hij. 'Misschien willen jullie een paar dagen oppassen bij ons thuis? Ik zal morgen school bellen dat ze nog niet komen.'

'Het is zo'n gedoe,' begon zijn schoonmoeder.

'Gerben heeft gelijk,' viel zijn schoonvader haar in de rede. 'Het is beter voor Fay en Cato als ze zo snel mogelijk weer in hun eigen omgeving zijn.' Hij knikte Gerben toe. 'Maak je maar geen zorgen, dat komt wel in orde.'

Gerben zag dat zijn schoonmoeder nog iets wilde zeggen, maar ze beet op haar lip en slikte haar woorden in. 'We moeten allemaal onze weg vinden,' merkte hij zacht op. Hij begroef zijn gezicht in de zachte haren van Cato.

Aan zijn andere kant kroop Fay nog dichter tegen hem aan. Giny was altijd zo trots op haar tweelingmeiden geweest. Voor hen moest hij nu sterk zijn. Zij stonden op de eerste plaats. Morgen zou hij over oplossingen nadenken en hij ging ook weer aan het werk. Rogier had gelijk dat hij zijn tijd moest nemen, maar afleiding zou goed doen. Hij ging rechtop zitten, zijn armen nog steeds om de smalle schouders van zijn dochters geslagen. 'Met jullie hulp zullen we het redden.'

'En met de mijne!' Irene stond in de deuropening. Ze zag er bleek en breekbaar uit, maar ze klonk vastbesloten. 'Ik heb je altijd als m'n derde broer beschouwd, dat verandert niet.' Ze liep de kamer in en gaf hem een vluchtige kus op z'n wang. 'Mag ik ook blijven eten, ma? Ik heb toevallig gisteren het lievelingsijs van Fay en Cato uit de winkel meegenomen, dus dan kunnen we dat als toetje eten.'

'Lekker, caramelijs!' Fay zat ineens rechtop.

'Mogen we er slagroom bij, tante Irene?' wilde Cato weten.

'Als jullie zelf helpen met kloppen,' beloofde Irene. Ze nam haar nichtjes mee de keuken in. Gerben hoorde hen kletsen en lachen.

'Onze jongste dochter brengt de zon in huis,' zei zijn schoonvader. 'Ik zie haar nog vaak als m'n kleine meisje met haar zesentwintig jaar, maar ze is de sterkste van ons allemaal. Zelfs nu heb ik het idee dat de kamer lichter wordt als zij binnenkomt. We merken het ook aan Fay en Cato. Ze zijn meteen weer gewoon kind en dat is belangrijk, dat ze gewoon kind kunnen blijven, ook nu hun moeder er niet meer is.'

Zijn schoonmoeder zweeg, Gerben wist ook niets meer te zeggen. Vanuit de keuken bleef de vrolijkheid doorklinken.

In zijn keuken pruttelde het koffiezetapparaat. De vlek op de vloer gaapte Gerben aan. Achter zijn huis passeerde traag een vrachtwagen, die een eindje verderop achter de winkel halt zou houden om vracht uit te laden. Gisteravond was hij vol goede moed geweest. Hij wilde weer 'gewoon' naar de winkel, zijn leven oppakken en een goede vader voor Fay en Cato zijn.

Met moeite was hij vanmorgen opgestaan. Veel te laat naar zijn zin, want opnieuw had hij verzuimd om de wekker te zetten. Buiten sloeg een autoportier dicht, een motor werd gestart. Vanmorgen waren de eerste klanten er alweer vroeg bij.

Gisteren had hij nog gedacht dat het aanbod van Rogier om vanmorgen te openen overbodig was.

Het koffiezetapparaat pruttelde niet meer. In de keuken schonk hij koffie voor zichzelf in. Bij het aanrecht besmeerde hij een boterham met boter en at die met tegenzin op. Ondertussen luisterde hij naar de geluiden, het zuchten van de zware motor van de vrachtwagen, het plotselinge zwijgen en even daarna de laadklep die omlaag ging. Geluiden die hij anders nooit zo bewust hoorde.

Hij kon zich niet heugen dat hij ooit verstek had laten gaan bij het openen, terwijl hij gewoon thuis was. Alleen als hij een weekje vakantie had of een dagje wegging en dat gebeurde niet vaak.

Moest hij dit jaar alleen met de kinderen op stap?

Dat leek hem ondenkbaar. Wie moest dan de bestemming opzoeken?

Bizar, wat er allemaal in korte tijd in zijn hoofd opkwam.

Vanaf het parkeerterrein klonk het rammelen van een van de winkelwagentjes. Auto's reden het terrein op, iemand riep iets wat hij niet kon verstaan. Het leken geluiden uit een ander leven. De koffie was sterk. Zijn maag protesteerde. Hij dronk zijn kopje toch leeg en schonk een tweede in. Traag liep hij naar de kamer, betrapte zich erop dat hij Giny in haar stoel voor het raam verwachtte. Zou dat ooit voorbijgaan? Hij hoorde haar stem, hij verwachtte haar wanneer hij de kamer binnenliep. Vanmorgen in bed had hij naast zich getast en haar niet gevonden.

Hij was de enige niet, zei hij tegen zichzelf. Heel veel anderen hadden dit meegemaakt en het overleefd. Hij zou het ook overleven.

'Ik heb er een hard hoofd in,' had zijn moeder na de begrafenis gezegd. 'Als kind had je al sturing nodig. Je bent zwak. Je leunde op Giny, zoals je vroeger altijd op mij leunde.'

Ze had hem daarna liefdevol omhelsd in het bijzijn van zijn schoonfamilie, en hij had zich even verbeeld dat haar opmerking vriendelijk bedoeld was. Pas later was de werkelijkheid tot hem doorgedrongen. Wat was hij onzeker geweest toen hij Giny leerde kennen. Hij was verbaasd dat ze op hem was gevallen. Hij, die niet goed kon leren, die nooit iets echt goed kon, de zwakkeling binnen het gezin waar hij was opgegroeid.

Giny had het een poos aangezien, maar nadat ze regelmatig bij hem thuis was geweest, had ze haar bevindingen met hem gedeeld. 'Geen wonder dat jij zo onzeker bent. Je moeder laat je steeds heel subtiel merken dat ze je liever niet had gekregen.'

Die opmerking had hun eerste ruzie tot gevolg. Giny had ongelijk en hij liet zoiets niet over zijn moeder zeggen. Pas later was het tot hem doorgedrongen dat ze gelijk had en dat hij zijn hele jeugd ergens had geweten dat zijn moeder hem niet wilde. Ze had een ellendig leven achter de rug, zoals ze het zelf met gevoel voor drama omschreef. Twee keer was ze gescheiden. Schuldloos gescheiden, benadrukte ze steevast. Uit die relaties had ze drie zoons gekregen. Ze trouwde met Gerbens vader en had geen kinderen meer willen krijgen. Een jaar na hun huwelijk werd hij geboren. Ze zei het soms openlijk, maar weefde het vaak subtiel door haar verhalen: jij had er niet mogen zijn.

Zijn drang tot perfectionisme en zijn onzekerheid vonden daar hun oorsprong, had Giny geanalyseerd. Het was de reden waarom de bouwmarkt zo belangrijk voor hem was.

Het contact met zijn ouders was in de loop der jaren gereduceerd tot verjaardagen over en weer. Nog altijd speet het Gerben voor zijn vader, een zachtmoedige man die in het liefdeloze huwelijk totaal ondersneeuwde.

Dit keer werd er niet gescheiden. Zijn vader ging zoveel mogelijk zijn eigen gang en zijn moeder leek daarmee tevreden. Giny had gezegd dat drie keer scheiden wel heel veel gezichtsverlies voor zijn moeder zou opleveren.

Hij wist hoe zijn moeder was en toch werd hij in haar nabijheid weer het kind dat naar goedkeuring smachtte. Nooit zou hij zijn kinderen dat aandoen. Zijn dochters zouden altijd weten dat hij van hen hield en trots op hen was. Hij dronk zijn kopje leeg, zette het in de keuken met een klap op het aanrecht en pakte zijn sleutels. Het werd tijd om naar de zaak te gaan. Zijn moeder had ongelijk. Ook zonder Giny ging hij het redden.

4

Heleen zat bij Rogier aan tafel in de kantine. Ze had net een salade op en hapte nu met smaak in een appel. Ze at altijd obsessief slank, zoals Rogier dat noemde, terwijl ze er best een paar kilootjes bij kon hebben. Wat hem betreft in ieder geval. Hij hield niet zo van dat knokige. Haar bleke armen staken mager onder haar groene werkpolo uit. Hij had Gerben eens horen zeggen dat ze een opvallend jong figuur voor een vrouw van in de veertig had, maar hij vond juist dat ze er ouder door leek.

Hij hield ook niet zo van die knalrode lipstick die ze tegenwoordig droeg.

'Wil je m'n appel?'

Rogier schrok betrapt op.

'Je zit zo naar me te staren,' verklaarde Heleen. 'Ik heb anders nog wel een appel voor je.' Ze glimlachte vaag.

'Nee, dank je.' Hij voelde dat hij een kleur kreeg en hapte in zijn dubbelgeklapte volkorenboterham met twee plakken kipfilet.

'Eet smakelijk!' Ze bleef hem aankijken. 'Rogier, ik zat te denken. Na de begrafenis van Giny raakte ik met de eigenaar van die beddenzaak hiernaast aan de praat.'

'Dantuma,' wist hij meteen.

Ze fronste kort haar wenkbrauwen alsof die toevoeging haar ergerde en vervolgde: 'Wist jij dat hij zijn zaak wil verkopen?'

'Volgens mij loopt die van geen kant en hij heeft me al een paar keer verteld dat hij er geen zin meer in heeft, maar ik wist nog niet dat hij de zaak wil verkopen.'

'Hij beweerde dat hij een tijd geleden aan Gerben heeft gevraagd of hij er niet voor voelde om zijn pand te kopen en dat bij de winkel aan te trekken.'

'Dat is niks voor Gerben,' reageerde Rogier beslist. Hij kauwde de laatste hap van zijn boterham weg en pakte de volgende, belegd met oude kaas, vast uit zijn broodtrommel. 'En op het ogenblik zeker niet,' verklaarde hij met volle mond. 'Gerben heeft altijd gezegd dat hij niet zo immens als die andere bouwmarkten wil worden. Een persoonlijke benadering van de klant en een stukje service, dat is juist de kracht van onze bouwmarkt.'

Het bleef even stil. Rogier hapte van zijn boterham. Hij hoorde zichzelf kauwen en voelde zich ongemakkelijk. Gewoontegetrouw duwde hij zijn bril weer wat omhoog.

'Je hebt gelijk,' hoorde hij Heleen zeggen. Van haar appel was weinig meer dan een klokhuis over dat ze tussen duim en wijsvinger hield. 'Uitbreiding op zich voegt aan deze zaak niks toe. Integendeel zelfs. Er zou een soort aanvulling moeten komen. Ik heb aan een woonwinkel gedacht. Na een verbouwing of een flinke klus in huis willen mensen ook vaak iets nieuws. Als ze de weg naar onze bouwmarkt weten te vinden, komen ze vanzelf bij de woonwinkel terecht.'

Ze wist nog een hapje van haar appel te nemen en stond op om de rest in de groenemmer te gooien. 'Nou, wat denk je ervan?' wilde ze weten toen ze weer ging zitten.

'Dat is een andere insteek,' moest hij toegeven. 'Maar wie zou daar dan leidinggeven? Ik kan me voorstellen dat Gerben momenteel niet op nog meer werk zit te wachten.'

'Jij.' Ze monsterde hem aandachtig. 'Gerben is als directeur natuurlijk de baas, maar als manager denk ik dat jij het heel goed zou doen. Ik weet wel dat mensen graag voor advies naar jou toegaan. Je hebt inmiddels zoveel verkoopervaring.'

'Een woonwinkel is iets heel anders dan een bouwmarkt...' stribbelde hij nog tegen.

'Kom op! Denk eens out of the box! Je kunt verkopen, daar gaat het om. Als je je zelfvertrouwen wat wilt opvijzelen zou je nog een cursus kunnen volgen. Onderschat jezelf niet zo. Hoe lang werk je hier precies?'

'Ruim tien jaar.' Het klonk ineens veel te lang.

'Volgens mij is het dan al lang tijd voor een nieuwe uitdaging.'

'Ik weet niet of het iets voor me zou zijn,' aarzelde Rogier. 'Eerlijk gezegd ben ik geen type dat blaakt van zelfvertrouwen. Dankzij Gerben ben ik geworden wie ik ben, zo heb ik dat gevoeld. Hij heeft me ruimte gegeven om mijn kwaliteiten te ontdekken.' Hij merkte dat haar blik hem zenuwachtig maakte en begon te hakkelen. 'Ik weet natuurlijk wel... Ik kan meer dan ik denk... Het overvalt me...'

'Denk er maar eens over na. Als je echt ruimte wilt om je kwaliteiten te ontdekken, zou dit de ultieme kans zijn. Grijp die!' Er speelde een smal lachje om haar mond. Ze schoof haar stoel achteruit en stond op. 'Ik moet weer aan de slag. Ik snap ook wel dat Gerbens hoofd er op dit moment niet naar staat, maar dit is een eenmalige kans. Dantuma heeft me beloofd dat Gerben eerste koper is. Wanneer wij met goede plannen komen, zal hij beseffen dat het een gouden kans is. Geloof me, het is goed als die man een beetje afleiding heeft.'

Ze stak samenzweerderig haar duim in de hoogte voordat ze de deur uit liep.

Rogier pakte zijn derde boterham. De lekkerste, met gebakken ei, die hij voor het laatst had bewaard.

Attent dat Heleen aan hem had gedacht. In eerste instantie had hij destijds niet begrepen waarom Gerben die vrouw had aangenomen. Ze had veel meer in haar mars dan achter een kassa in een bouwmarkt zitten en hij had het gevoel dat ze dat wilde laten weten ook. Ze sloofde zich in ieder geval enorm uit. Sinds het overlijden van Giny had hij zijn mening moeten bijstellen. Gerben was flink aangeslagen, al deed hij zijn uiterste best om zijn verantwoordelijkheden weer op zich te nemen. Er bleven veel taken voor hem liggen. Rogier begreep het wel. Giny was nog geen maand geleden overleden en er moest ontzettend veel geregeld worden. Geen wonder dat Gerben niet zo alert was als anders. Heleen attendeerde Rogier soms op zaken waaraan Gerben voorbij ging, zodat hij ze kon oppakken.

Zelf stond ze ook voor Gerben klaar. Hij wist dat ze op haar vrije middagen al een paar keer de kinderen van Gerben uit school had gehaald en bij hen was gebleven, omdat zijn schoonmoeder op die middagen moest werken, Irene afspraken had die ze niet kon verzetten en Ineke toevallig ook niet in staat was om het te doen.

Hij sloot zijn broodtrommel en stond op.

Manager in een woonwinkel.

Misschien had Heleen gelijk en werd het tijd voor een uitdaging.

Op het moment dat Gerben haar bij de deur zag staan, wervelde zijn schuldgevoel op als fijn zand in de wind na een periode van droogte. Met een handdruk nam hij afscheid van de vertegenwoordiger met wie hij net had gepraat. Hij had de neiging om te doen alsof hij haar niet had gezien en snel naar zijn kantoor te lopen, maar bij nader inzien vond hij dat te laf. Bovendien zou het voor Irene een kleine moeite zijn om hem daarheen te volgen. Ze was hier zo vaak geweest.

'Sorry!' riep hij al van verre toen hij naar haar toe liep. 'Sorry, sorry, sorry!' Zijn glimlach voelde verkrampt.

Op haar bleke gezicht las hij teleurstelling, of was dat zijn schuldgevoel?

Hij was echt van plan geweest om op zondag met Fay en Cato bij zijn schoonouders langs te gaan, maar het was er weer niet van gekomen. Meestal sprak hij hen kort als ze kwamen oppassen.

Irene gaf hem een kus op zijn wang. 'Niks sorry, ik begrijp heus wel dat je op je vrije zondag weinig behoefte voelt om bij pa en ma aan te gaan. Dat snappen ze zelf ook.'

'Afgelopen zondag was ik...'

'We begrijpen het, zei ik toch? Chris en Chantal kwamen met de kinderen, dus ze hebben niet alleen gezeten. Voel je niet schuldig. Ik maakte me alleen bezorgd en ik wilde je vragen of ik je mag helpen als je Giny's kleding gaat uitzoeken. Of ben je daar nog niet aan toe? Je kunt het eerlijk zeggen.'

Hij zei even niets, ging haar voor naar zijn kantoor en haalde koffie in de kantine. Hij treuzelde voordat hij terug ging. Het aanbod van Heleen om Giny's kleren naar iemand te brengen die ze voor een goed doel in Roemenië inzamelde, had een goede oplossing geleken. Nu voelde hij dat Irene het daar niet mee eens zou zijn.

'Lekker!' zei ze toen hij met de koffie binnenkwam. 'Heb je daar wel tijd voor?'

'Voor jou altijd.' Wat een dooddoener.

Ze reageerde met een flauwe glimlach. 'Het is echt aan jou. Als jij de kleding van Giny wilt laten...'

'Ze zijn al naar een goed doel gebracht,' zei hij plompverloren.

'Door wie?' Op haar gezicht weerspiegelden zich verdriet en teleurstelling. 'Waarom heb je mij niet gevraagd? Giny was mijn zus. Ik had iets van haar willen bewaren, gewoon als aandenken. Ma had dat misschien ook fijn gevonden.'

'Ik heb er niet aan gedacht. Heleen kon het doen toen ze op de meisjes paste.'

'Heleen...' herhaalde ze. 'Ja natuurlijk... Ze past nu ook weer op de meiden. Ik had het willen doen, maar ik kon die afspraak niet afzeggen en ma moest onverwacht alweer 's middags werken. Ma baalt ervan dat er nog steeds geen goede vervanger is voor die receptioniste met wie ze haar duobaan deelt. Er is altijd gezeur. Juist nu het lastig is om extra te werken.' Het was net alsof ze tegen zichzelf praatte. Hij zag haar rondkijken alsof ze niet goed wist wat ze nu moest doen. Giny had hem meer dan eens verweten dat de kantine een ongezellig hok was. 'De koffie is er goed,' reageerde hij dan prompt. Nu vroeg hij zich af of Irene hetzelfde dacht. Het was alsof hij de ruimte door haar ogen bekeek, en ze moest vast tot dezelfde conclusie komen als Giny. Het blauwgrijze linoleum op de vloer, de stoelen met een stalen frame en multiplex rug en zitting en de kale, bijpassende tafels zagen er allesbehalve uitnodigend uit. Hij had ook geen idee hoe hij dat kon veranderen. Misschien had hij dat aan Giny moeten vragen in plaats van haar gezeur erover meteen af te wimpelen. Gezeur, zo had hij het ervaren. Een pijnlijk gevoel van schaamte, vermengd met verlangen, kroop in zijn borst omhoog.

'Denk je dat ze het fijn vinden als ik komende zondagmiddag een poosje kom?' probeerde hij zijn schuldgevoel af te kopen.

Irene was haar teleurstelling nog niet te boven. 'Vast wel.' Ze probeerde een slok van haar koffie te nemen. Hij zag dat ze haar mond brandde, er stonden tranen in haar ogen.

'Sorry,' zei hij nog eens. 'Het was stom van me.'

Ze zocht naar een zakdoek in haar tas en snoot haar neus. 'We hebben allemaal verdriet om Giny.' Haar stem klonk klein. 'Jij om je vrouw, mijn ouders om hun dochter en ik om m'n zus.' Nog eens snoot ze omstandig haar neus. 'Je bent dus niet de enige die rouwt. Laten we ons verdriet delen in plaats van ieder op ons eigen eilandje te blijven zitten.'

Hij knikte, zocht ook naar zijn zakdoek en veegde langs zijn ogen.

'Zondagmiddag dus,' hoorde hij haar zeggen. 'Blijven jullie eten?' Ze schoof haar kopje naar het midden van de tafel. 'Sorry, het is te heet en ik moet naar huis.'

'Als dat niet te veel...'

'Doe niet zo raar,' viel ze hem verontwaardigd in de rede. 'Dat is toch nooit zo geweest? We vinden het heerlijk om jullie te zien.' Ze stond op en nam met een zwaai afscheid. Tot zondag!'

Hij voelde zich uitgeput en bleef zitten.

De geur van pannenkoeken kwam hem tegemoet toen hij om half zeven naar huis ging. Kennelijk had Heleen het voorbeeld van zijn schoonouders gevolgd die het eten op tafel hadden staan als hij thuiskwam. De eerste keer had Heleen pizza's opgehaald, de keer daarop patat, maar nu was ze zelf aan het bakken geslagen. Hij vermoedde dat ze ook bleef eten, net zoals zijn schoonouders deden.

Het was fijn dat hij zich tijdens het eten niet hoefde te haasten. Rogier nam de avondopening nog steeds voor zijn rekening, zodat Gerben zelf Cato en Fay naar bed kon brengen.

Hij besefte wel dat het een tijdelijke oplossing was. Als Rogier over een poosje niet zou gaan sputteren, zou het Ineke wel zijn. En terecht.

Toen Giny nog leefde, was hij altijd om half zes naar huis gekomen. In een halfuurtje tijd aten ze samen en daarna nam hij de winkel tot sluitingstijd weer over van Rogier.

De tafel was al gedekt, ontdekte hij in de kamer. Fay zette net de stroopfles op tafel, Heleen deponeerde er een bord met een stapel pannenkoeken naast. Ze keek op toen hij binnenkwam.

'Wat een timing, we hebben de pannenkoeken net klaar!'

'Hebben wij gebakken, pap!' Fay had er een kleur van. 'Dat mocht van Heleen!'

'Wij konden het goed, hè?' Cato keek naar Heleen. 'Ja toch?' Ze droeg een schort van Giny, waarvan Heleen de banden had ingekort door er een knoop in te leggen.

'Zeker.' Heleen knikte. 'Ik hoefde bijna niks te doen.' Hij verbaasde zich erover dat het zo vanzelfsprekend leek dat ze er was. De kinderen hadden er geen enkel probleem mee. Hij ving haar blik, haar ogen glansden.

Hij gaf de tweeling een kus en ze gingen allemaal aan tafel zitten. Zonder dat hij er iets over hoefde te zeggen, zeiden ze hun tafelgebed op. Hij was ook een moment stil, net zoals Heleen. Hij wilde een pannenkoek van de stapel pakken, maar ze was hem voor en legde snel de bovenste op zijn bord. 'Dit is de laatste die we hebben gebakken en de dikste. Die heb je verdiend omdat je vandaag zo hard hebt gewerkt.'

Alleen al bij het zien van de veel te vette pannenkoek speelde zijn maag op. Hij slikte en wendde dankbaarheid voor. 'Ik zal er extra van genieten.' Terwijl hij stroop op zijn pannenkoek liet lopen, informeerde hij naar de wederwaardigheden van de meisjes op school.

Fay bedekte haar pannenkoek met een dikke laag suiker en vertelde even later met haar mond vol over de ruzie tussen twee jongens in de klas die zo hoog was opgelopen dat ze elkaar te lijf waren gegaan. Cato smeerde zichzelf en de pannenkoek onder de abrikozenjam. Hij zei er niets van. Heleen glimlachte en veegde hun plakkerige handen en gezichten af.

'Je schoonzus was vanmiddag in de winkel,' merkte ze ineens op. 'Irene... Kwam ze zomaar even langs?'

Hoe had ze dat gezien? Op dat moment was ze zelf al naar school om de tweeling op te halen.

'Ik zag haar naar binnengaan toen ik wegreed,' verklaarde ze toen ze zijn verwarring opmerkte.

'Irene nodigde me uit om zondagmiddag bij mijn schoonouders te komen eten. Na het overlijden van Giny ben ik nog niet weer bij hen geweest.'

'Je ziet hen hier toch als ze oppassen.' Ze besmeerde haar pannenkoek met een dun laagje jam en schoof de glazen pot van zich af.

'Was tante Irene er?' informeerde Cato met volle mond. 'Gaan we naar haar toe?'

'En naar opa en oma?' gilde Fay eroverheen.

'Natuurlijk doen we dat.' Hij deed zijn best om opgewekt te glimlachen. Nooit eerder had hij zonder Giny bij zijn schoonouders gegeten. Ze aten er alleen bij bijzondere gelegenheden en dan waren ze samen. Hij herinnerde zich nog hoe hij er de allereerste keer tegenop had gezien. Giny had lang moeten aandringen voordat hij zover was. De dag ervoor ging hij naar de kapper, hij had zelfs overwogen om een tweedelig pak aan te schaffen, maar hij was bang dat zijn moeder er commentaar op zou hebben. Ze was al niet bijster ingenomen met zijn keuze voor Giny Hovius. Hij had een colbert uit de kast gehaald dat hij had gekocht ter gelegenheid van de bruiloft van zijn zus. Toen had hij het op een keurige, lichte broek gedragen. Dit keer combineerde hij het met nette, donkerblauwe jeans. Na rijp beraad had hij ook de stropdas achterwege gelaten. Giny had hem alsnog uitgelachen toen hij zijn opwachting maakte. 'Je hoeft niet bij de koningin op bezoek!'

Hij voelde zich opgelaten, maar dat gevoel verdween snel toen hij aan tafel zat. Verbaasd luisterde hij naar de levendige gesprekken in huize Hovius. Zijn zwagers Paul en Christiaan woonden toen nog thuis. Kwinkslagen vlogen over en weer en werden afgewisseld met gesprekken over de politiek en studie. Er werd veel trager gegeten dan hij thuis gewend was. Beschaamd had hij dat pas ontdekt toen hij zijn bord in een ommezien leeg had. 'Fijn dat je mijn stoofpot zo lekker vindt. Schep gerust nog eens op.' Hij zou nooit de warme blik van zijn schoonmoeder vergeten.

Onwillekeurig zuchtte hij.

'Ik bedoel... jullie zien elkaar al een paar keer per week. Waarom zouden jullie er dan op zondag nog eens heen moeten?' verklaarde Heleen haar vraag nader.

'Het is anders,' zei hij. 'Ze zijn dan altijd hier. Met Giny gingen we bijna elke zondagmiddag een poosje naar hen toe. Dat was zo gegroeid.

Ik heb er ook nooit een hekel aan gehad. Ik heb aardige schoonouders.'

'O ja,' zei Heleen. 'Maar toch...'

Ze verklaarde zich niet nader.

Hij vroeg er niet naar.

Ze had een vestje aan moeten trekken, realiseerde Irene zich. De zon was achter de bomen verdwenen. Alleen de rode gloed was gebleven. Ze rilde en omarmde zichzelf. Op haar horloge zag ze dat het tegen negenen liep. Het werd langzaamaan tijd om terug te gaan. Een paar uur geleden had ze het ineens thuis niet meer uitgehouden. Haar teleurstelling was vanmiddag immens geweest. Waarom had Gerben de kleding van Giny door Heleen laten uitzoeken en wegdoen? Hij begreep toch wel dat zij dat graag had willen doen? Het ging nota bene om haar zus. Heleen was een vreemde. Zij kende haar in ieder geval alleen van de kassa in de bouwmarkt. Giny had ooit gezegd dat ze het raar vond dat Gerben een vrouw had aangenomen met een cv als die van haar, maar daar was het bij gebleven. Kennelijk was er in de weken na het overlijden van Giny in sneltreinvaart iets veranderd. Van haar ouders wist Irene dat Heleen op de tweeling paste als zij verhinderd waren.

Misschien maakte ze het te groot. Ze had er Giny niet mee teruggekregen als zij de kleding had uitgezocht en iets voor zichzelf of haar moeder had bewaard. Het was kinderachtig, zei ze tegen zichzelf. Aan haar ouders had ze er niets over verteld, alleen dat ze bij Gerben in de winkel was geweest en had afgesproken dat hij zondagmiddag zou komen.

Wat had het voor zin om hen ermee op te zadelen? Haar vader huldigde bovendien het standpunt dat Gerben het helemaal op zijn eigen manier moest verwerken. Ze was het met hem eens. Waarom zou ze dan nu willen dat hij het op haar manier deed?

Zou ze nog even naar Linda gaan? Linda de Jager was haar beste vriendin die ze al kende vanaf de basisschool. Ze verwierp die gedachte meteen. Sinds kort had Linda verkering met Jelmer en ze kon nergens anders meer over praten.

Vanavond wilde ze zichzelf dat niet aandoen. Het was veel beter om nu rustig terug te lopen en thuis een glas wijn te drinken voordat ze naar bed ging.

Nog eens keek ze naar de rode gloed aan de hemel. Ze dacht aan Giny.

Ze dacht steeds aan Giny. Ze hadden elkaar niet eens dagelijks gesproken en toch miste ze haar zus elke dag.

Zou dat ooit veranderen?

5

Gerben stelde zorgvuldig het alarm van de winkel in en sloot de deur. Hij bleef even stilstaan en ademde diep in. Het was begin juni, maar de afgelopen dagen had het wel herfst geleken. De thermometer was op tien graden blijven staan. Vandaag waren daar vijf graden bovenop gekomen. Nog bepaald geen overdaad, maar beter dan het was geweest. De komende dagen zou de temperatuur verder omhoog gaan. Helaas bleef het wisselvallige weer aanhouden en er kon flink wat regen vallen.

Een maand geleden was Gerben begonnen om vier dagen per week na het eten de taak van Rogier weer over te nemen. De andere avonden nam Rogier op zich. Heleen had voorgesteld dat zij die vier dagen zou oppassen. Zijn schoonouders waren er op donderdag en op zaterdag haalden ze de tweeling op. Dat gaf hem en zijn schoonouders rust. Nog steeds rommelde het op het werk bij zijn schoonmoeder, waardoor ze veel middagen moest werken. Irene kon het ook lang niet altijd overnemen. Ze had haar eigen werk en verplichtingen die ze na moest komen.

Wanneer hij 's avonds thuiskwam, sliepen Fay en Cato vaak al. Gelukkig lukte het hem wel vrijwel altijd om samen te eten.

Langzaam maar zeker had hij het gevoel dat hij zijn leven weer een beetje op de rails kreeg. Het leven ging door, een cliché waarvan hij inmiddels wist dat het waar was. Met zijn werk in de winkel en alles wat daarbij hoorde, had hij nauwelijks tijd om veel na te denken. Terwijl hij kalm langs de parkeerplaats in de richting van zijn huis liep, bedacht hij voor de zoveelste keer dat Heleen een enorme steun was. Hij stelde zich weleens voor hoe het zou zijn geweest als hij destijds met haar zou zijn getrouwd. Alles wat hij altijd alleen had moeten beslissen of bedenken, had hij dan in samenspraak met haar gedaan. Heleen had vaak creatieve ideeën. Nu drong het tot hem door dat hij dit met Giny had willen hebben, dat hij zich vaak alleen had gevoeld. Ze hadden het goed gehad, maar dat had hij gemist.

Vanmiddag was hij zich daar nog eens sterk van bewust geweest toen Huib Dantuma zijn kantoor was binnengelopen met de vraag of hij een momentje had. Gerben had meteen geweten waarover hij het wilde hebben. Heleen had hem een maand geleden al verteld dat ze wist dat Huib de zaak van de hand wilde doen. Vorige week had ze nog eens aangedrongen. 'Dit is de kans van je leven.'

Hij moest eraan denken toen Huib tegenover hem zat. De man had zijn hele leven keihard gewerkt en de laatste jaren was hij vooral bezig geweest om zijn zaak overeind te houden. Een opvolger had hij niet. Was het dat allemaal waard geweest?

Heleen had goede plannen, maar moest hij daarin meegaan?

Toen Huib de eerste keer erover was begonnen, had Gerben er niets voor gevoeld. Uitbreiding van zijn zaak zag hij niet zitten. Juist het kleinere en persoonlijke sprak zijn klanten aan. In eerste instantie had hij zo ook gereageerd toen Heleen vertelde dat Huib nu daadwerkelijk zijn zaak te koop wilde zetten. Heleen had hem meteen de mond gesnoerd en was begonnen over een woonwinkel. Ooit zou hij dat prachtige plannen hebben gevonden, maar nu… Hij had niet eens zin om erover na te denken. Toen ze vorige week weer aandrong, merkte hij dat hij wat begon te twijfelen. Enerzijds was er dat gevoel dat het allemaal zo betrekkelijk was, en anderzijds was er dat enthousiasme van Heleen. Voor alles zag ze een oplossing. Huib had het vanmiddag ook gezegd: 'Ik snap best dat je hoofd er op dit moment niet naar staat. Je hebt zoveel te verwerken, maar je hoeft het niet alleen te doen. Rogier is een ervaren kracht die zijn schouders eronder wil zetten en Heleen heeft goede ideeën. Hoe is die vrouw toch ooït bij je achter de kassa gekomen? Ze heeft veel meer in haar mars. Je bent gek als je daar geen gebruik van maakt. Op dit moment heb je misschien helemaal geen zin in die plannen van haar, maar zodra ik de zaak aan een ander verkoop, baal je als een stekker. Dat weet ik zeker.' Hij was weggegaan met de woorden: 'Ik geef je nog een week om erover na te denken. Daarna zet ik de boel onherroepelijk in de verkoop.'

Gerben aarzelde voordat hij naar binnen ging. Vanavond had hij geen zin om het er nog eens met Heleen over te hebben. Hij zou het direct afwimpelen als ze erover wilde beginnen. Morgen of overmorgen was vroeg genoeg. Hij was wel zover dat hij besefte dat het niet zo gek was om het eens over een andere boeg te gooien.

'Ik heb al een biertje voor je klaargezet,' meldde Heleen in de kamer.

Zoals gebruikelijk liep hij eerst naar de slaapkamer van Fay en Cato. Peinzend keek hij op hun slapende gezichten neer. Zij waren het allerbelangrijkste in zijn leven. Deed hij hen niet tekort als hij er met een woonwinkel ook een stuk meer kopzorgen bij zou krijgen?

Of had Huib gelijk en kon hij best op Rogier en Heleen vertrouwen?

Hij zuchtte diep, ging op zijn hurken zitten en streelde heel zacht hun wangen. Wat ging er in die hoofdjes om? Zo vaak hadden ze het niet meer over Giny. Was dat wel goed? Had het ermee te maken dat ze goed met Heleen konden opschieten?

Hij durfde bijna niet verder te denken, maar hij vond het prettig om met Heleen samen te werken. Ze begreep hem goed en wist wat hij wilde en bedoelde. Ongemerkt ontstond er een band tussen hen die hij met Giny nooit had gekend. Hij schaamde zich voor die gedachten, hield zichzelf voor dat hij haar nog heel vaak miste, maar niet in zijn zaak. Giny had hem nooit gestimuleerd om uit te breiden of het eens anders te doen. Ze zou nooit hebben aangedrongen om het pand van Huib te kopen, integendeel... Ze zou hebben geklaagd dat hij dan nog minder tijd voor haar en de kinderen zou hebben. Voor de zoveelste keer realiseerde hij zich dat zijn bouwmarkt vaak een splijtzwam in hun huwelijk was geweest. Zozeer zelfs dat hij zich zelfs weleens had afgevraagd of ze het samen wel zouden redden. In Giny's houding proefde hij jaloezie alsof het om een mooie vrouw ging die hij te veel aandacht gaf. Ze begreep niet hoe belangrijk het voor hem was om zijn winkel tiptop voor elkaar te hebben. Wanneer hij het haar probeerde uit te leggen, verweet ze hem dat hij zijn best niet deed om haar te begrijpen. Toch had ze achter hem gestaan toen hij de zaak wilde kopen. Hij had gezegd dat hij er anders niet aan begon, omdat het geen kans van slagen zou hebben. Al heel gauw was ze van mening veranderd.

Misschien had ze alleen de mooie kanten ervan gezien, zonder te beseffen hoe hard hij moest werken, waardoor zij heel veel alleen moest doen. Bij elke onenigheid begon ze weer over zijn verleden, over zijn drang om zichzelf te bewijzen ten koste van alles.

Ophouden, zei hij tegen zichzelf. Het had geen zin om daar nog langer over te denken. Alles was nu anders.

Zou hij er werkelijk spijt van krijgen als hij deze kans voorbij liet gaan?

Hij zag zo op tegen alle rompslomp die het met zich mee zou brengen. Eerder had hij daar zijn hand niet voor omgedraaid, maar nu zag hij leeuwen en beren op de weg. Op andere gebieden viel er nog zoveel te regelen. Hij moest het met Heleen over haar dienstverband hebben. Ze deed inmiddels veel meer dan een kassamedewerker, ze nam verantwoordelijkheden op zich en ze moesten nog overleggen wat ze voor het oppassen wilde hebben.

Dat had geen haast, had ze gezegd toen het ter sprake kwam. Ze ging ervan uit dat hij haar niet tekort zou doen en ze deed het graag voor hem. Het zat hem niet helemaal lekker, maar hij had het er bij laten zitten. Er waren nog zoveel andere zaken te regelen.

Hoe kon hij dan nu een weloverwogen beslissing nemen over een winkel erbij?

Hij probeerde niets van die vermoeiende gedachten te laten merken op het moment dat hij de kamer binnenkwam.

'Nog even ontspannen,' merkte Heleen vergenoegd op toen hij ging zitten. Ze veegde haar donkerblonde, halflange haar achter haar oren, en stond energiek op. 'Vind je het goed dat ik een muziekje opzet?'

'Een muziekje?'

'Ik hoop niet dat je het me erg kwalijk neemt, maar ik verveelde me vanavond toen de meiden naar bed waren. Daarom heb ik me op je cd-verzameling gestort en ik ontdekte een aantal van UB40.'

'UB40,' reageerde hij. 'Die draaiden Giny en ik bijna nooit meer sinds we Spotify hadden ontdekt. Maar als jij wilt… Giny hield niet van UB40. De meeste cd's waren van haar. Alleen die rechtsonder zijn van mij.'

'Daar vond ik als laatste UB40.' Ze lachte een scheef lachje. 'Eerst moest ik me door allerlei gospels en Marco Borsato heen werken.' Hij zag hoe ze snel een cd uit de stapel trok en die in de cd-speler legde. Hij verdacht haar ervan dat ze die vaker had gedraaid, maar hij hield die gedachte voor zich.

'Nu voel ik me weer jong,' verontschuldigde ze zich toen de eerste klanken van *Here I am* klonken. Ze maakte een paar dansbewegingen voor ze ging zitten en haar glas volschonk.

Hij schonk het zijne ook vol, zorgvuldig om het niet te laten overstromen.

'Wilden de meiden wel slapen?' informeerde hij.

'Eerst lagen ze te klieren, maar toen ben ik naar ze toe gegaan. Het was gauw over. Ze hebben ontzag voor me.'

'Ontzag?'

Hij wist niet of hij dat wel een prettig woord vond, of misschien was het meer de manier waarop Heleen het uitsprak die hem tegenstond.

'Cato moet volgende maand een spreekbeurt houden.' Ze ging er niet op in. 'Vanmiddag had ze het erover. Ik had er tijdens het eten op terug willen komen, maar dat ben ik vergeten en zij begon er ook niet over. Misschien doet ze dat later wel of ze voelde dat je al te veel aan je hoofd hebt. Kinderen voelen dat vaak goed aan.'

'Ze was het ook niet gewend. Meestal besprak ze dat soort dingen met Giny omdat ik aan het werk was.' Nadenkend wreef hij met zijn hand door zijn haar dat alweer te lang werd. Hij moest nodig naar de kapper. 'Ik zal haar er morgenochtend naar vragen. Weet ze al waar ze het over wil hebben?'

'Ik heb me afgevraagd of je juf Betty moet bellen om te vragen of die spreekbeurt nog even op de lange baan geschoven kan worden. Cato had het erover dat ze wilde vertellen dat ze geen moeder meer heeft en hoe dat voelt. Ik heb haar gezegd dat me dat geen goed idee lijkt. Misschien moet ze huilen en kinderen zijn zo hard onder elkaar.'

Hij pakte zijn glas, sloeg zijn benen over elkaar en leunde naar achteren. 'Misschien kan ze het samen met Fay doen. Ze kunnen elkaar steunen. Het kan toch ook goed zijn dat ze er open en eerlijk in de klas over praten?' Hij nam een paar slokken.

'Later misschien.' Heleens blik verduisterde. 'Ze zijn nu nog zo jong en kwetsbaar en je moet je er niet op verkijken hoe hard kinderen tegen elkaar kunnen zijn. Daar weet ik alles van en ik denk dat ze dat er op dit moment niet bij moeten hebben.'

Nadenkend keek hij haar aan. 'Ben jij vroeger gepest?' Het ontglipte hem.

'Nou en of... Ik wil er eigenlijk niet over praten, maar de lagere school was voor mij een vreselijke tijd.' Ze perste haar lippen op elkaar.

'Dat gaat je niet in de koude kleren zitten,' begreep hij. 'Ik zou het vreselijk vinden als Cato of Fay gepest zouden worden. Als ouder wil ik er alles aan doen om dat te voorkomen.'

'Over sommige dingen praat ik nooit met anderen, maar op de een of andere manier komt het vanavond boven. Waarschijnlijk doordat we het over Fay en Cato hadden. Ik heb vroeger zo'n hekel aan school gehad. Maar het gaat nu niet om mij, dus laten we erover ophouden.' Ze lachte een beetje verontschuldigend.

Gerben gaapte verstolen achter zijn hand. Hij was moe, maar natuurlijk moedigde hij haar aan om door te gaan. 'Het is goed als je er eens over praat.'

'Dat heeft nou nog nooit iemand tegen me gezegd.' Ze vouwde haar handen in elkaar en leunde een beetje naar voren. 'Ik werd als kind uitgescholden omdat mijn moeder zelf mijn haar knipte en daar was ze niet goed in. Daar kwam bij dat ik bijna nooit nieuwe kleren kreeg. Het waren altijd afdankertjes van familie, of zelfs van kinderen uit de buurt. Niemand vroeg me ooit op een verjaardagsfeestje.'

Hij proefde haar eenzaamheid toen ze verderging en vertelde hoe ze werd genegeerd, hoe haar spullen kapot werden gemaakt en gepikt en er thuis ook geen aandacht voor haar was. Van tijd tot tijd nam hij een slokje van zijn bier.

'Hoe was dat bij jou?' wilde ze ineens weten. 'Ik weet niet hoe het komt, maar ik krijg bij jou ook niet het idee dat je nou zo'n florissante jeugd had.'

Hij ging overeind zitten en keek haar onderzoekend aan. 'Waarom denk je dat?'

'Ik heb op de begrafenis gezien hoe jij je moeder begroette.'

Hij had gedacht dat hij heel gewoon had gedaan. Hij had zich zelfs verbeeld dat zij op dat moment even het beste met hem voor had. Laatst had hij haar gebeld, omdat hij nog altijd het gevoel had dat hij dat als haar zoon verplicht was. Ze had alleen maar over zichzelf gepraat.

'Scherp,' zei hij.

'Het viel me gewoon op en ik herken het natuurlijk. Sinds een half jaar heb ik het contact met mijn ouders verbroken. Eerst had ik al een hoop gedoe gehad toen ik ging scheiden en in een klein flatje terechtkwam. Toen ik vertelde dat ik bij jou in de bouwmarkt als kassamedewerker aan de slag ging, was Leiden helemaal in last. Er werd niets van me heel gelaten en voor mij was dat de druppel die de emmer deed overlopen.'

'Niet goed genoeg,' stemde hij met haar in. 'Dat is wel herkenbaar voor me. Een bouwmarkt, wat is nou een bouwmarkt? Maar voor mijn moeder zal het nooit goed genoeg zijn, zelfs niet als ik de leiding had over een multinational, of een topchirurg zou zijn, of wat dan ook. Wat ik doe is niet goed, dat is waar het op neerkomt.' Hij schrok van zichzelf. Zo openlijk praatte hij er nooit met iemand over. Ooit had hij het met zijn vader geprobeerd, maar die had gezegd: 'Het is zoals het is. We zullen het ermee moeten doen.' Zijn vader was een goede man, maar hij kon niet tegen zijn vrouw op en daar had hij zich na al die jaren bij neergelegd. 'Dat van die afdankertjes ken ik ook,' zei hij hardop. 'Ik droeg kleren die door mijn oudere broers al bijna versleten waren en die standaard te groot waren,' zei hij hardop. Volgens mijn moeder waren die goed genoeg voor mij. Voor haar tel ik niet mee. In vertrouwen gezegd, ze had me niet willen hebben.'

'Wat erg om dat te weten,' leefde ze mee.

Heleen klonk oprecht. Misschien kwam het daardoor dat hij zijn hart uitstortte en zijn verdriet om Giny zich mengde met de pijn uit zijn jeugd.

Heleen haalde nog een biertje op toen hij niet meer uit zijn woorden kon komen. Ze schoof haar stoel dichter naar die van hem toe en legde haar hand op zijn arm. 'Het valt me op dat we zoveel overeenkomsten hebben. Daarom begrijpen we elkaar waarschijnlijk ook zo goed.'

Vanaf de foto aan de wand keek Giny naar hem. Hij wendde zijn blik af.

Ergens op de achtergrond zong UB40:

'Red, red wine, goes to my head,
makes me forget that I
still need you so.'

Aan het einde van zijn verhaal voelde hij zich moe en leeg.

Heleen keek op haar horloge. 'Het is bij elven,' schrok ze. 'Ik had het niet in de gaten.' Nog eens legde ze haar hand op zijn arm, gaf hem een vluchtige kus op zijn wang. 'Sterkte hoor. Morgen zien we elkaar weer. Dan moeten we ook praten over het aankopen van het pand van Dantuma. Vanmiddag vertelde hij me dat hij je een ultimatum heeft gesteld.'

Hij knikte, en ondanks zijn gevoel van uitputting drong het tot hem door dat haar opmerking hem een naar gevoel gaf. Dat had te maken met het feit dat Dantuma er ook met Heleen over had gepraat. Hardop bedankte hij haar en wenste haar welterusten.

UB40 zweeg.

Hij vergat de cd-speler uit te zetten.

Hoofdpijn zeurde door zijn hoofd toen hij de volgende dag Rogier en Heleen vroeg om naar zijn kantoor te komen. 's Nachts had hij liggen malen en uiteindelijk kwam hij steeds op dezelfde conclusie uit: hij moest de stap wagen, zelfs al voelde die niet helemaal goed. Hij kon niet onder woorden brengen wat precies het probleem was. Misschien kwam het door de druk die op hem werd uitgeoefend. Zo ervaarde hij het in ieder geval.

Tegelijk besefte hij steeds beter dat hij spijt zou krijgen als hij deze kans voorbij liet gaan. Hij probeerde niet aan die onbestemde gevoelens toe te geven. Zijn onzekerheid moest te maken hebben met alle emoties na het overlijden van Giny. Het was nog zo kort geleden. Het voelde te kort om grote beslissingen te nemen. Hij zat midden in een rouwproces.

Aan de andere kant, hij had een winkel waaraan hij leiding moest geven, een toekomst waarop hij moest anticiperen. De concurrentie was moordend. Hij mocht van geluk spreken dat hij slimme mensen als Rogier en Heleen in dienst had.

'Hoe hadden jullie die nieuwe zaak in gedachten?' begon hij voorzichtig. 'Rogier, ik heb begrepen dat jij daar graag leiding wilt geven?'

'Na tien jaar lijkt het me fijn om eens iets anders te doen. Volgens Heleen… en volgens Ineke trouwens ook, ben ik er nu wel klaar voor om een volgende stap te zetten. Ik voel dat zelf ook wel.' Hij leek enigszins onzeker.

'Rogier kent de zaak zo goed. Hij weet wat klanten nodig hebben. Rogier heeft de capaciteiten ervoor. Ik denk dat we daar niet aan hoeven te twijfelen,' sprong Heleen bij.

Gerben keek van de een naar de ander. 'In dat geval hebben we dus een vacature die moet worden opgevuld. Hebben jullie daar ideeën over?'

'Ik doe al een tijdje veel meer dan kassawerk,' reageerde Heleen meteen. 'Natuurlijk moeten we kijken hoe ik dat met de kinderen ga doen. Misschien moeten we aan buitenschoolse opvang gaan denken. We kunnen ook je schoonzus vragen om vaker klaar te staan. Over alles valt te praten. Waar een wil is, is een weg. Eerlijk gezegd wordt het eens tijd dat er een frisse wind door de zaak waait.'

'Misschien zijn er anderen die ook willen solliciteren,' merkte hij op.

'Maak er een interne vacature van. Ik weet zeker dat niemand de capaciteiten bezit.' Ze glimlachte zelfverzekerd. 'Ik vermoed zelfs dat niemand reageert, maar natuurlijk hou ik je niet tegen als je dat wilt.'

Hij probeerde zich haar dossier voor ogen te halen. Het zou slim zijn geweest als hij dat had doorgenomen voordat hij aan dit gesprek begon. Hij herinnerde zich dat ze communicatie had gestudeerd, en ergens op de administratie had gezeten, maar wist ze genoeg van personeelszaken en salarisadministratie? Hij wist dat ze Rogier de laatste tijd wel had geholpen, maar dat ging om zaken op de werkvloer. Hij begreep zelf niet waarom hij die vraag niet stelde. Dat komt later wel, dacht hij. Hij herinnerde zich in ieder geval dat ze veel in haar mars had. Bovendien stond ze altijd voor hem klaar als het om de kinderen ging. Hij was ook wel iets aan haar verplicht.

Ergens wrong nog steeds dat onderbuikgevoel.

Hij negeerde het. 'Ik moet het maar doen,' zei hij en onwillekeurig slaakte hij een zucht. 'Straks zal ik Dantuma verwittigen en de eerste stappen nemen.'

Anouk zat achter de kassa en zag hen uit het kantoortje van de baas komen. Heleen liep zelfvoldaan naast Rogier. Ze snapte het niet. Was zij nou de enige in de winkel die jeuk kreeg van dat mens? Iedereen liep met haar weg. Haar collega Elena kwam woorden tekort om haar lof te bezingen omdat Heleen zoveel voor Gerben deed. David van de verfafdeling, met wie ze pas een avond uit was geweest, snapte ook niet echt wat ze op het mens tegen had. Ze wendde haar blik af. De manier waarop Rogier nu lachend met Heleen wegliep, maakte haar bijna misselijk. De slijmerd. Eerst moest hij niks van dat mens hebben en nu waren ze beste vrienden.

Ze zei er niets meer van, want dat keerde zich alleen maar tegen haar. Niemand leek in de gaten te hebben dat Heleen haar overal buiten liet. Bij Elena had ze het voorzichtig proberen aan te kaarten, maar Elena was heel verontwaardigd dat ze zoiets van Heleen durfde te denken. Ze verbeeldde zich het maar. Waarom zou Heleen haar negeren?

Het bracht haar aan het twijfelen. Zag ze het verkeerd?

Elke keer kwam ze toch weer tot de conclusie dat haar gevoel wel klopte. Ze had snel in de gaten hoe mensen in elkaar zaten en dat zag ze vrijwel altijd goed. Dit keer was dat niet anders. Heleen deed wel aardig, maar ze was het niet.

6

Gerben vergat zijn voornemen om de leerkracht van Fay en Cato te bellen. Natuurlijk vergat hij dat in alle drukte. Er waren zoveel zaken die zijn aandacht vroegen. Hij dacht er pas aan toen hij Betty van Laarhoven twee weken later in de winkel zag lopen. Juf Betty, zoals de kinderen haar noemden, was sinds het begin van het schooljaar de leerkracht van zijn kinderen. 'Ze is zelf vers van school,' had Giny gekscherend gezegd.

Hij kwam nooit op school, maar Betty was op de begrafenis geweest. Cato had hem aan zijn jasje getrokken. 'Kijk, dat is nou juf Betty.'

Hij moest meteen denken aan de woorden van Giny: 'Vers van school,' zo zag ze er werkelijk uit. In zijn ogen was ze bijna een meisje, maar hij had tranen in haar ogen gezien toen ze hem condoleerde. Daarna had ze de tweeling geknuffeld en op de een of andere manier had hem dat diep geraakt. Nu herkende hij Betty direct. Zijn nog niet gepleegde telefoontje schoot hem te binnen en hij besloot er maar meteen werk van te maken.

'Dag juf Betty,' begroette hij haar.

Ze draaide zich om. Er verschenen kuiltjes in haar ronde wangen toen ze hem zag. 'Meneer Zomerman, hoe gaat het met u?'

'Naar omstandigheden redelijk.' Hij deed net zijn mond open om te vragen of Cato haar spreekbeurt nog even kon uitstellen, maar ze was hem voor. 'Wat een goed idee van Heleen om de meisjes samen die spreekbeurt te laten houden. Ik zat er een beetje mee omdat ik me afvroeg of het niet beter was om er nog een poosje mee te wachten, vooral ook omdat Cato had aangegeven dat ze het over het overlijden van haar moeder wilde hebben. Met z'n tweeën is veel beter. Ze kunnen elkaar ondersteunen en ik denk dat het uiteindelijk goed is om er in de klas open over te praten. Openheid werkt vaak het allerbeste. Ik vond het een prima idee.'

'O, dus...' Hij zat even om woorden verlegen. Heleen die met het plan was gekomen om de meisjes samen die spreekbeurt te laten houden? Had ze laatst niet gezegd dat het haar beter leek om het nog een poosje uit te stellen? In zijn herinnering had hij zelf dat plan geopperd om het hen samen te laten doen. Of was hij nou helemaal in de bonen? Soms had hij het idee weleens dat hij wat miste. Zijn hoofd zat zo vol.

'Vindt u het geen goed idee?' Betty keek ongerust.

'Natuurlijk vind ik dat prima. Heel erg prima zelfs.' Hij moest het zich verbeeld hebben, of hij had het zich verkeerd herinnerd dat Heleen het niet eens was met zijn voorstel.

'Dat is dan afgesproken,' zei Betty tevreden. 'En nu moet ik planken hebben van twee meter bij tweeëntwintig centimeter.'

'Zal ik met je meelopen of weet je waar je moet zijn?'

Ze lachte. 'Nee zeg, ik ben hier de laatste tijd al veel vaker geweest. Mijn ouders zijn met de tuin bezig en mijn vader wil een schutting zetten, maar geen doorsnee kant-en-klare schutting. We hebben vorige week samen al planken gehaald en hij is bijna klaar, maar hij kwam erachter dat hij zich had verrekend en daardoor komt hij er nog een stuk of vijf tekort. Ik heb hem beloofd dat ik die zal halen en onopvallend achter de schuur zet, zodat mijn moeder er niet achter komt dat hij zich verrekend had. Hij zou de wind van voren krijgen.' Ze glimlachte een beetje verontschuldigend.

'Goed dat je vader een dochter heeft die het een beetje voor hem opneemt.' Hij knipoogde en wilde weglopen, maar ze legde haar hand op zijn arm. 'Ik let goed op Cato en Fay, echt waar.' Haar grote blauwe ogen keken hem trouwhartig aan. 'Ook als het met de spreekbeurt niet goed zou gaan. U kunt erop vertrouwen dat ik dan meteen ingrijp.'

'Dank je wel!' Hij wilde nog iets zeggen, maar haar woorden maakten iets in hem los. Met een scheef lachje nam hij afscheid.

Heleen kwam net uit zijn kantoor. Hij ademde diep in en uit.

'Gaat het?' Ze bleef stilstaan.

'Natuurlijk gaat het. '

'Ik zag dat je met Betty stond te praten.'

'Ze zei dat ze het een goed idee vond om Fay en Cato samen die spreekbeurt te laten houden.' Ergens was hij ervan overtuigd dat zij het niet was die met dat voorstel was gekomen, maar ze begon te stralen. 'Ja hè? Ze was enthousiast toen ik het zei. Het kwam zomaar in me op. Wanneer ze dat samen doen, hebben ze steun aan elkaar en Betty dacht ook dat het juist goed voor hen zou zijn en ook voor de kinderen in hun klas. Geheimzinnigheid is vaak veel erger dan als je openheid van zaken geeft.'

Kennelijk had hij het helemaal verkeerd in zijn hoofd. 'Dat is vast zo,' maakte hij er zich snel van af. Hij keek op zijn horloge. Over vijf minuten had hij een afspraak met zijn accountant en zijn contactpersoon van de bank. Eenmaal in zijn kantoor sloot hij de deur zorgvuldig.

Rogier wilde na zijn middagpauze net weer aan het werk gaan toen Heleen met een broodtrommel en plastic vorkje de kantine binnenkwam. 'Er wordt over je toekomst gesproken,' zei ze opgewekt. Ze opende haar trommeltje. In een oogopslag zag Rogier dat ze vandaag stukjes meloen en blauwe bessen mee had genomen. Voorzichtig prikte ze een stukje meloen aan het vorkje en stak het in haar mond.

'Over mijn toekomst?' Rogier schoof zijn bril wat hoger op zijn neus. 'Hoezo, over mijn toekomst?'

'Gerben heeft zo een gesprek met de accountant en een man van de bank. Ik zag het in z'n agenda. Dat gesprek gaat vast over de aankoop van het nieuwe pand. Als de bank niet moeilijk doet, leidt jij straks een woonwinkel. Dat heb ik toch mooi voor je geregeld.'

Ze schoof een stoel naar achteren en ging zitten.

Zwijgend trok hij zijn wenkbrauwen op. Hij negeerde haar opmerking en wilde verdergaan.

'Ik vind het jammer dat Gerben zo makkelijk is,' hoorde hij haar zeggen. Hij stond stil.

'Zo makkelijk is hij anders niet.' Hij draaide zich om en zag dat ze twee donkerblauwe bessen in haar mond stopte. Vergenoegd begon ze te kauwen. Zij liever dan hij. Hij had net drie boterhammen met gebakken ei achter de knopen die Ineke vanmorgen had klaargemaakt. Ze wist hoe dol hij op boterhammen met gebakken ei was, hoe hij genoot van de smaak en van het vet dat door z'n hele boterham trok die daardoor smeuïg werd. Hij gleed met z'n tong langs z'n tanden en vond nog een kruimel die hij genotvol doorslikte. Ineke was een dijk van een vrouw. Op veel gebieden was ze behoorlijk geëmancipeerd, maar hij had het geluk dat ze niet tot de categorie vrouwen behoorde die vond dat hij z'n eigen brood maar moest klaarmaken. Niet meer, moest hij zeggen. Sinds hij haar tijdens haar burn-out door dik en dun had gesteund stond ze anders tegenover hem. Volgens haar kwam dat omdat ze juist in die vreselijke tijd had ontdekt wat belangrijk was in het leven. Misschien was het in werkelijkheid schuldgevoel. Die gedachte schoot nu ineens door hem heen. Voor die burn-out had ze hem naast zijn werk vaak voor een groot deel van het huishouden laten opdraaien omdat zij haar Bachelor Management in de Zorg wilde halen. Naast haar intensieve werk binnen een zorginrichting had ze daar heel veel tijd aan besteed. Hij had het nooit hardop durven zeggen, maar die burn-out was uiteindelijk wel goed voor hun huwelijk geweest.

'De omstandigheden zullen er waarschijnlijk toe bijdragen,' hoorde hij Heleen zeggen en hij probeerde zijn aandacht weer bij haar verhaal te houden. Het viel hem ineens op dat ze vanmorgen haar ogen een beetje had opgemaakt. Het stond haar goed moest hij toegeven.

'Maar voordat zijn vrouw overleed, zag ik ook wel dat hij niks doet aan personeel dat er de kantjes van afloopt. Hij is veel te soft.'

Zag zij nou dingen die hij niet zag? Misschien kwam het doordat hij hier al zoveel jaar werkte dat hem dat niet opviel.

'Als jij zo was geweest had je het niet tot assistent bouwmarktmanager geschopt. In feite neem je op dit moment nog steeds de meeste taken van Gerben waar.' Hij wilde protesteren, maar ze gaf hem geen kans. 'Ik weet dat je bescheiden bent, maar dat is echt waar. Hij mag zijn handen dichtknijpen dat hij jou heeft.'

'Ik vind dat hij het prima doet ondanks de zware tijd die hij doormaakt,' sputterde hij tegen. 'En zoveel neem ik niet van hem over. Hij doet vrijwel alles weer zelf. In verband met zijn kinderen gaat hij weleens eerder naar huis of hij moet er even tussenuit, maar ik vind het geen enkel probleem om hem te vervangen. Gerben is altijd een goede baas voor me geweest. Ik werk hier ondertussen meer dan tien jaar. Hij heeft me alle kansen gegeven om op te klimmen en bovendien gaf hij me de ruimte en toonde begrip toen ik minder functioneerde in een moeilijke tijd.'

Hij nam een slok van zijn koffie.

'Ik bedoelde het positief,' zei Heleen. 'Maar ik signaleer gewoon dingen die niet goed gaan en die Gerben mist. Jij bent als zijn rechterhand de aangewezen persoon om dat nu op te pakken. Dat vind ik in ieder geval. Wanneer ik tegen Anouk zeg dat ze andere dingen kan gaan aanpakken als het rustig is bij de kassa, roept ze meteen dat ik me niet moet verbeelden dat ik haar baas ben en daar kan ik niks tegen inbrengen. Ik vind het lastig omdat ik in het verleden altijd leiding heb gegeven en dan kwamen dit soort dingen niet voor. Let jij gewoon een beetje extra op, wil je? En ook op die andere hittepetitjes. Soms lijkt het alsof er niks belangrijkers op de wereld is dan die stomme telefoontjes. Ze zijn druk met Twitter en Facebook en weet ik wat nog meer.'

'Van Gerben mogen ze in de winkel hun telefoon niet bij zich hebben.'

'Houd jij ze daar dan maar aan.'

Rogier wreef over zijn voorhoofd. 'Ik zal kijken wat ik kan doen.'

'En hou de komende tijd maar eens in de gaten hoeveel extra jij voor Gerben doet. Hij zal je kansen hebben gegeven, maar dat wil niet zeggen dat hij nu misbruik van je mag maken. Nogmaals, dat bedoel ik niet rot. Ik vind het mooi dat je nu de leiding in zijn woonwinkel krijgt. Laten we daar samen maar iets moois van maken.'

Ze prikte weer een stukje meloen aan haar vorkje. Dat een mens zo kon eten. Hij kreeg de neiging om zijn hoofd te schudden, maar hij hield zich in. 'Samen', dat woord bleef door zijn hoofd spelen. Wat bedoelde ze met samen?

Hij wilde het vragen, maar Anouk kwam binnen. Met een blik overzag ze de situatie. 'Gezellig hier,' mompelde ze en haalde haar telefoontje uit haar broekzak. Terwijl ze naar de koffieautomaat liep, was ze al verdiept in haar schermpje.

'Dat bedoel ik,' zei Heleen.

'Wat zei je?' informeerde Anouk.

Rogier hoorde Heleens antwoord niet meer. Hij maakte van de gelegenheid gebruik om weg te lopen, nog steeds verward over dat achteloos uitgesproken woordje samen.

Irene gooide haar telefoon op bed. Ze leek wel niet goed snik, zei ze tegen zichzelf. Sinds wanneer was ze zenuwachtig om Gerben te bellen? Giny was er niet meer, maar dat betekende toch niet dat Gerben ineens een andere man was geworden?

Ze pakte haar telefoon weer op.

Nu moest ze normaal doen. Er was niets raars aan het verzoek dat ze wilde doen. Toen hij afgelopen zondag met de kinderen bij hen had gegeten wilde ze het in het bijzijn van haar ouders niet vragen. Het ging om de verjaardag van haar moeder en het moest een verrassing zijn. Ze zocht in de contactenlijst naar de naam van Gerben en drukte op het groene telefoontje dat erbij stond. Haar hart hamerde in haar borst en haar mond voelde droog. Ze deed haar best om haar nervositeit te negeren.

Hij nam niet op.

Ze wachtte zijn voicemail niet af en drukte nog eens. Dit keer nam hij wel op. Zijn stem klonk kortaf. 'Irene?'

Ineens had ze zichzelf weer in de hand. 'Je weet dat ma komende woensdag jarig is. In deze omstandigheden wil ze het uiteraard niet vieren, maar ik wilde haar graag verrassen met een middagje weg. Ik denk dat ze het fantastisch zou vinden als Fay en Cato ook mee zouden gaan. Heb je er bezwaar tegen als ik ze uit school oppik? Ik zorg dat ze er na het avondeten weer zijn.'

'Natuurlijk is dat goed.' Hij werd ineens een stuk toeschietelijker. 'Nu je er toch over begint, zouden jullie Fay en Cato wat vaker willen opvangen? Elke woensdagmiddag zou al heel fijn zijn. Ik weet dat ma moeilijk zit, maar misschien kun jij het overnemen als zij niet kan?'

'En Heleen dan?' Het ontschoot haar.

'Ik heb nieuws. Op dit moment is het nog geheim, maar volgende week wordt het officieel. Ik heb het pand van Dantuma erbij gekocht en daar begin ik een woonwinkel. Eerlijk is eerlijk, het idee kwam van

Heleen. Rogier krijgt daar de leiding en Heleen neemt in de bouwmarkt zijn taken over. Vandaar dat het fijn zou zijn als de tweeling wat vaker bij jou of bij pa en ma zou kunnen zijn, maar ik heb ze inmiddels ook aangemeld voor de buitenschoolse opvang.'

Ze begreep dat ze nu iets moest zeggen, maar ze wist niet wat. Gewoon gefeliciteerd kreeg ze niet uit haar mond. Giny had haar eens verteld dat Gerben destijds dacht over uitbreiding en hoe ze daarop tegen was. 'Dan kunnen we net zo goed gaan scheiden, want dan zien we hem helemaal nooit meer.'

Irene had het begrepen. Hoe kwam Gerben op het idee om nu een woonwinkel te beginnen, terwijl hij wist dat zijn dochters hem nodig hadden? En dan de rol van Heleen.

'Heeft Heleen daar de opleiding en kwaliteiten voor?' hoorde ze zichzelf met een vreemd geknepen stem zeggen.

'Anders had ik niet toegegeven.' Opnieuw klonk hij kortaf.

Ze wilde hem nog zoveel meer vragen, maar het zou er niet beter van worden. 'Mooi!' wist ze uit te brengen. 'Gefeliciteerd!' Het bleef stil aan de andere kant. 'Ma zal het geweldig vinden dat de meiden komende woensdag haar verjaardag meevieren. Dank je! Ik zal met haar overleggen over de andere woensdagmiddagen.'

'Ik wil wel graag snel uitsluitsel. Wanneer ze op woensdag naar de buitenschoolse opvang moeten, moet ik dat zo snel mogelijk doorgeven.'

'Geef me de tijd om met pa en ma te overleggen.' Ze probeerde het rustig te zeggen.

Kennelijk drong het tot hem door dat hij zich tamelijk bot had gedragen. 'Sorry, ik heb veel aan m'n hoofd,' verontschuldigde hij zich. 'Natuurlijk heb je daar tijd voor. Ik snap dat daar voor jullie ook wel wat haken en ogen aan zitten. Het zou fijn zijn als jullie dat op je willen nemen, maar het moet natuurlijk wel kunnen.'

Ze zei dat ze het begreep en even luchtte zijn verontschuldiging haar op, maar nadat ze hun gesprek hadden beëindigd, sloop de onrust weer binnen en die bleef heel lang hangen.

7

Een boog van groene ballonnen rond de deuren, een rode loper en grote affiches die meldden dat hier de nieuwe woonwinkel van Gerben Zomerman was gevestigd en dat bezoekers zouden worden verrast met een kleine attentie. Er waren kortingsacties en bij een foodtruck op het terrein kregen klanten lekkere hapjes.

Rogier stond in zijn beste pak te glimmen. Heleen liep van de bouwmarkt naar de woonwinkel en weer terug. Ook de bouwmarkt deelde mee in de feestelijkheden met kortingsacties.

Fay en Cato hadden vanmorgen vroeg het lint voor de winkel doorgeknipt. Daarvoor hadden ze met enige moeite een uur vrij van school gekregen. Zijn schoonouders hadden hen na een glaasje limonade met iets lekkers erbij alsnog naar school gebracht.

Irene ontbrak vandaag.

Ze had een belangrijke afspraak met een opdrachtgever die ze niet kon laten schieten.

Een smoes, wist Gerben. Hij had niet laten merken dat hij haar doorzag.

Na de opening was hij nog een halfuur gebleven, maar toen hij zag dat alles goed liep, was hij met een kop koffie naar zijn kantoor gegaan en had de deur achter zich dichtgetrokken. Hij zette zijn bureaustoel in relaxstand en sloot zijn ogen.

Vandaag begon zijn nieuwe avontuur met de woonwinkel, ruim een halfjaar na het overlijden van Giny. Het voelde zo dubbel. In eerste instantie had hij niet van feestelijkheden willen weten. Hij vond het ongepast.

Volgens Heleen was de eerste klap een daalder waard en was hij oerstom als hij die liet liggen. Hij ademde diep in en uit. Rogier had zich bij haar aangesloten. ‘Niemand zal het je kwalijk nemen als je hier een beetje aandacht aan besteedt.'

Uiteindelijk had hij zich gewonnen gegeven, maar vanmorgen was alles langs hem heen gegaan. Hij durfde zijn schoonouders niet eens aan te kijken. Hij had zich blij voorgedaan voor Fay en Cato. Met de eerste klanten had hij nog een praatje gemaakt, daarna moest hij weg. Moest, zo voelde dat.

Er was een hoop gedoe en gesteggel aan de opening vooraf gegaan. Dantuma had plotseling moeilijk gedaan omdat het nieuws over de verkoop kennelijk tot meer mensen was doorgedrongen. Hij beweerde dat hij daar niets mee te maken had, maar er hadden zich wel gegadigden gemeld die veel meer wilden bieden. Op dat moment kreeg Gerben nog meer het idee dat het een onzalig plan was. Hij had er al vanaf willen zien. Heleen dramde door. 'Hij heeft een mondelinge toezegging gedaan, eerst aan jou en later heeft hij die tegenover mij nog eens bevestigd. Het staat twee tegen één, die man heeft geen poot om op te staan.' Later hoorde hij dat ze Dantuma, zonder medeweten van hem, met een bezoekje had vereerd. Hij wist niet wat ze had gezegd, maar de goede man was wel overstag gegaan. Ook daarna had Heleen hem veel uit handen genomen. Gerben kon dan ook niet anders dan toegeven dat het zonder haar op zo korte termijn nooit gelukt zou zijn om de winkel te openen. Onvermoeibaar ging ze door. 's Avonds vertelde ze wat ze precies had gedaan en hoe ze het precies had gedaan, als een kind dat voor het eerst naar school was geweest. Het vertederde hem. Op die momenten zag hij het kleine meisje in haar dat ooit zo was gepest en nu hengelde naar goedkeuring.

Minder prettig was het dat ze al snel ruzie met Rogier had, niet alleen doordat ze zich wilde bemoeien met het personeel dat in de winkel werd aangenomen, maar ook doordat ze in de bouwmarkt alvast op de zaken vooruitliep. Zonder met Rogier te overleggen nam ze taken van hem over. Rogier had zich bij Gerben beklaagd en op een avond had hij het bij Heleen aangekaart. Ze was ontploft.

Ontploft, een ander woord wist hij er niet voor te bedenken. Hij was zich rot geschrokken. Gelukkig bleef de tweeling doorslapen, zodat ze er niets van mee hadden gekregen. Die ontploffing had hem een naar gevoel bezorgd. Was dit ook Heleen? Hoe kwam het dat ze zo buitenproportioneel kwaad was geworden? Zelf leek ze daar geen last van te hebben. Later op de avond had ze weer heel gewoon gedaan, alsof er niets was gebeurd. Hij kwam er toch voorzichtig op terug. 'Je kritiek kwam nogal uit het niets,' was haar weerwoord. 'Dat was niet fair. Je weet hoe ik altijd voor je klaar sta, hoeveel uren ik heb gemaakt die ik nooit heb opgegeven, alleen omdat ik vond dat het nodig was.'

Daar had ze misschien wel gelijk in, had hij gedacht. Hij had het wat anders moeten aanpakken en dat haar overreactie voortkwam uit vermoeidheid was heel aannemelijk. Het zorgen voor de tweeling, de spanning omdat Dantuma ineens zijn hakken in het zand had gezet, alles wat er geregeld moest worden en dan nog haar werkzaamheden in de winkel eisten hun tol. Hij had zijn excuses aangeboden.

Opgelucht had hij afgelopen week geconstateerd dat Heleen en Rogier het weer in alles met elkaar eens waren. Hij was wel een beetje geschrokken toen hij vanmorgen ontdekte dat Heleen erbij liep alsof zij de directeur was. Haar gebruikelijke fleecejack met zwarte jeans had ze verwisseld voor een donkerblauw broekpak met een witte bloes. 'Het gaat nu om de woonwinkel,' had ze gezegd toen ze zijn blik onderschepte. 'Dat is iets anders dan je bouwmarkt. Als verkoper moet je er netjes en verzorgd uitzien. Zo'n fleecejack van Boma kan hier echt niet.'

'Dat snap ik, maar er is toch ook wel een tussenweg? Rogier zal zich niet thuis voelen in een keurig kostuum.'

'Ik denk dat het juist voor Rogier goed zou zijn,' hield Heleen vol. 'Voor hem kan het geen kwaad om wat meer autoriteit uit te stralen. Hij is een harde werker, maar hij heeft geen enkel overwicht. Nog altijd straalt hij onzekerheid uit, hoe hij ook zijn best doet om dat niet te laten merken. Voor het personeel in de woonwinkel moet het duidelijk zijn wie de leiding heeft, en zeker voor Anouk die hij heeft meegenomen. Ik snap niet dat je hem daarin volgde. Die griet is zo lui als wat, maar Rogier eet uit haar hand. Vanmorgen heb ik heel bewust dit broekpak aangetrokken. Het staat netjes en het straalt gezag uit. De popiejopie-sfeer lijkt misschien goed, maar is het niet. Ik denk dat jij niet in de gaten hebt dat veel personeel zich achter je rug om rot lacht.

Er wordt veel gepikt en daar doe je ook al niets aan.'

Had ze gelijk?

Hij was zich ervan bewust dat er nog weleens wat werd meegenomen zonder betalen, alsof er personeelsleden waren die vonden dat ze daar recht op hadden. Hij had mensen erop aangesproken, maar daders werden zelden gevonden.

Hoe vaak had Giny niet gemopperd dat hij veel te goed voor zijn personeel was geweest? Ze vond dat hij maatregelen moest nemen om het stelen tegen te gaan.

Heleen had geopperd dat er camera's in de personeelsruimte moesten komen. Hij had zich daar altijd tegen verzet. In zijn winkel werd het personeel niet gecontroleerd, maar in de jaren dat hij zijn zaak had, was er veel veranderd. Eerder was het niet nodig.

Nu wel.

Hij had Heleen gevraagd om prijsopgaven.

Hij keek naar zijn handen, naar zijn ringloze vingers. Vanwege zijn werk had hij nooit een trouwring willen dragen. De zijne lag in een bakje in de la van zijn nachtkastje. Tegenwoordig lag die van Giny erbij.

Wat zou ze hebben gezegd als ze van zijn nieuwe winkel wist? In gedachten zag hij hoe ze haar hoofd schudde.

Hij zuchtte en nam een slok van zijn koffie. Zijn nieuwe winkel was vandaag geopend.

Hij voelde zich alles behalve feestelijk.

'Ja, het deed pijn.' Kiki Hovius stond in het atelier van haar dochter en bestudeerde het profiel van het beeld waaraan Irene momenteel werkte. 'Tegelijk wist ik dat pa en ik er goed aan hadden gedaan om aan de uitnodiging van Gerben gehoor te geven. Ik vind het jammer dat jij je er niet toe kon zetten.'

'Je weet waarom. Ik zou me niet kunnen inhouden.' Irene droeg een vale spijkerbroek en daarop een wijd, geruit overhemd.

'Fay en Cato zouden het fijn hebben gevonden,' ging haar moeder onverstoorbaar door. 'Ik begrijp je gevoelens best, maar je bereikt er niks mee. Laat ik eerlijk zijn: ik heb niet het idee dat Gerben vandaag kon genieten van zijn nieuw zaak. Zo zag hij in er in ieder geval niet uit. Hij begon ook meteen over Giny, en dat zij nooit wilde dat hij uitbreidde. Alsof hij zich via ons nog postuum bij haar wilde verontschuldigen. Zo voelde het in ieder geval.'

'En wat zei je? Daar sta ik helemaal achter? Die troela van een Heleen bepaalt tegenwoordig zijn leven. Had jij ooit kunnen denken dat Fay en Cato naar de naschoolse opvang zouden gaan? Dankzij Heleen zitten ze daar nu een paar dagen in de week.'

Haar moeder trok haar wenkbrauwen op. 'Laat ik eerlijk zijn, die vrouw liep erbij alsof zij de directeur was. Het was duidelijk dat zij vandaag wel heel blij was.'

'En juist dat had me nog woedender gemaakt dan ik al ben. Eerlijk ma, je mag blij zijn dat ik er niet was. Ik had me niet kunnen inhouden.' Irene slikte. 'Gerben was als een grote broer voor me. Ik had een betere band met hem dan met mijn eigen broers.'

'Paul en Chris wonen ook veel verder weg,' zei haar moeder.

'Jawel, maar Gerben behandelde me als een zusje. Hij was altijd geïnteresseerd in wat ik deed. Hij maakte zich zelfs vrij als ik Giny en hem een uitnodiging voor de opening van een expositie stuurde, al snapte hij geen bal van mijn kunst.' Ze glimlachte, maar werd direct weer ernstig. 'Ik mis die Gerben nu. Ik snap dat alles anders is geworden, maar ik had gedacht dat we ons verdriet konden delen.'

'Hij rouwt op zijn eigen manier,' nam haar moeder het voor hem op.

Irene zuchtte. 'Volgens mij rouwt hij helemaal niet. Ik weet dat Giny en hij altijd hommeles hadden over de zaak. Ik snap nu nog niet dat zij daar altijd zo moeilijk over deed en zelf nooit een vinger uitstak. Ze had op z'n minst op administratief gebied wel iets kunnen doen. Echt, ik snap dat ze op dat gebied niet de ideale echtgenote voor hem was, maar ik kan het niet hebben dat hij haar in zo korte tijd kennelijk is vergeten.'

'Dat is dus niet zo,' zei Kiki nadrukkelijk. 'Hij begon niet voor niks meteen over Giny. Besef goed dat Gerben eigenaar van die zaak is en dat geeft verantwoordelijkheden. In zijn branche is de concurrentie moordend. Dit was een kans die hij moest grijpen, ook al voelde het niet als het goede moment.'

'Maar al die heisa eromheen… Het had toch ingetogener gekund?'

'Die eerste dag is belangrijk. Je moet op die eerste dag zoveel mogelijk mensen trekken. Ik heb er niet veel verstand van, maar dat snap ik nog wel.'

Irene zweeg.

Waarom zag ze steeds Heleen voor zich? Dat was wat haar het meeste dwars zat. Heleen was voorkomend als ze elkaar zagen, maar ze voelde onderhuids iets wringen, waardoor ze bleef volhouden dat Heleen alleen maar aardig deed. Hoe kon ze dat uitleggen? Niet, dus.

Onwillekeurig zuchtte ze weer.

'Een zucht geeft lucht,' zei haar moeder. 'Woensdag komen de meiden hier. Fay wil heel graag weer in je atelier schilderen. Ze vroeg of dat mocht. Ik heb gezegd dat ze dat aan jou moest vragen.'

'Je weet toch dat ik dat prima vind?'

'En ik vind dat ze het aan jou moet vragen.' Ze gaf Irene een kus op haar wang. 'Doe me een plezier en ga binnenkort gewoon eens in die woonwinkel kijken. Denk aan wat je zelf net zei: Gerben maakte tijd vrij als je hem uitnodigde bij de opening van een expositie, al heeft hij niks met de manier waarop jij kunst ziet. Misschien wordt het tijd om een tegengebaar te maken.'

'Alles wat je zegt, kan tegen je worden gebruikt.'

Haar moeder lachte, maar werd meteen weer ernstig. 'Ach kind, je moest eens weten hoe moeilijk pa en ik het vandaag vonden. Wij hadden ook liever willen afzeggen, maar Fay en Cato zijn onze kleindochters. Voor hen was het goed dat we er waren. Ik ben soms bang dat we hen kwijt zullen raken.' Ze beet op haar lip. 'Ik probeer ermee te leven dat Giny er niet meer is, maar ik zal het niet kunnen verdragen om ook Fay en Cato nog kwijt te raken.' Ze omhelsde Irene. 'Ik doe werkelijk mijn best om verder te leven en om me niks aan te trekken van mensen die me proberen te troosten door te zeggen dat ik nog zoveel zegeningen heb. Alsof ik dat niet weet…. Begrijpen ze dan niet hoe afschuwelijk het is om een kind te verliezen? Ik moet wel verder, maar ik ben niet meer degene die ik altijd was. Die zal ik nooit meer zijn.'

Irene zei niets, maar ze liep naar haar moeder toe en omhelsde haar.

'Gelukkig dat ik weet dat jij dat wel begrijpt. Mensen kunnen zo hard zijn.' Kiki maakte zich los en zocht naar een zakdoek. 'Weet je... ik ben heel erg blij dat jij er nog bent. Je bent al lang en breed volwassen, maar voor mijn gevoel ben je nog altijd mijn kleine meisje. Het is heerlijk dat je hier woont en dat we zomaar over en weer bij elkaar binnen kunnen lopen. Toch is er iets wat ik je al lang wil zeggen... Als het je benauwt om hier te wonen, of als er ooit een man in je leven komt, dan moet je gewoon je gevoel achterna gaan en verhuizen. Laat je nooit weerhouden doordat je misschien denkt dat het moeilijk is voor pa en mij.'

'Nee moedertje, dat doe ik niet.' Irene sloeg haar armen weer om haar moeder heen. 'En we gaan ervoor zorgen dat Cato en Fay het elke keer als ze bij ons zijn hartstikke naar hun zin hebben. Je raakt ze echt niet kwijt.'

Ze zei het met veel meer zekerheid dan ze voelde.

'Wat een pracht van een woonwinkel heb je!' Gerben schrok op van een harde stem, die hij meteen als die van Simon Stefansson herkende, een vertegenwoordiger in elektrisch gereedschap van een goed merk, die al jarenlang bij hem kwam. Hij zag Simon met een brede grijns in de richting van de afdeling raambekleding banjeren, waar Gerben een nieuwe levering rolgordijnen op de goede plek zette. 'Man, man, het is hier beter dan buiten.' Hij zette zijn koffer met spullen neer en gaf Gerben een hand. 'Hoe gaat het? Ik vind het knap dat je die stap hebt genomen. Rogier heeft me net even rondgeleid. Hij vertelde me dat de winkel nu twee weken open is en dat je klanten de weg goed weten te vinden. Het is dus een prima zet geweest!

'De kans was er,' zei Gerben bescheiden.

'De omstandigheden waren niet optimaal.' Simon gaf hem een klap op de schouder. 'Hoe is het nou? Kun je een beetje overeind blijven?'

'Ik heb steun aan Rogier en Heleen. Dat idee van die woonwinkel kwam trouwens ook van Heleen, anders had ik het waarschijnlijk nooit gedaan. Ik ben er nu blij mee. We zijn twee weken geopend en het loopt inderdaad goed.'

Automatisch gleden zijn ogen in de richting van de kassa's.

'Leuke vrouw,' zei Stefan, die zijn blik volgde. 'Rogier had me al over haar verteld en ik ken haar natuurlijk wel een klein beetje. Ze is altijd behulpzaam. Zulk personeel moet je in ere houden. Ik hoor veel ondernemers klagen over gebrek aan zelfstandigheid en verantwoordelijkheidsgevoel.'

Heleen keek in hun richting. Ze stak haar hand op.

'Een mooie vrouw ook,' hoorde hij Simon zeggen.

Gerben deed er het zwijgen toe.

Het lukte Gerben de rest van de dag niet om de woorden van Simon kwijt te raken. Zelfs toen hij al lang en breed thuis was en Heleen was vertrokken, bleven ze hem bezighouden. Tijdens zijn huwelijk met Giny had hij nooit naar andere vrouwen gekeken, ook niet naar Heleen. Nu ze zo intensief samenwerkten, werd het anders. Nu ze niet langer haar fleecejack van de bouwmarkt droeg, maar kleding die haar veel meer flatteerde, zag hij dat nog duidelijker. Tegenwoordig maakte ze haar ogen op, waardoor ze groter leken. Haar donkere wenkbrauwen benadrukten dat nog eens. Laatst had hij zich ineens afgevraagd hoe het zou voelen om die rode, glanzende lippen te kussen.

Verward had hij zich snel naar het beeldscherm van zijn computer gedraaid. Hoe kwam hij op het idee? Giny was nog maar zo kort geleden overleden. Steeds als zijn blik iets te lang op Heleen bleef rusten, was het alsof hij de priemende, afkeurende blik van Giny in zijn rug voelde. Niemand had in de gaten wat hij dacht en toch schaamde hij zich.

Giny was net zo goed een mooie vrouw geweest, maar ze was een heel ander type dan Heleen. Na de zwangerschap van de tweeling waren er wat kilo's blijven zitten, maar die misstonden haar niet. Ze had prachtige benen. Hij hield ervan als ze een jurk of rok droeg en hij voelde zich trots tijdens de zeldzame momenten dat ze samen naar het theater gingen of naar een feestje. Ze was jonger dan Heleen, maar Gerben zag dat leeftijdsverschil niet. Wat zou Heleen dragen bij zo'n gelegenheid als een avondje in het theater? Hij wilde het niet, maar hij stelde haar voor in een eenvoudig, zwart jurkje en op hoge hakken.

Ophouden, zei hij tegen zichzelf. Hij moest zich nu geen rare dingen in het hoofd halen. Het was goed dat ze er was, heel goed zelfs. Wat zou hij zonder haar moeten? Verder moest het niet gaan. Buiten het feit dat hij nog maar een halfjaar weduwnaar was, zou het in zijn zaak bepaald onpraktisch zijn.

Die nacht droomde hij dat Heleen achter de kassa zat en hem aankeek met haar mooie, bruine ogen. Hij verdronk er bijna in en ineens kon hij zich niet langer beheersen. Hij kuste haar achter de kassa terwijl er een lange rij klanten stond te wachten. Ze werden niet eens kwaad, maar ze applaudisseerden. De volgende dag durfde hij Heleen nauwelijks aan te kijken.

8

'Morgen komen er camera's in de winkel.' Rogier nam een slok van zijn bier en wierp zonder veel interesse een blik op de televisie. 'Gerben heeft er nooit aan gewild, maar hij is nu om.'

Hij had zijn kousenvoeten op de rand van de tafel gelegd. Ineke had er een hekel aan wist hij, maar hij was te moe om daar vanavond rekening mee te houden. Hij had haar blik wel gezien, maar ze had niets gezegd. Hij hield keurig afstand van de houten plank waarop toastjes, brie en kruidenkaas stonden. Ze hadden er in hun huwelijk een gewoonte van gemaakt om aan het einde van de dag nog even samen te zitten en te praten over de dingen van de dag. Nu het al vroeg donker was, sloot Ineke de gordijnen en stak kaarsjes aan. Ze hield van gezelligheid.

'Alleen in de bouwmarkt of ook bij jou?' wilde ze weten.

'In eerste instantie in de bouwmarkt en buitenom. Waarschijnlijk komen ze later ook bij mij in de winkel.'

'Het lijkt me een naar gevoel.' Ineke zocht naar woorden. 'Ik zou het als een teken van wantrouwen ervaren. Natuurlijk is het niet op de persoon gericht, maar ik zou er moeite mee hebben.'

'Je moest Anouk er eens over horen.' Rogier grijnsde bij de herinnering. 'Het was goed dat Heleen niet allemaal hoorde wat ze uitbraakte. Volgens Anouk heeft Heleen ervoor gezorgd dat Gerben nu ineens wel overstag is gegaan.'

'Denk je dat ze gelijk heeft?'

'Ik weet het bijna zeker. Heleen kan het goed vertellen, en in dit geval ben ik het met haar eens. We leven in een rare wereld en er wordt in de winkel steeds meer gestolen, ook door medewerkers. Gerben zei laatst dat hij het gevoel had dat hij niemand meer kon vertrouwen. Anouk is dat niet met hem eens. Het is jammer dat ze zo'n hekel aan

Heleen heeft en dat is trouwens wederzijds. Het is goed dat ze niet meer samen in de bouwmarkt werken. Anouk zegt dat Heleen haar in het begin negeerde, en sinds ze wist dat ze met mij meeging naar de woonwinkel zat ze haar steeds op de huid. Gelukkig voelt ze zich bij mij in de winkel op haar plek.' Hij klonk zelfverzekerd.

'Ik verbaas me erover hoe vaak ik de naam van Heleen uit jouw mond hoor,' merkte Ineke op. 'Ze werkt er toch al even en eerder hoorde ik je er nooit over.'

'Nee, natuurlijk niet. Ze zat gewoon achter de kassa en deed haar werk. Tegenwoordig is ze de rechterhand van Gerben en ze doet het goed. Dankzij haar heb ik de leiding in de woonwinkel. Gerben was nooit zelf op dat idee gekomen.'

Ineke haalde haar schouders op. 'Het komt misschien door die camera's. Dat geeft me een raar gevoel. Ik ben het trouwens ook niet van je gewend dat je zo met iemand dweept.'

'Wat is dat nou weer voor onzin.' Hij haalde zijn benen van tafel en ging rechtop zitten. 'Ik dweep helemaal niet met Heleen. Je lijkt wel jaloers. En je doet zo raar over die camera's, maar die hebben ze in heel veel supermarkten en bouwmarkten al. Gerben loopt echt niet voorop.'

Hij dronk een paar grote slokken en zette zijn glas met een klap op tafel.

'Ik denk dat je me lang genoeg kent om te weten dat ik niet jaloers ben,' verweerde Ineke zich. 'Het is een gevoel. Bij de opening anderhalve maand geleden zag ik haar voor het eerst. Ik heb toen meteen gezegd dat ik een raar gevoel bij haar kreeg. Dat jij er netjes uit moest zien, snapte ik, maar niet waarom Heleen er zo bijliep. Ging zij die winkel leiden? Was ze de vrouw van de baas? Zelfs Gerben droeg die dag niet z'n nette pak en hij is de eigenaar.'

Rogier keek naar haar. Ze had rode wangen. Zo kende hij haar niet. Meestal hadden ze dezelfde ideeën over andere mensen. Ze hielden niet van opschepperij en van mensen die het nodig vonden om op de voorgrond te treden. Zo zaten ze zelf niet in elkaar. Integendeel, hij had erg tegen die opening opgezien. In zijn jaren bij Gerben had hij veel geleerd en langzaam had hij meer zelfvertrouwen gekregen. Op belangrijke momenten speelde zijn onzekerheid hem toch weer parten. In eerste instantie had het keurige pak van Heleen hem ook een naar gevoel gegeven, maar ze had zich verder nergens mee bemoeid. Ze wist veel, dat moest hij haar nageven. Wanneer ze de winkel inkwam, gingen bij Anouk direct de haren rechtop staan, maar hij was haar inbreng gaan waarderen. Ze was een soort frisse wind en bij nader inzien hadden ze die allemaal goed kunnen gebruiken.

'Anouk heeft niet voor niks zo'n hekel aan Heleen,' mokte Ineke verder. Ze besmeerde een toastje met brie. Normaal gesproken smeerde ze er voor hem ook een, maar dat liet ze vanavond achterwege. 'Die meid moet je in ere houden. Niet dat mens dat denkt dat ze de plek van Giny heeft ingenomen.'

'Je keurde het van Giny af dat ze in de winkel geen hand uitstak,' hielp hij haar voorzichtig herinneren.

'Nee, logisch...' Ze stak het toastje in een keer in haar mond en kauwde het verontwaardigd weg.

'Ik mocht haar graag en het was fijn als we bij hen waren, maar ik heb nooit begrepen waarom ze weigerde om op dat gebied ook maar iets voor Gerben te betekenen. Ze woonde er vlak naast en ze zette er bijna nooit een voet over de drempel. Dat vond je zelf ook stom.'

Hij herinnerde zich zijn eigen gevoel daarover. Ineke had gelijk dat hij daar ook niets van had begrepen. Laatst had hij gedacht dat Gerben zo'n vrouw als Heleen had moeten hebben. Een vrouw die naast hem stond en die hem werk uit handen wilde nemen. Misschien werd het nog weleens wat tussen die twee. Hij had Gerben laatst wel naar Heleen zien kijken.

Het zou misschien een beetje snel zijn na de dood van Giny, maar deed dat ertoe? Ze was goed voor Gerben en voor de twee meiden van hem. Wat kon een mens nog meer wensen? Hij zou zijn gedachten maar niet met Ineke delen.

Zonder iets te zeggen, besmeerde hij een toastje met kruidenkaas en reikte het haar aan.

UB40 klonk door de luidsprekers. Ali Campbells stem zong woorden die ineens een andere betekenis kregen.

Many rivers to cross
But I can't seem to find my way
Wandering I am lost as I travel along

Veel rivieren om over te steken
Maar ik kan mijn weg niet vinden
Dwalend ben ik verloren terwijl ik reis

Vanavond had Gerben geen zin in UB40, maar hij durfde de muziek niet uit te zetten. Hij probeerde de woorden te negeren en keek naar Heleen die zonder hem te vragen port inschonk. Hij zat onderuitgezakt op de bank. Heleen drukte de kurk terug in de fles. Het was een goede port. Hij herinnerde zich nog dat hij die samen met Giny had gekocht toen ze een dagje uit waren. Ze hadden zich voorgesteld dat ze die bij een bijzondere gelegenheid zouden drinken.

Hij zweeg erover. Heleen informeerde naar het aantal klanten, naar de omzet, naar bijzonderheden van de afgelopen middag nadat zij de tweeling was gaan ophalen. Gerben antwoordde werktuiglijk.

Bijna acht maanden geleden was Giny overleden. Hij was doorgegaan met zijn leven, er waren belangrijke dingen in zijn winkel doorgevoerd, maar hoe kwam het dat hij steeds meer het gevoel kreeg dat het leven zich buiten hem om afspeelde? Had het te maken met het feit dat alles was veranderd? Kwam het door de onderhuidse spanning, die hij de hele dag met zich meedroeg zonder te weten waar die vandaan kwam?

'Fay heeft me een paar keer per ongeluk mama genoemd,' hoorde hij Heleen zeggen. 'Zo bijzonder!' Hij miste de triomfantelijkheid in haar stem, bedacht alleen dat hij blij mocht zijn dat Heleen zo goed met zijn meisjes overweg kon. Een vreemd soort treurigheid overviel hem toen hij bedacht dat hij zijn kinderen te weinig zag en ook geen idee had hoe hij dat kon veranderen.

Hij pakte zijn glas op en nam een voorzichtige slok. Ze hadden die fles niet moeten bewaren voor bijzondere gelegenheden, bedacht hij. Hij had samen met Giny de week erna van moeten drinken, nog nagenietend van de dag die ze samen hadden doorgebracht. Nu had ze er geen plezier van gehad, en dat had hij op dit moment net zomin.

'Ik ben dol op port.' Heleen nam ook een slok. 'En ik vond dat we er vandaag allebei wel recht op hadden. Jij had een lange dag en ik net zo goed. De meiden waren druk toen ze vanmiddag uit school kwamen. O ja, ik heb ze beloofd dat we woensdagmiddag naar die grote speeltuin bij Restaurant Boslust zouden gaan als ze een poosje rustig in de tuin gingen spelen. Aangezien ze dat keurig deden, moet ik m'n belofte nakomen. Woensdagmiddag wil ik dus graag vrij hebben en volgens mij geeft dat geen problemen.'

Woensdagmiddag... Er ging een alarm in zijn hoofd af. De woensdagmiddag was nu al een tijdje de vaste middag waarop Fay en Cato bij zijn schoonouders waren. Ze keken ernaar uit omdat er altijd leuke dingen op de planning stonden. Waarom hadden ze daar zelf niet aan gedacht? Hoe kwam het dat Heleen dat kennelijk ook had vergeten?

'Mijn schoonouders...' Hij ging rechtop zitten. 'Woensdagmiddag gaan ze altijd naar mijn schoonouders. Dat weet je toch? Mijn schoonmoeder of Irene haalt ze uit school.' Hij wist niet waarom hij zich ineens vaag schuldig voelde. 'Dat wilde je graag toen je meer uren ging werken.'

'Dat is de afgelopen tijd zo geweest, maar dat hoeft toch niet de rest van hun leven zo te gaan? Zij bepalen toch niet wat de kinderen moeten doen?'

Hij schrok van haar stem, zonder dat hij precies begreep wat hem daarin alarmeerde.

'Bepalen... bepalen... We hebben het zo afgesproken en ze kijken ernaar uit. Fay en Cato zijn nog altijd hun kleinkinderen, al leeft Giny niet meer. Je weet dat ze leuke dingen ondernemen. Als m'n schoonmoeder een keer niet kan, neemt Irene het over en die is net zo gek op die meiden. Ik vind dat ik ze dat niet kan ontnemen.'

'Natuurlijk niet.' Haar ogen leken donkere poelen. 'Je schoonouders blijven de rest van hun leven zielig omdat Giny is overleden. Daarom mogen ze ons voorschrijven wat wij moeten doen.'

'Besef je eigenlijk wel hoe vreselijk het moet zijn om een kind te verliezen?' Hij was geschokt.

'Jij hebt niet in de gaten waar ze mee bezig zijn. Ze hebben een hekel aan me.' Ze ging er niet eens op in.

'Ze hebben verdriet, Heleen. Er is geen sprake van dat ze een hekel aan je hebben.'

'Je schoonzus nog het meest,' ging ze onverstoorbaar door. 'Die heeft haar zinnen op jou gezet.'

'Dat slaat nergens op.'

'O nee? Zie je weleens hoe ze naar je kijkt?'

'Kom op zeg... Irene is mijn schoonzus. Ik heb haar altijd een beetje als m'n kleine zusje beschouwd en zij noemt me weleens haar derde broer. Verder is er niks aan de hand.'

'Je bent naïef!' Haar stem klonk bedrieglijk rustig. 'Die vrouw probeert jou te krijgen via de kinderen. Daar zet ze zelfs haar ouders voor in.'

'Dat is echt onzin, je...'

'Je weet dat het geen onzin is.'

Hij wist niet wat hij moest zeggen. Waarom deed ze zo?

'Ik sta altijd voor je klaar. Zonder mij had je nu geen woonwinkel, zonder mij had je het zonder Giny echt niet gered. Heb ik daar gelijk in of niet?'

'Dat waardeer ik toch ook?'

'Nee, dat waardeer je niet, anders zou je het me gunnen dat ik op een woensdagmiddag ook eens iets leuks met de meiden kan doen.'

Hij knipperde met z'n ogen en probeerde na te denken. Het ging er toch niet om dat hij het haar niet gunde? Was het nou zo gek dat hij rekening wilde houden met zijn schoonouders? Heleen had destijds toch zelf gewild dat ze de woensdagmiddag overnamen?

'Je hoeft me niet steeds te bedanken, maar je hoeft me ook niet af te danken. Irene zou dolgraag m'n plek innemen, maar ze zal echt geen haar beter zijn dan Giny.'

'Giny was goed,' bracht hij er krachteloos tegenin. 'Ze had een hekel aan m'n zaak, maar ze was wel een goede vrouw. Ik hield van haar.'

Haar woorden kwetsten hem. Hij dacht aan Irene, hoe ze als broer en zus met elkaar omgingen. Hij had nog nooit op een andere manier aan haar gedacht. Zij vast ook niet aan hem. Of zag hij nu toch iets over het hoofd? Laatst had ze koffie bij hem in de winkel gedronken nadat ze de woonwinkel had bekeken. Hij had toen wel het idee gehad dat ze anders dan anders was, maar dat weet hij aan verlegenheid omdat ze het bij de opening van de woonwinkel had laten afweten.

'Dus nu was Giny ineens een heilige?' ging Heleen door. 'Ik heb je toch altijd heel andere dingen horen zeggen.'

Hij wilde dat ze ophield. 'Ze was geen heilige, maar ze was een goede moeder en een goede vrouw. Ik heb echt van haar gehouden, Heleen.' Hij keek naar de foto van Giny. 'En Irene is mijn schoonzusje. Meer is ze niet en meer zal ze niet worden. Ze voelt geen enkele behoefte om bij mij in de zaak te komen. Ik weet het zeker.'

'Je bent zo heerlijk naïef.' Heleen schudde haar hoofd. 'Het beroerde is alleen dat je mij nooit serieus neemt.'

Haar ogen haakten zich vast in de zijne. Hij wendde zijn blik af. 'Natuurlijk begrijp ik dat je er moeite mee hebt.'

'Oké, ik zal de meiden vertellen dat die speeltuin er komende woensdag niet in zit omdat ze naar hun opa en oma moeten. Ik hoop wel dat je iets aan dat claimen van je schoonfamilie gaat doen. Die woensdagmiddag is niet heilig en als de meiden eens iets anders willen, dan gaan ze iets anders doen. Ik denk erover om in plaats van de woensdagmiddag op vrijdagmiddag te werken. We weten allebei dat het op vrijdagmiddag drukker is. Opa en oma Hovius kunnen dan die vrijdag wel voor hun rekening nemen.'

'Ik zal kijken hoe ik dat kan inkleden,' beloofde hij voorzichtig.

'Doe je dat echt?' Ze veegde haar haren achter haar oren. 'Vergeet niet dat ik op een rotmanier bij de gemeente ben weggegaan. Ze werkten me daar op alle manieren tegen en dat heeft veel met me gedaan. Bij jou in de winkel voelde het als een nieuw begin. Het was fijn om bij jou te zijn. Daarom wil ik ook alles voor je doen, maar ik zal het niet kunnen verdragen om weer op de een of andere manier tegengewerkt te worden. Ik weet niet wat ik dan ga doen.'

'Daar hoef je niet over na te denken, want je wordt hier niet tegengewerkt. Ik zou niet weten hoe ik het had moeten redden zonder jou. Ik ben je hartstikke dankbaar.'

Opgelucht constateerde hij dat ze weer Heleen werd zoals hij haar kende. Ze nam een slok port en glimlachte naar hem. 'Jij hebt veel te veel vertrouwen in mensen, ook in de winkel. Daar moet je een beetje mee oppassen.'

'Die camera's komen er nu toch?'

'Dat is een begin.'

Ze glimlachte weer, begon over de kerstbomen die hij had besteld en over de beste plek waar hij ze kon neerzetten. Hij vroeg zich af of het aan hemzelf lag dat hij zich zo verward voelde. Waar was het allemaal om begonnen? Die woensdagmiddag. Zijn schoonfamilie lag gevoelig bij Heleen, daar moest hij een beetje mee oppassen. De cd van UB40 klonk nog steeds door de kamer.

When, you have troubles
Don't cry
Just remember
I'll be standing by

Heleen zong mee.

Achter elkaar dronk hij zijn glas leeg. Mooie woorden, dacht hij: huil niet als je problemen hebt. Onthoud gewoon dat ik klaarsta. Hij werd licht in zijn hoofd, probeerde met haar mee te zingen, maar het klonk vals. Hij hield er meteen weer mee op.

Waarom had Gerben dat gezegd?

Irene huiverde, ondanks het feit dat ze snel een jas had aangetrokken voordat ze mee naar buiten was gelopen. Het was vandaag een frisse, maar mooie dag geweest. Nu de avond was gevallen, koelde het snel nog verder af. Het kwik zou richting het vriespunt gaan, had de weerman van het journaal voorspeld.

Ze zwaaide nog een keer naar de kinderen, keek de achterlichten van zijn auto na en liep naar haar eigen ingang. Waarschijnlijk zouden haar ouders verwachten dat ze nog even bij hen binnen kwam, maar ze moest even tot zichzelf komen. Ze kon het bijna niet bevatten dat Gerben werkelijk had gezegd dat het niet de bedoeling was dat de tweeling elke woensdagmiddag bij hen zou zijn. Hij had er een halfjaar geleden nota bene zelf om gevraagd. Ze herinnerde zich nog hoe hij had aangedrongen. Wanneer haar ouders niet konden, zouden ze naar de buitenschoolse opvang gaan.

Nu wilde hij ineens dat Fay en Cato ook eens de mogelijkheid zouden hebben om iets anders te ondernemen. Alsof haar ouders hen daarbij ook maar een strobreed in de weg zouden leggen. Wanneer er een feestje van een klasgenoot was, of ze wilden bij een vriendinnetje spelen, zou dat geen enkel probleem zijn. Waarom had hij het zo nadrukkelijk aangekaart?

Met grote stappen liep ze de trap op.

Ze had natuurlijk wel een idee wie het niet zou kunnen hebben dat de kinderen het ook naar de zin zouden hebben als ze niet in haar nabijheid verkeerden.

Heleen...

Volgens haar moeder moest ze ophouden met haar negatieve gedachten over Heleen en zich erbij neerleggen dat Gerben juist aan haar een grote steun had. 'Giny komt nooit meer terug, en wij kunnen best regelmatig op de tweeling passen, maar we hebben allemaal nog een baan en we kunnen lang niet altijd. Misschien wordt het wel wat tussen die twee. Ze hebben een gezamenlijke passie voor het ondernemerschap. Dat is juist wat Gerben bij Giny altijd heeft gemist en daar moeten we reëel in zijn. Door Fay en Cato krampachtig vast te houden, zullen we hen verliezen.'

Haar ouders hadden niets tegen Gerbens mededeling ingebracht. Zij was ook zogenaamd verstandig geweest en de naam van Heleen had ze al helemaal niet laten vallen. Haar moeder kon zeggen wat ze wilde, maar het voelde echt niet goed.

Of zag ze nou dingen die er niet waren?

'Vind je dit nou zelf handig opgesteld?' Heleen stond met haar handen in haar zij bij David Finkers van de verfafdeling te kijken. Gerben zag van een afstand dat er een zenuwachtig lachje rond Davids mond speelde.

'Je kunt er wel om lachen, maar ik meen het echt. De indeling is totaal onlogisch. Ik heb het de laatste tijd een beetje in de gaten gehouden, maar veel klanten nokken af nadat ze hier een beetje hebben rondgeneusd.'

'Ik vraag hen altijd of ik kan helpen als ik merk dat ze iets niet kunnen vinden,' verdedigde David zich.

'Mensen willen vaak helemaal niet geholpen worden, omdat ze het lastig vinden als ze daarna aan moeten geven dat ze niks willen kopen. Zorg dat ze de spullen en combinaties zelf kunnen vinden. Wanneer ze iets willen weten of kleuren willen laten mengen, hoor je dat wel. Muurverf tegenover gewone verf. Wat denk je daarvan? Wanneer ze de muren hebben gedaan, steken de kozijnen en plinten ineens armoedig af. Je moet ze altijd een stap voor zijn. Misschien kunnen we een hoekje maken met een voorbeeld van behang en passende muurverf en verf voor kozijnen. Lijkt je dat iets?'

David ontdooide langzaam.

'Ik heb daar zelf ook weleens aan gedacht, maar ik dacht dat we er te weinig ruimte voor zouden hebben.'

'Je moet in mogelijkheden denken, niet in onmogelijkheden,' reageerde Heleen beslist.

Gerben draaide zich om. Dit pakte ze goed aan. David trok al bij en zou straks gemotiveerd aan de slag gaan. David had al een poosje verkering met Anouk. Hij had vreselijk gebaald toen Anouk met Rogier naar de woonwinkel vertrok en hij had wel vier keer gevraagd of hij daar ook niet aan de slag kon. Gerben was bijna overstag gegaan om van het gezeur af te zijn, maar Heleen vond dat hij voet bij stuk moest houden. 'Ze jutten elkaar op.'

Daar zat iets in. Het was nu in ieder geval duidelijk dat ze op de goede plek zaten en David leek zich ermee verzoend te hebben dat hij niet langer de hele dag naar zijn vriendin kon gluren.

Gerben verdween naar z'n kantoor om een aantal mailtjes te schrijven die nodig verstuurd moesten worden, maar voordat hij zijn scherm opende, bleef hij nog even zitten. Het was een goede zet geweest om Rogier in de woonwinkel te zetten en Heleen hier in de zaak zijn taak over te laten nemen. Nu zag hij dat het tijd was geweest voor nieuwe ideeën. Al die jaren was hij uiterst tevreden geweest over Rogier, maar zonder dat hij het in de gaten had, was zijn enthousiasme verdwenen. Rogier deed zijn werk prima, maar ook niet meer dan dat. Heleen zei dat Rogier nog altijd te onzeker was om aan nieuwe dingen te beginnen. Zij had hem gemotiveerd om die uitdaging in de woonwinkel aan te gaan. Hij was blij met Heleens aanwezigheid in de bouwmarkt. Ze kon beter knopen doorhakken. Een paar medewerkers waren vertrokken omdat ze niet blij waren met haar aanpak. Gelukkig waren hun plekken al snel opgevuld door anderen. Het was goed om zo met Heleen samen te werken. Ze deed alles voor hem en ze gaf hem moed om door te gaan.

Samen... Het woord bleef hangen. Ineens drong het tot hem door hoe hij Giny in zijn werk had gemist. Niet eens omdat ze weigerde in de zaak een hand uit te steken, maar vooral omdat ze hem steeds het gevoel gaf dat de winkel er de oorzaak van was dat zij zich tekortgedaan voelde.

Hij schrok van zijn eigen gedachten en begon snel aan het schrijven van de eerste mail.

David Finkers verbaasde zich er nog steeds over dat Anouk en hij zo verschilden in hun mening over Heleen. Ze waren gek op elkaar en waren het in heel veel dingen met elkaar eens, maar als het om Heleen ging, was er met Anouk geen land te bezeilen. Soms kregen ze er bijna ruzie over. Ze kon ook zo doordrammen. Hij zou haar maar niet vertellen dat hij vond dat Heleen hem een paar goede ideeën voor de verfafdeling aan de hand had gedaan. In eerste instantie had hij zich aangevallen gevoeld. Het kwam door de manier waarop ze iets zei, rechttoe, rechtaan, zonder omwegen. Van Gerben was hij dat niet gewend. Die probeerde het altijd zo in te kleden dat het niet zo hard aankwam. Uiteindelijk schiep de manier van Heleen wel duidelijkheid. Hij wist waar hij aan toe was. 'Je moet in mogelijkheden denken, niet in onmogelijkheden,' had ze gezegd. Goed, dan zou hij maar eens beginnen om te kijken hoe hij de ruimte logischer kon indelen.

9

De hele dag was grijs geweest, de zon had geen spoortje ruimte gekregen. Op het parkeerterrein stond een blauwe bestelbus met een opvallend logo, waarin een oog te herkennen viel. Bij de kerstbomen voor de zaak laadden mensen hun nieuwe aanwinst met enige moeite in de kofferbak van hun auto. Bij binnenkomst stuitten klanten op een feeëriek schouwspel van kunstkerstbomen en schitterende lampjes, kerstmannen, kerstengeltjes, sterren en de wereld aan kerstballen. Zowel hier als in de woonwinkel was Heleen er druk mee geweest en hij moest toegeven dat zijn winkel er nooit eerder zo sprookjesachtig had uitgezien. Gerben had moeten denken aan zijn huwelijksreis met Giny naar Innsbruck. Het was juni, maar in de binnenstad ontdekten ze een kerstwinkel. Giny wilde naar binnen. Hij was met tegenzin gevolgd. Ondanks zijn onwil was hij bij binnenkomst onder de indruk van een winters tafereel, met aan weerszijden bakken en rekken vol glimmende kerstversiering en glanzende lampjes. De sprookjesachtige sfeer had hen onbewust ertoe gebracht om meer aan te schaffen dan ze van plan waren. Elk jaar hing Giny de daar gekochte versieringen in hun kerstboom. Elk jaar vroeg ze hem of hij zich nog herinnerde waar die waren gekocht.

De laatste jaren had de tweeling haar geholpen.

Zijn keel kneep samen toen hij eraan dacht dat hij er een dezer dagen ook aan moest geloven. Hij kon Fay en Cato geen kerstboom onthouden en hij wilde het ook niet aan Heleen overlaten. Dit moest hij als vader samen met zijn kinderen doen. Als hij morgenavond een boom mee naar binnen nam, zouden ze die zondagmiddag kunnen versieren.

Hij liep naar de uitgang van de winkel en zag Heleen met de twee installateurs van de beveiligingscamera's praten. Ze droeg een gewatteerd, goudkleurig jasje op een strakke, zwarte spijkerbroek. Haar paardenstaart bewoog terwijl ze praatte. Gerben zag hoe de mannen naar haar keken. Hij liep naar hen toe.

'De camera's hangen nu overal!' begroette Heleen hem vrolijk toen ze hem in het oog kreeg. Ze lachte een stralende lach. 'De heren hebben me net verteld dat we een supergoed systeem hebben uitgezocht. Geen inbreker zal het nog wagen om hier binnen te dringen. Als ze dat wel doen, kunnen we zelfs zien of hun scheiding wel recht zit.'

'Wij gaan naar boven voor de verdere installatie,' kondigde een van de mannen aan. Hij voegde de daad bij het woord, zijn collega volgde.

Een vrachtwagen van de houthandel die aan hen leverde reed langs het parkeerterrein naar de achterkant van de winkel.

'Het is een pak van mijn hart,' zei Heleen toen Gerben en zij ook naar binnen liepen. 'Je hoort soms van die rare dingen en ik zou het vreselijk vinden als jij hier overvallen zou worden. Hopelijk schrikken die camera's dusdanig af dat geen mens dat nog in zijn hoofd zal halen. Ik moet je telefoon straks even hebben, zodat ze die ook aan kunnen sluiten. Het is niet zo moeilijk maar als ze toch bezig zijn, kunnen ze dat er best even bij doen. Ik zal de stickers op de deur plakken, zodat klanten weten dat er camera's in de winkel hangen. Of wil jij dat doen?'

Hij schudde zijn hoofd.

Ze liep vlak naast hem en hij was zich heel erg van haar aanwezigheid bewust. Haar geur, haar warmte. 'Ik hoop dat je niet te lang buiten hebt gestaan,' merkte hij onhandig op. 'Het is niet erg koud voor half december, maar het zijn ook niet bepaald zomerse temperaturen.'

'Maak je geen zorgen, dit jack is heerlijk warm.' Haar schouder raakte de zijne. Hij stond stil en diepte zijn telefoon uit zijn broekzak op. 'Hier! Geef jij die even aan de monteurs? Roep me maar als ze klaar zijn, dan kom ik wel kijken.'

Hij groette een klant en liep naar de houtafdeling om daar een handje te helpen.

Met gemengde gevoelens stond hij een poos later de camerabeelden te bekijken. Het was net alsof het pas nu werkelijk tot hem doordrong wat er op die manier allemaal was te zien. Hij bestudeerde de beelden van de parkeerplaats, van de ingang en uitgang van de winkel, de kassa's, het magazijn, maar ook van zijn woning. Hij zag het pad dat naar zijn voordeur liep, de schutting met de deur die toegang gaf tot zijn tuin. Op de parkeerplaats liepen klanten. Twee vrouwen die een kerstboom in de achterbak van hun kleine Fiat probeerden te stouwen, een jonge man met een klein jongetje dat aan zijn hand huppelde, een vrouw die met een grote doos de winkel verliet. Het was niet overdreven om te beweren dat hij bijna kon zien of haar scheiding recht zat. Hij zag aan het plaatje op de doos dat ze een vlakschuurmachine had gekocht.

'Het stelt me gerust dat ik je woning nu ook kan zien,' hoorde hij Heleen naast zich tevreden verzuchten. 'Je woont vlak naast de zaak en dat is bij heel veel mensen bekend. Er kan zomaar iemand zijn die zich iets geks in het hoofd haalt. Meestal heb je het niet in de gaten als je huis al een poosje in de gaten wordt gehouden. Met die camera's kun je zo nodig op het gevaar anticiperen.'

'En die beelden kan ik dus nu ook op m'n eigen telefoon bekijken.' Hij probeerde niet toe te geven aan het gevoel van onrust dat in hem kriebelde.

'Ja, kijk maar.' Heleen pakte zijn telefoon die ze nog bij zich droeg. 'Het is hartstikke handig en simpel.'

Hij zag dezelfde beelden voorbijkomen, maar nu in kleiner formaat.

'Jij kunt zo ook in de gaten houden wie ik op bezoek krijg?' Hij probeerde het als een grapje te laten klinken.

'Ja, alles wordt geregistreerd.' Heleen nam het serieus. 'Al ben ik dat natuurlijk niet van plan.'

'De regels over wet- en regelgeving staan overal op internet,' haakte een van de installateurs erop in.

'Die ken ik al bijna uit m'n hoofd.' Heleen lachte. 'Kan ik jullie nog koffie geven?'

Gerben kon zijn blik haast niet losmaken van de beelden. Elk pad, alle hoeken van zijn winkel kon hij in de gaten houden. Zijn blik bleef hangen aan de hoek met kunstkerstbomen. Binnenkort was het Kerstmis. De eerste keer zonder Giny. Hoe moest hij die dagen doorkomen?

Zijn schoonouders hadden gisteren gevraagd of hij eerste kerstdag met Fay en Cato bij hen wilde doorbrengen. Hij had een slag om de arm gehouden, maar nu bedacht hij dat hij die uitnodiging maar moest aannemen. Voor Fay en Cato zou het ook fijn zijn. Wat moesten ze hier alleen met hem? Of was het een idee dat hij hen, samen met Irene een keer uitnodigde? Zou dat niet te pijnlijk zijn? Ze moesten er toch een keer doorheen. De tweeling was in februari ook jarig, dan zouden ze het vast niet laten afweten. Het was misschien raar dat hij hen al die tijd nooit eens had gevraagd. Dat was gewoon niet in hem opgekomen. Hij had zoveel aan zijn hoofd.

'Gerben?'

Hij schrok op en keek in het vragende gezicht van Heleen. De twee installateurs grijnsden. 'Ik vroeg of je koffie wilde.' Ze legde haar hand op zijn arm. 'Maar je was even heel ver weg.'

'Ik hoef geen koffie,' zei hij. 'Regel jij het verder met de heren?' Hij wachtte haar antwoord niet af. Zonder op of om te kijken banjerde hij rechtstreeks naar buiten, waar hij een paar kerstbomen bekeek en de mooiste met hem meesleepte naar zijn huis. Op het moment dat hij de schuttingdeur opende, werd hij zich ook hier bewust van de camera. Automatisch keek hij omhoog en hij stelde zich voor hoe Heleen en de beide installateurs zijn verrichtingen nu gadesloegen. Gelukkig dat hij wist dat niemand daar misbruik van zou willen maken.

De kerstboom zette hij snel in een hoekje van het terras. Daarna haastte hij zich terug. Al die tijd bleef hij zich bewust van de camera's.

Met haar armen over elkaar bekeek Irene het resultaat van haar zwoegen van de afgelopen morgen en wat ze zag stemde haar niet tevreden. Ze wist niet waar het in zat. Het beeld stelde een treurende vrouw voor, maar ze miste de emotie die ze erin had willen leggen. Door de grote ramen van haar atelier sijpelde grijs daglicht naar binnen.

Misschien lag het aan haarzelf en was het de somberheid die buiten heerste die binnen op haar drukte. Het zou ook de treurende vrouw kunnen zijn die haar goedkeuring niet weg kon dragen. Of was het gewoon de tijd van het jaar en de gedachten aan Giny die haar parten speelden? Haar ouders hadden gisteren een kerstboom bij Gerben gehaald. 's Avonds was Irene even bij hen geweest. Ze waren vol lof over de smaakvolle kerstafdeling. Gerben had verteld dat het Heleens werk was geweest en dat ze er in de woonwinkel ook iets moois van had gemaakt. Om hun goede wil te tonen, waren haar ouders er even gaan kijken. Ze hadden een stolp meegenomen die van binnen grijs was, maar wanneer ze die 's avonds aanzetten, zweefden er sterren doorheen. Het was niets voor haar ouders om nog meer kerstversiering te kopen. In de loop van de jaren hadden ze zoveel bij elkaar verzameld, dat ze er de rest van hun leven mee vooruit konden.

'Heleen was er net en ze liet ons dit zien,' had haar vader gezegd. 'Ik heb je moeder gelukkig kunnen overtuigen om van de regel af te wijken om niets meer voor kerst te kopen.'

Waarom kon ze dat niet hebben? Was ze jaloers omdat Heleen zoveel ruimte in Gerbens leven had ingenomen en ze niets meer merkte van de broer-zus-relatie die ze ooit met hem meende te hebben? Ze had nu al een tijdje het gevoel dat Heleen hen uit elkaar probeerde te drijven. Ze leek vastbesloten om de belangrijkste vrouw in zijn leven te worden. Naast het gemis van Giny vond ze dat ook moeilijk, maar ze zou het Gerben hebben gegund als ze Heleen een aardige vrouw had gevonden. Juist daar zat het grote probleem. Al bij hun eerste ontmoeting had ze een antipathie tegen Heleen gevoeld en, door het laagje vriendelijkheid van Heleen heen, voelde ze dat die wederzijds was. Misschien was antipathie niet eens het goede woord. Ze had het gevoel dat er iets niet klopte. Een gevoel dat onderhuids knaagde en dat ze nauwelijks hardop durfde uit te spreken. Het was te vaag, niemand leek dat gevoel met haar te delen. Wanneer ze er tegen haar ouders over begon, schaamde ze zich bijna omdat ze zulke dingen maar durfde te denken. Zag ze het echt zo verkeerd?

Soms kon ze er niet van slapen omdat alle gedachten over Heleen door haar hoofd maalden. Over Gerben maakte ze zich niet de meeste zorgen. Hij was een volwassen man die, zolang ze hem kende, had laten zien dat hij stevig in z'n schoenen stond en zich best redde. Het ging haar vooral om Fay en Cato. Zij waren kwetsbaar. Ze moesten hun moeder missen, hun vader was altijd druk met zijn zaak en in haar beleving brachten ze veel te veel tijd met Heleen door. Ze hoopte maar dat Gerben de uitnodiging van haar ouders voor kerst aan zou nemen. Waarom zei die man nu nooit eens direct dat hij het waardeerde en graag van de partij wilde zijn?

Nou ja, dat was niet haar zaak en ze zou er verder ook niet mee zitten want eerste kerstdag had ze met vrienden afgesproken en tweede kerstdag kwam Linda bij haar. Onverwacht was er een einde aan haar relatie met Jelmer gekomen. Jelmer had aangegeven dat ze hem te veel claimde. Linda was zich van geen kwaad bewust, maar Irene kon zich er iets bij voorstellen. Elke keer als Linda weer een man aan de haak had geslagen, hoopte ze dat het voor altijd zou zijn. Licht ontvlambaar als ze was, had ze het binnen een week over de liefde van haar leven. Ze wilde alles voor haar geliefde doen, maakte al snel grote plannen en dan ging het mis.

Zelf was ze nooit zo tot over haar oren verliefd geweest. Volgens Linda zat Irene in de liefde te veel in haar hoofd, terwijl zij juist te veel in haar hart zat. Duidelijk was dat het allebei niets opleverde.

Irene staarde somber naar haar beeld. Nog steeds wist ze niet wat nou precies het probleem was.

Ineens draaide ze zich abrupt om. Linda was verpleegkundige en ze had nachtdienst gehad. Tegen deze tijd was ze wel weer uitgeslapen. Als iemand in staat was om te luisteren zonder een oordeel te vellen was zij het wel. Ze ging nu eindelijk haar hart luchten bij haar beste vriendin.

'Er moesten ineens beveiligingscamera's worden aangebracht,' zei Irene een kwartier later. Linda zat nog een beetje slaperig tegenover haar en roerde nadenkend door haar koffie.

'Misschien alarmeert me dat nog het meest. Gerben vertelde me weleens dat hij in de gaten had dat er in zijn winkel werd gestolen, maar dat hij het te ver vond gaan om zijn personeel in de gaten te houden met camera's. Het is een paar keer voorgekomen dat hij hen op heterdaad betrapte en dan was hij diep teleurgesteld.'

‘Wat geeft jou dan het gevoel dat er iets niet klopt?’ wilde Linda weten. ‘Je vertelde net dat die vrouw voor Gerben en de kinderen klaarstaat, ze heeft hem over de streep getrokken met die woonwinkel en misschien heeft ze hem net dat laatste zetje gegeven over die camera’s? Kan het zijn dat er weer iets was voorgevallen en dat hij er daarom ineens wel voor te porren was?’

Irene had zelf ook al bedacht dat de feiten waarop ze haar achterdocht baseerde voor een buitenstaander flinterdun waren. Zou het helpen als ze daar nog de blikken die Heleen haar toewierp aan toevoegde, en het feit dat Gerben een tijdje terug plotseling had aangegeven dat haar ouders die woensdagmiddag met de tweeling niet als een gewoonte moesten beschouwen? Ze besloot erover te zwijgen.

‘Hoe ziet ze eruit?’ wilde Linda weten.

‘Wat doet dat er nou toe?’

‘Ik heb besloten om als een geëmancipeerde vrouw een boor te kopen, zodat ik niet steeds aan mijn zwager moet vragen of hij gaten wil komen boren als ik iets aan de muur wil hebben. Dan zal ik opletten of ik haar zie. Volgens mij is het namelijk een kwestie van vrouwelijke intuïtie en daar moet je altijd naar luisteren. Ik hoop dat ik haar zie en dan zal ik je vertellen wat voor gevoel ik bij haar krijg.’

Vrouwelijke intuïtie. Op de een of andere manier luchtte die gedachte Irene heel erg op. Het was haar intuïtie die haar elke keer deed beseffen dat Heleen wel aardig deed, maar het niet was. Haar ouders leken daar geen last van te hebben. Die zagen Gerben met haar trouwen en begrepen ook nog dat hij dat al zo snel na de dood van Giny zou doen. Ze haalde diep adem.

‘Ze is superslank, heeft halflang, donkerblond haar en ze is wat ouder dan de meeste vrouwen die er werken. Bovendien heeft ze de leiding van Rogier overgenomen. Je herkent haar vast meteen als ze in de winkel is. Ze is de enige vrouw die het gebruikelijke groene vest niet draagt.’

De kerstboom stond in een pot. Gerben had zich gerealiseerd dat hij zich nooit eerder met de versiering ervan bezig had gehouden. Het ophalen van de boom was zijn taak. Giny en de kinderen zorgden voor de lampjes, ballen en andere kerstornamenten. Zo was het altijd gegaan. Cato en Fay hadden hem nu geholpen om de bakken met versiering van de zolder te halen. Ze wisten precies welke hij moest hebben. Beneden hadden ze de deksels eraf gehaald. 'Eerst de ster!' besliste Fay. 'Dat deed mama ook altijd!'

Cato zat al op de knieën bij een van de bakken. Even later hield ze triomfantelijk de blinkende ster omhoog, een van de versieringen die uit Innsbruck kwamen. In het licht van de lampjes, stond de ster als een schitterend kleinood aan de top.

'De ster van Bethlehem,' zei Cato. 'Dat zei mama altijd. Ze vertelde van de wijze mannen uit het Oosten die Jezus gingen zoeken.'

'Mama zei dat die ster vast net zo had geschitterd als de onze. Denk jij dat ook papa?' wilde Fay weten.

'Het was een bijzondere ster omdat er een bijzondere koning was geboren, dus die heeft vast helder gestraald,' bedacht hij. Voorzichtig haalde hij een paar glimmende ballen uit de dozen. Het was net alsof hij ze vandaag voor het eerst echt zag.

'Mijn sneeuwpop moet er ook in,' bedisselde Cato. 'Waar is mijn sneeuwpop?'

'En mijn kerstengel wil ik er ook in.' Fay streelde liefdevol over de vleugels van gaas.

Hij liet hen gaan, pakte zelf de lampjes uit de doos en begon die erin te hangen. Straks zouden Fay en Cato hem helpen met de rest. Het duurde niet eens lang voordat hij zich realiseerde dat hij genoot van dit bijzondere moment met zijn dochters. Een intens gevoel van liefde overviel hem toen hij naar hun gezichtjes keek, vermengd met diep verdriet. Zijn kinderen zouden nooit meer een moeder hebben. Hij had gedacht om samen met Giny oud te worden, om samen met haar hun kinderen te zien opgroeien en op een gegeven moment de door Giny verfoeide zaak te verkopen om samen te genieten van hun kleinkinderen, van uitstapjes. Het was alsof dat woord zich nu in zijn ziel brandde. Samen zou er nooit meer zijn. Ze waren geen echt gezin meer en ze zouden het ook niet meer worden. Nu hij terugkeek op het afgelopen jaar, leek het hem sinds het overlijden van Giny ineens een grote chaos. Hij had geprobeerd om alle ballen hoog te houden, maar hij leefde van de ene dag in de andere dag zonder er werkelijk gevoel bij te hebben. Zijn woonwinkel, de nieuwe ideeën van Heleen, eten bij zijn schoonouders, het maakte allemaal niets in hem los. Heleen was er voor hem en voor de kinderen. Hij waardeerde haar en tegelijk was er een gevoel dat steeds opspeelde. Hij kon het niet onder woorden brengen, maar het zorgde ervoor dat hij op zijn hoede was. Hij wist niet wat hij ermee aan moest en kwam tot de conclusie dat het er waarschijnlijk mee te maken had dat hij zich tot haar aangetrokken voelde. Hij zag hoe ze naar hem keek. Hij zag ook hoe aantrekkelijk zij was. Verstandelijk geredeneerd zou ze een goede vrouw voor hem zijn. Een vrouw die naast hem stond in de winkel en die voor zijn kinderen zorgde. Het was zijn gevoel dat die gedachten weersprak. Hij was nog niet toe aan een andere vrouw, dat moest het zijn. De dood van Giny was nog geen jaar geleden. Heleen was te vroeg in zijn leven gekomen. Hij hing het laatste lampje in de boom en stak de stekker in het stopcontact.

'Mooi!' Met glanzende gezichtjes keken zijn dochters naar de boom.

'Ik hou van jullie,' zei hij plompverloren.

Verrast en een beetje verlegen keek de tweeling naar hem op. Daarna, alsof ze het hadden afgesproken, draaiden ze zich naar hem om en sloegen hun armpjes om hem heen. Hij bukte zich en hield hen stevig vast.

10

'Wat vind je ervan als ik eerste kerstdag lekker voor jullie kook?' Heleen zette haar computer uit en draaide zich naar hem om. Haar ogen leken te stralen. Het was Gerben vandaag al eerder opgevallen dat ze veel werk van haar make-up had gemaakt. Hij had het gevoel dat ze in de loop van de tijd steeds mooier werd, maar die gedachte duwde hij meteen weg.

Het was woensdagmiddag en nog steeds was het de gewoonte dat Fay en Cato die middag bij hun grootouders doorbrachten. Heleen was er niet meer op teruggekomen. In verband met de kerstdrukte in de winkel bleven ze er vannacht zelfs slapen en dat zouden ze de komende kerstvakantie ook een paar keer doen.

Zijn schoonouders zeiden nooit nee als hij erom vroeg.

'Ik heb afgesproken dat we eerste kerstdag bij mijn schoonouders zijn,' antwoordde hij en dat riep een vaag schuldgevoel op. Hij had eerder deze week nog overwogen om Heleen voor tweede kerstdag te vragen, maar toen hij en Fay en Cato door de ouders van hun beste vriendin voor die dag werden gevraagd, had hij besloten om die uitnodiging aan te nemen, Hij wist hoe graag zijn dochters dat wilden.

'Oké!' Heleen stond op en hij herademde. De afgelopen weken had hij het onderwerp zorgvuldig proberen te vermijden, hoewel het vaak op het puntje van zijn tong lag om naar haar plannen te informeren. Die neiging had hij ook nu in de drukkende stilte die er was gevallen. Hij wist dat ze geen plannen zou hebben. Over vrienden hoorde hij haar nooit en met haar ouders had ze gebroken. Ze zou alleen thuis zijn. Thuis in die kleine flat, die er aan de buitenkant zo mistroostig uitzag. Ze had hem er nooit uitgenodigd. Hij vroeg weleens hoe haar die buurt beviel, maar duidelijker dan het vage antwoord: 'Weet ik eigenlijk niet want ik ben er bijna nooit,' was het niet geworden. Hij besefte dat hij maar weinig van haar omstandigheden afwist, buiten de ellende die ze in haar jeugd, met haar ouders en in haar huwelijk had meegemaakt. Een tijdje geleden was hij op een zondagmiddag in een opwelling langs haar flat gereden nadat hij met zijn dochters een boswandeling had gemaakt. Hij had zich afgevraagd hoe iemand zich daar thuis kon voelen en hoe haar flat er van binnen uit zou zien. Zou ze het gezellig hebben ingericht, of juist heel strak en basic? Had ze de kamer in kerstsfeer gebracht of deed ze daar thuis niet aan? Een kerstboom had hij haar niet zien kopen, en hij had er ook niet naar gevraagd. Het was mogelijk dat ze een kunstkerstboom bezat, en anders had ze wellicht elders een exemplaar gekocht. Allemaal aannames om niet aan zijn schuldgevoel toe te geven. Hoe kwam het toch dat hij zich zo schuldig voelde?

Hij wist het antwoord, maar wilde er nu niet verder over nadenken.

'Wat had je willen koken?' hoorde hij zichzelf zeggen om de plotselinge, ongemakkelijke stilte te verbreken.

'Dat doet er nu niet toe, want ik hoef niet voor jullie te koken.' Ze keek op haar mobiel. 'Jammer, ik had echt heerlijke gerechten bedacht. Je had je vingers erbij afgelikt.' Haar ogen gleden van haar mobiel naar zijn gezicht, alsof ze hoopte dat hij overstag zou gaan. Hij hield zijn mond.

'Het is al laat. Ik ga maar naar huis.'

'Morgen zal het weer druk zijn. Bedankt voor je buitengewone inzet.'

Misschien kon hij een mooi kerststuk aan haar geven als dank voor alles wat ze voor hem deed. Zijn personeel zou maandag een kerstpakket ontvangen, maar zij deed veel meer dan de rest. Wellicht was dat toch geen goed idee voor iemand die daar de kerstdagen in haar eentje naar zou moeten kijken.

'Als je morgen een uurtje later wilt beginnen omdat je nu zo lang hebt doorgewerkt vind ik dat prima,' probeerde hij haar nog een beetje te troosten.

Gedecideerd schudde ze haar hoofd. 'Welnee, niet nodig. Met de kerstdagen heb ik tijd genoeg om uit te rusten.' Haar woorden werden vergezeld van een smal glimlachje. 'Ik ben elk jaar stiekem blij als die dagen weer voorbij zijn.'

'Begrijp ik. Alvast welterusten en tot morgen!'

'Even voor de zekerheid: je hoeft echt geen medelijden met me te hebben. Ik vind het nare dagen, maar ik kan mezelf heus wel vermaken.'

'Daar twijfel ik niet aan.' Hij keek haar na toen ze wegliep. Ze leek ineens veel minder zeker van zichzelf dan anders. Er lag iets kwetsbaars in haar houding. Koortsachtig dacht hij na. Kon hij nog iets anders regelen? Hij kon het zijn schoonouders niet aandoen om nu op zijn afspraak terug te komen en als hij tweede kerstdag niet door liet gaan, kreeg hij ruzie met Fay en Cato.

De deur viel hard achter Heleen in het slot. Zijn zaak ademde een plotselinge stilte uit. Het drukkende, benauwende gevoel wilde hem niet verlaten. Eerst maar naar huis. Nog even een glaasje wijn drinken en dan onder de wol. Morgen was het weer vroeg dag, en zijn lichaam leek elke morgen onwilliger als het tijd was om op te staan.

Hoeveel Heleen ook voor hem deed, hij hoefde zich niet verantwoordelijk voor haar privéleven te voelen, hield hij zich voor toen hij over het pad vanuit de winkel naar zijn huis liep. Zijn medelijden wilde ze ook niet. De lamp bij zijn voordeur brandde. In het licht daarvan zou hij duidelijk op de camera's te zien zijn. Na een maand dacht hij er nauwelijks meer aan als hij hier liep, maar op dit moment was hij zich er plotseling sterk van bewust.

In huis schonk hij zich het glas in dat hij zichzelf had beloofd. Hij deed de televisie aan om de stilte te verjagen en Heleens eenzame kerst te vergeten. Ineens schokte hij rechtop in de stoel.

Was het wel medelijden wat hij voelde? Hij zag steeds haar stralende ogen voor zich, haar lach als ze met een klant praatte, terwijl haar blik de zijne zocht en er even een woordeloos contact was. In het werk waren ze vertrouwelijk met elkaar. Op dat gebied werd hun band steeds sterker. Ze wist van aanpakken, had soms dingen al geregeld voordat hij erom had gevraagd. Hij genoot van het samen nadenken over het reilen en zeilen in de winkel, van haar plannen en de manier waarop ze het personeel wist te motiveren. Ze leek onvermoeibaar en nam hem steeds meer zaken uit handen. Soms was er een onderhuids gevoel dat er iets niet klopte, maar dat kreeg nooit de overhand. Heleen was alles wat hij in Giny had gemist.

Was hij ongemerkt en zonder dat hij het wilde toch verliefd op haar geworden? Hij wilde het zichzelf niet toestaan. Het was veel te vroeg. Giny's dood was nog geen jaar geleden. Hij kon het zijn kinderen niet aandoen, hoewel ze op Heleen gesteld waren, maar hij kon het zijn schoonouders ook niet aandoen. Ze zouden denken dat hij Giny wel heel snel was vergeten. Vooralsnog moest hij die onzinnige gedachten uit zijn hoofd zetten.

Dat lukte niet.

'Je snapt dat ik het een naar idee vind dat zij met de kerstdagen alleen zit, terwijl ze zoveel voor me doet.' Gerben had zijn woorden goed overdacht, maar nu hij ze hardop uitsprak voelden ze aan als een smoes. 'Ik had bedacht dat we misschien vanuit de kerk bij jullie zouden kunnen koffiedrinken.'

Het leek zijn schoonmoeder niet op te vallen. 'Daar heb je gelijk in,' hoorde hij haar zeggen. 'Een mens hoort met zulke dagen niet alleen te zijn. Waarom neem je Heleen niet mee? John en ik zijn haar dankbaar voor wat ze voor onze kleinkinderen doet. Ik zou het erg op prijs stellen als ze met jullie mee zou willen komen.'

Op zo'n antwoord had hij niet gerekend. Hij aarzelde en vroeg zich af of Heleen daar op zou zitten te wachten. En Irene nog minder. Of dacht hij nu te veel voor anderen?

'Ik denk dat Irene dat niet op prijs zal stellen,' bracht hij zijn zorgen voorzichtig onder woorden.

'Irene verblijft beide kerstdagen ergens anders,' reageerde zijn schoonmoeder kort.

Heleen liep zijn kantoor binnen.

'Ik zal het vragen en bel straks terug,' beloofde hij snel.

'Wat zul je vragen?' informeerde ze meteen.

Vanmorgen had hij niets meer van haar teleurstelling gemerkt. Hij had zijn best gedaan om gewoon te doen en zijn ontdekking van gisteravond te vergeten, maar hij had het gevoel dat ze het aan hem zag. Hij voelde zich ongemakkelijk. 'Of jij eerste kerstdag met ons mee komt als we bij mijn schoonouders gaan eten.'

Ze keek verrast, maar haar blik versomberde meteen. 'Alsof Irene daarop zit te wachten.'

'Irene is niet thuis,' reageerde hij. Alsnog verwachtte hij dat ze zou weigeren.

Tot zijn verrassing stemde ze meteen toe. 'Dat lijkt me leuk.'

De opluchting die hij voelde, overweldigde hem bijna. 'Top! Ik ga direct terugbellen. Of wilde je iets vragen?'

'Bel eerst maar, dat komt later wel.' Ze legde haar hand even op zijn schouder en toen hij opkeek glimlachte ze. Van de blik in haar ogen kreeg hij een kleur. Hij keek snel de andere kant op en drukte op de herhaaltoets van zijn telefoon.

'Ze lijkt me een aardige vrouw.' Linda had zich in de gebloemde oorfauteuil genesteld die zich in de hoek van het atelier van Irene bevond. Vanaf haar plekje sloeg ze de verrichtingen van Irene gade die langzaam maar zeker de emotie van de treurende vrouw in het beeld had weten te leggen. Soms deed Irene een paar stappen achteruit om het beeld, weliswaar kritisch, maar met steeds meer tevredenheid te bekijken.

Linda kende haar vriendin vanaf de basisschool. Ze registreerde de ergernis in haar houding, die ze niet openlijk wilde tonen. Onwillekeurig gleed er een glimlach rond haar mond. Ze had het kunnen voorspellen. Irene had graag haar bijval gehad, maar ze wilde nu haar teleurstelling niet laten blijken.

'Eerlijk gezegd denk ik dat ik er weinig van kan zeggen,' ging ze door. 'Ik heb een nieuwe boormachine gekocht. Een van de mannen van die afdeling heeft me prima advies gegeven en daarna heb ik afgerekend bij de vrouw van wie ik bijna zeker weet dat het Heleen was.'

'Heleen zit bijna nooit meer achter de kassa...'

'Ze was de enige die niet zo'n groen fleecevest van de Boma droeg,' viel Linda haar in de rede. 'Je hebt me gezegd dat ze die niet meer draagt sinds ze de functie van Rogier heeft overgenomen. Bovendien heb ik een praatje met haar gemaakt over de afdeling kerstversieringen die dit jaar zo'n sprookjesachtige sfeer had. Ze voelde zich duidelijk erg gevleid, maar probeerde net te doen alsof ze dat niet was. Hopelijk heb ik niet meer omschrijvingen nodig om je te overtuigen dat het echt om Heleen ging.'

Irenes handen lagen nu stil. 'Dat is mooi,' zei ze. 'Ik geloof dat ik nu eerst iets te drinken ga inschenken. Wil je ook icetea?'

Linda verbaasde zich erover dat Irene na al die jaren van vriendschap kennelijk ineens niet meer wist dat icetea niet haar favoriete drankje was. Ze zei er niets van, maar gaf aan dat ze liever water wilde. Zwijgend vulde Irene de glazen.

De stilte bleef toen ze naast de oorfauteuil in de vensterbank ging zitten. 'Ze heeft dus een goede indruk op je gemaakt,' zei ze bedachtzaam. 'Dan zal ik het wel helemaal verkeerd hebben. Sorry dat ik je ermee heb opgezadeld.'

'Nogmaals, ik denk dat ik er weinig van kan zeggen,' herhaalde Linda. 'Ik heb alles bij elkaar zo'n drie minuten bij de kassa gestaan. Dat lijkt me niet genoeg om een weloverwogen oordeel over iemand te vellen. Laatst heb ik je gezegd dat je op je intuïtie moet vertrouwen. Blijf dat maar doen. Hou er wel rekening mee dat Gerben een volwassen man is die volgens mij prima in staat is om zijn eigen boontjes te doppen. Dat lukte hem ook toen Giny nog leefde en niet van plan was om veel voor zijn zaak te betekenen. Gerben is een intelligente man en hij is vast heel goed in staat om zijn verstand te gebruiken. Die loopt niet in zeven sloten tegelijk.'

'Ik denk dat je gelijk hebt. Bedankt voor je moeite.'

Het klonk niet alsof Irene meende dat ze gelijk had. Toch liet Linda het onderwerp nu rusten. Op dit moment kon ze er niets meer aan toevoegen. Later zou ze er nog weleens op terugkomen.

Toen hij in het donker zijn huis naderde, ontdekte Gerben dat de rolluiken voor de ramen waren neergelaten.

In de kamer zat Heleen in een hoekje van de bank met een dik, roze vest aan en een fleecedeken over haar benen, die normaal altijd op de kamer van de tweeling lag. 'Ik had het koud,' verklaarde ze toen ze zijn verbaasde blik zag.

'Dan zet je de verwarming toch iets hoger?'

Meestal kwam ze zelf wel op zo'n idee. Hij kreeg er een beetje een vreemd gevoel van.

'Waarom zou ik voor die paar uurtjes de verwarming hoger zetten als ik op deze manier ook warm kan worden? Ga maar gauw naar boven. De tweeling slaapt al lang en breed, want ze zijn vroeg naar bed gegaan. Op school waren ze druk geweest voor de kerstviering van aankomende vrijdag en ze waren hartstikke moe.'

Hij knikte en liep met grote stappen de trap op. Heleen had gelijk, zag hij toen hij tussen hun bedden stond. Ze sliepen als een roos.

Beneden was Heleen kennelijk van de bank opgestaan. Hij hoorde haar lopen. Hakken tikten op de houten kamervloer. Onwillekeurig fronste hij zijn wenkbrauwen. Ingespannen bleef hij luisteren, keek onderwijl vertederd op de slapende gezichtjes neer. De wangen van Cato waren rood. Fay lag met haar neus onder de dekens. Klonk er nu muziek beneden?

Waarschijnlijk had Heleen zich er niet van kunnen weerhouden om iets voor hem te drinken in te schenken en de televisie aan te zetten. Ze wist dat hij ervan genoot om op die manier nog even te ontspannen. Zonder er verder nog even over na te denken, drukte hij een kus op de warme wangen van zijn dochters, trok in zijn eigen slaapkamer zijn schoenen uit en liep op zijn sokken de trap af. Hij zou Heleen zeggen dat hij moe was en vroeg naar bed wilde, nam hij zich voor. Hij vond het best om nog even te blijven zitten, maar morgen werd er weer veel van hem verwacht. Het moest niet te laat worden.

In de kamer bleef hij op de drempel staan. Het licht was gedempt, vanuit de luidsprekers klonk een romantische melodie, op tafel stonden twee glazen die gevuld waren met rode wijn, maar de adem stokte in zijn keel toen hij Heleen zag. Ze had haar werkoutfit verwisseld voor een korte, aansluitende, paarse jurk met een knoopsluiting aan de voorkant. Zo had Giny hem in al die jaren van hun huwelijk nog nooit verrast. Hij bleef staan en had geen idee wat hij nu moest doen.

Het kon niet, hield hij zich voor. Het mocht niet en het was onmogelijk. Giny was nog geen jaar geleden overleden en ze hadden een arbeidsrelatie. Niets was onverstandiger dan een relatie met een werknemer aan te gaan.

Heleen leek geen last van dergelijke gedachten te hebben. Op de maat van de muziek danste ze rustig in zijn richting, haar heupen draaiden sensueel en langzaam maakte ze knoop voor knoop haar jurk open. Hij wist dat hij iets moest zeggen, dat hij dit niet moest laten gebeuren, maar hij kon zich niet verroeren. Hij kon alleen maar naar haar kijken en voelen hoe zijn lichaam op haar reageerde.

'Het is niet...' wist hij nog schor uit te brengen toen ze haar armen om zijn hals sloeg en haar mond de zijne naderde. Alles in hem verzette zich en tegelijk verlangde hij meer dan ooit naar deze vrouw. Hij was geen baas meer over zichzelf, als vanzelfsprekend gleden zijn handen over haar rug. 'Wat ben je mooi...' hoorde hij zichzelf fluisteren. 'Ik heb nog nooit...' Ze belette hem om verder te spreken. Zachte lippen gleden over de zijne. Hij wilde niet, sloot zijn ogen en probeerde zich los te maken. 'Heleen nee, ik kan dit niet.'

Hij ontmoette haar ogen. Even was hij bang dat ze boos zou worden, maar ze herstelde zich meteen en knoopte haar jurk verder open. 'Je wilt dit wel. Ik zie het aan je.' Haar stem klonk hees. Ze liet de jurk van haar schouders glijden. Daaronder droeg ze iets wat hij Giny nog nooit had zien dragen. Het maakte zijn verwarring nog groter. Hij liet zich door haar op de bank duwen. Nog steeds besefte hij dat het onverstandig was, maar er was geen mogelijkheid om te ontsnappen. Hij genoot en probeerde niet aan Giny te denken. Er viel ook niets te vergelijken. Wat Heleen nu bij hem deed, had Giny nog nooit gedaan.

'Vond je het fijn?'

Hoe vaak had Heleen die vraag naderhand gesteld? Hij had er geen woorden voor gehad. Zijn schuldgevoel tegenover Giny was al snel weggeëbd. Opwinding won het van zijn twijfels. Het was geweldig geweest. Alles was hij vergeten, het was alleen Heleen en hij. Heleen, Heleen, haar naam zong door zijn hoofd. Later won zijn gezonde verstand het weer. Met spijt in zijn hart had hij haar naar huis laten gaan. Hoe geweldig moest het zijn om met een vrouw als Heleen samen te leven, om samen met de winkel bezig te zijn, voor zijn kinderen te zorgen, en voluit te mogen genieten als ze vrijden. Met Giny had hij hiervan niet eens durven dromen.

Hij vond het lastig om Heleen te zeggen dat hij dit graag geheim wilde houden, maar hij vond dat hij toch moest vragen of ze discreet wilde zijn. Ze begreep hem meteen. 'Natuurlijk zeg ik niks. Voorlopig blijft het ons geheimpje. Elke keer als we elkaar aankijken weten we hoe heerlijk het tussen ons is. Was het met Giny ook zo fijn?'

'Anders...' zei hij voorzichtig.

'Maar ook zo fijn?'

'Nee, niet zo fijn.' Hij voelde toch weer schuldgevoel opkomen.

Ze had hem nog eens gekust. 'Hoe spannend zal het zijn om met de kerst bij je schoonouders te zitten en net te doen alsof er tussen ons niks aan de hand is. Ze zijn toch wel aardig, vind ik. Misschien moesten ze eerst even aan me wennen. In ieder geval zijn ze heel anders dan Irene. Ik ben blij dat ik haar niet meer zo vaak in de winkel zie.'

'Ze kwam nooit vaak,' nam hij het meteen voor zijn schoonzus op. 'Toen Giny nog leefde, wipte ze regelmatig thuis aan en kwam daarna even naar de winkel om mij te groeten. Geef haar even de tijd om te wennen. Ze is een lieve vrouw, maar ze mist Giny heel erg. Ondanks het leeftijdsverschil waren ze heel gek met elkaar. Irene is trouwens ook dol op Fay en Cato en dat is wederzijds.'

'Ze is vooral dol op jou,' had Heleen hem nog eens voorgehouden. 'Echt waar, als ze de kans krijgt, pakt ze je helemaal in.'

Natuurlijk wilde hij het niet geloven en toch zag hij het gedrag van Irene de laatste tijd in een ander licht. Dat gevoel overschaduwde enigszins zijn euforie van zijn verliefdheid op Heleen. Uiteindelijk won de euforie het weer.

's Nachts sliep hij beter dan hij in tijden had gedaan.

11

Boven hem beierden de klokken toen Gerben samen met Fay en Cato de kerk binnenliep. Hij had vroeger willen zijn. Op eerste kerstdag zat de kerk altijd voller dan normaal. Het was toch later geworden dan hij wilde. Fay wilde dat hij haar haren vlocht. Cato kon nergens de clipjes vinden die bij haar nieuwe jurk pasten. Ondanks zijn goede voornemens was hij hier sinds de begrafenis van Giny niet meer geweest. Hij voelde zich opgelaten. De tweeling leek er geen last van te hebben. Fay wees hem op opa en oma en tante Irene die bijna vooraan zaten. Gelukkig protesteerden ze niet toen hij bijna achteraan nog drie lege stoelen ontdekte. Hij ging tussen zijn dochters zitten. Om hem heen werden gesprekken gevoerd. Hij keek naar de enorme kerstboom die een beetje scheef stond en dacht eraan dat ze vorig jaar met z'n vieren naast zijn schoonouders hadden gezeten. Kennelijk waren ze toen vroeger geweest.

Buiten zwegen de klokken ineens. Jubelende orgelklanken namen het over en net op dat moment tikte iemand op z'n schouder. Geschrokken draaide hij zich om en keek recht in het lachende gezicht van Heleen. 'Verrassing!'

Hij kleurde als een schooljongen.

Fay en Cato hadden haar ook ontdekt. Cato begon meteen een heel verhaal, dat Heleen afkapte toen het orgel inzette voor de eerste samenzang. 'Ik zit achter jullie. Netjes stilzitten, want ik zie alles.' Ze knipoogde.

Gerben bleef zich de hele dienst bewust van Heleens ogen in zijn rug. Nu en dan haalde hij een hand door zijn haar, dat vlak voor de kerst nog was geknipt. Zijn ogen dwaalden in de richting van de plek waar zijn schoonouders zaten. Irene zou er straks niet zijn. Sinds Heleen had gezegd dat ze hem wilde inpalmen, keek hij met andere ogen naar haar, of hij nu wilde of niet. Hij kon zich er niets bij voorstellen, maar het was wel bijzonder dat ze juist nu bij vrienden ging eten. Dat had ze nog nooit gedaan. Elk jaar was ze op eerste kerstdag van de partij.

Verder had hij er nooit iets van gemerkt. Giny had hem weleens gezegd dat Irene de lat veel te hoog legde op het gebied van mannen. Als zussen hadden ze daar samen over gepraat.

'Ze wil een man die ontwikkeld is,' had ze opgesomd. 'Ze moet ook goed met hem kunnen praten, hij moet kunnen luisteren en haar liefdevolle aandacht geven, maar ze wil ook dat ze samen kunnen lachen en leuke dingen doen en het zou mooi zijn als hij er aantrekkelijk uitziet.' Samen hadden ze erom gelachen.

'Jammer dat jij het laatste exemplaar aan de haak hebt geslagen,' had hij bij wijze van grapje gezegd, waarop Giny terugkaatste dat hij zich niet hoefde te verbeelden dat hij zo'n superman was.

Als iemand wist dat hij niet aan haar eisen voldeed, zou het Irene zijn en dus was het uitgesloten dat ze dergelijke gevoelens koesterde. Die conclusie luchtte hem op. Hij probeerde zijn aandacht weer bij de dienst te houden.

Na het *Ere zij God* begon de kerk leeg te stromen. Van verschillende kanten werden hem goede kerstdagen gewenst. Het lukte Heleen om tegelijk met hem naar buiten te gaan. Op de stoep wachtten ze even op John en Kiki. Fay en Cato huppelden direct naar hun grootouders toe. Gerben zag hoe Irene keek toen ze Heleen opmerkte en hoe ze zich direct ook weer herstelde, maar hij realiseerde zich dat het goed was dat ze tijdens de kerstmaaltijd verstek zou laten gaan.

Heleen droeg dezelfde paarse jurk die ze ook op die bewuste avond had gedragen. Gerben had het meteen gezien toen ze bij hem in de auto was gestapt. Haar blik daagde hem uit, het leek alsof ze hem met haar ogen kuste. Hij voelde zich weer de jongeman die tot over zijn oren verliefd was, ondanks de tweeling die achter in de auto met elkaar zaten te kibbelen.

Heleen draaide zich om en maakte er met een grapje een einde aan.

'Heel kleine kinderen maken altijd ruzie met elkaar,' zei ze. 'Willen jullie echt klein zijn?'

'We zijn niet klein,' mopperde Fay.

'Echt niet,' stemde Cato met haar in. De rest van de rit waren ze stil gebleven. Gerben was zich sterk bewust van Heleens nabijheid. Dat bleef toen ze bij zijn schoonouders op de bank zaten. Vanaf een grote foto aan de muur lachte Giny hem toe. Het was dezelfde als bij hem thuis, maar hier leek ze hem verwijtend aan te staren. Heleen zat naast hem. Ze praatte met zijn schoonmoeder en hij hoorde dat ze haar Kiki noemde. Hij probeerde zijn gedachten bij het gesprek te houden dat hij met zijn schoonvader voerde over de hevige concurrentie tussen bouwmarkten. Fay en Cato zaten in hun eigen hoekje te knutselen. Naast hem vertelde zijn schoonmoeder dat haar twee zoons de volgende dag zouden komen. Ze informeerde of Heleen ook broers en zussen had. 'Ik zie mijn familie nooit,' zei Heleen kort.

'Dat lijkt me vreselijk,' reageerde zijn schoonmoeder meteen.

'Het is vreselijker om hen wel te zien.' Heleen lachte erom en zonder te kijken wist hij nu precies hoe geschokt zijn schoonmoeder zou kijken. Voor haar was het onvoorstelbaar om met een van haar kinderen in onmin te leven. Als iemand op harmonie was gesteld, was zij het wel.

'Hoe bevalt het Rogier?' Zijn schoonvader keek hem afwachtend aan. Heleen schoof een beetje in Gerbens richting. Hij deed echt zijn best om er geen aandacht aan te besteden, maar hij kreeg het idee dat hij kleurde.

'Rogier?' zei hij een beetje schaapachtig.

'De woonwinkel. Ik vroeg je hoe die nieuwe functie Rogier bevalt.'

'Die is hem op het lijf geschreven.' Hij probeerde weer om zijn gedachten erbij te houden maar in stilte verlangde hij erg naar huis.

'Ik praat niet graag over mezelf,' antwoordde Heleen toen Kiki tijdens het kerstdiner informeerde of ze zelf ook kinderen had. Gerben zag hoe ze snel een druppel champignonsaus van tafel veegde, zodat Fay daar niet met haar arm in ging liggen. Zijn schoonmoeder had bij aankomst gezegd dat ze zulke leuke jurken aan hadden. 'Hebben we samen met Heleen gekocht,' verklapte Fay direct. Gerben had gezien hoe trots Heleen keek en het had hem ontroerd. Ze was echt dol op zijn kinderen. Lange tijd had hij het op afstand gehouden, maar sinds die geweldige avond kon hij bijna nergens anders meer aan denken dan aan Heleen. Hij kreeg in de loop van de middag steeds meer moeite om zijn liefde voor haar niet te laten blijken.

'Het is allemaal een beetje moeilijk,' zei Heleen nu. 'En de kinderen...'

'Dat snap ik natuurlijk,' haastte zijn schoonmoeder zich te zeggen. 'Misschien leek het nieuwsgierig. Zo was het niet bedoeld. Ik vind dat je zo liefdevol met Fay en Cato omgaat en daarom vroeg ik me af of je zelf ook kinderen hebt. Stom natuurlijk, want dan waren ze vast meegekomen. Het spijt me.'

'Heleen heeft veel meegemaakt.' Gerben had zelf niet in de gaten hoe verliefd hij naar Heleen keek. Hij had zich de hele dag afgevraagd of ze onder de jurk dezelfde lingerie droeg als op die bewuste avond. Straks zou hij het weten. Haar blikken waren duidelijk genoeg.

'Ik zou graag meer werk van Irene willen zien,' ging Heleen nu op een ander onderwerp over. 'Ik vind het beeld dat jullie daar in de hoek hebben staan gewoonweg fantastisch. Veel verstand heb ik niet van kunst, maar ik kan wel zien dat dit mooi is.'

'Ja, ik weet niet...' Kiki aarzelde en keek hulpzoekend naar John.

'Irene zal het niet prettig vinden als we tijdens haar afwezigheid naar haar atelier gaan,' zei hij voorzichtig. 'Eerlijk gezegd voelt het voor mezelf ook niet goed.'

'Natuurlijk, dat begrijp ik.' Heleen hapte van een stoofpeer.

'We kunnen het beter een keer doen als Irene er wel is.' John keek haar vriendelijk aan. 'Ze zal het leuk vinden dat je belangstelling voor haar werk toont.'

'Natuurlijk. Wat een heerlijke stoofperen trouwens.'

'Recept van mijn moeder. Ze kookte ze altijd in bessensap en deed er dan wat steranijs bij,' verklapte Kiki.

'Lekker!' zei Heleen genietend. 'Cato, kijk uit, je morst op je jurk. Mag ik in de keuken even een doekje nat maken?'

'Dat doe ik wel.' Kiki stond al op.

Gerben keek naar Heleen. Ze glimlachte naar hem.

'Ze waren weg van je.' Gerben had vanavond de tweeling naar bed gebracht en een verhaaltje voorgelezen.

Heleen had wijn ingeschonken. Alleen de lichtjes van de kerstboom waren aan, de ster die voor het raam hing en de waxinelichtjes die her en der in de kamer stonden. Giny had het vroeger ook altijd gezellig weten te maken, bedacht Gerben. Heleen deed niet voor haar onder. Heleen deed op heel veel gebieden niet voor haar onder.

Zijn schoonouders hadden dat ook opgemerkt. Tijdens het inpakken van de vaatwasser had Gerben zijn schoonmoeder geholpen. 'Heleen is echt dol op de kinderen,' had ze plompverloren opgemerkt. 'John en ik hebben laatst tegen elkaar gezegd dat het zo jammer was dat Giny nooit waardering had voor je werk in de winkel. Heleen weet mee te praten en ze is er ook op dat gebied voor je.' Hij had gezien dat ze het moeilijk had, maar ze was toch doorgegaan. 'Het is voor John en mij niet makkelijk om te zien hoe Heleen al zo snel na het overlijden van Giny haar lege plek inneemt, maar ik wil dat je weet dat we er alle begrip voor hebben als je besluit om met haar verder te gaan. In jouw situatie is een man alleen niks waard. Je zit altijd met oppas voor de kinderen naast het drukke leven dat je leidt.'

'Heleen was er na het overlijden van Giny alsof het heel vanzelfsprekend was,' had hij nadenkend opgemerkt. 'Dat waardeer ik enorm. De eerste maanden was ik van de wereld. Het ging zo snel, zo plotseling. Ik had het idee dat ik in een verkeerde film terecht was gekomen, dat het mij niet echt overkwam. Zij pakte op wat ik liet liggen, samen met Rogier. Ik ben haar dankbaar dat ze aandrong om dat pand van Dantuma te kopen, anders had ik het zeker niet gedaan. Ik heb veel aan haar te danken. Daarom vond ik het zo fijn dat jullie haar uitnodigden om vandaag mee te komen. Ze verdient het gewoon om het deze dagen gezellig te hebben. Met haar familie heeft ze geen contact en over vrienden hoor ik haar ook nooit. Ze zou dus alleen thuis hebben gezeten.'

'Wat een ellende! John en ik waren daar natuurlijk niet van op de hoogte. Ik hoop dat ik haar vanmiddag geen pijn heb gedaan met mijn vragen.'

'Volgens mij kan ze wel wat hebben,' had hij haar gerustgesteld.

'Nou ja, ik heb gezegd wat ik wilde zeggen. Laat je door ons niet weerhouden als je met haar verder wilt,' had zijn schoonmoeder vervolgd. Haar stem trilde een beetje. 'Het zal ons best wat tranen kosten, maar het is uiteindelijk voor iedereen het beste. Wij en Irene willen alles voor je doen wat in ons vermogen ligt, maar we kunnen er minder voor Fay en Cato zijn dan we zouden willen.'

Op dit moment voelde hij weer de opluchting die haar woorden bij hem hadden teweeggebracht, alsof hij erop had gewacht dat zijn schoonouders toestemming zouden geven.

'Heb ik echt een goede indruk gemaakt?' Ze zat naast hem op de bank en keek naar hem op. De strassteentjes die her en der door haar haren leken gestrooid, glinsterden in het licht van de lampjes van de kerstboom. Hoe kwam het dat hij zo vaak die eenzaamheid in haar zag? Wanneer hij naar haar keek, zag hij een mooi, maar eenzaam meisje. Ze was ouder dan hij, maar hij bleef het kind zien dat ze vroeger was geweest. Het kind dat werd gepest omdat ze geen modieuze kleding droeg. Het kind waarvoor thuis geen aandacht was. Dagelijks zag hij hoe doortastend ze te werk ging, maar hij bleef dat meisje zien.

'Je hebt een geweldige indruk gemaakt.' Hij pakte haar hand en streelde die. 'Mijn schoonmoeder zei in de keuken zelfs tegen me dat zij en schoonpa er geen problemen mee zouden hebben als wij samen verder zouden gaan.'

'Dan heb ik ze goed in weten te pakken.' Heleen glimlachte.

'Je hebt mij ook goed weten in te pakken.' Hij trok haar naar zich toe en bedacht dat hij nooit eerder zo naar een vrouw had verlangd. De hele dag had het hem parten gespeeld. Wanneer het zo doorging, zou hij straks zijn gedachten niet eens meer bij het werk kunnen houden. Zo kende hij zichzelf niet. Met Giny was hij destijds eerst keurig getrouwd. Zij noemde seks een geschenk waarop ze zuinig wilde zijn. Hij had dat thuis op die manier niet meegekregen, maar hij legde zich erbij neer. Giny was altijd zuinig gebleven. Hoe kwam het dat het nu zo anders was? Zijn verlangen naar Heleen leek niet te stelpen. Het maakte hem zelfs een beetje bang. Hij probeerde er niet langer over na te denken en begon met onhandige vingers aan de knoopjes van haar jurk te friemelen. Al snel nam zij het initiatief over. Hij vond het heerlijk.

'Ik zou morgen met je willen trouwen.' Pas ruim een uur later was hij er weer aan toe om een slok van zijn wijn te nemen.

'Waarom doen we dat dan niet?' Ze had gedoucht en daarna zijn badjas aangetrokken, die veel te ruim rond haar tengere lichaam hing. Vertederd streek hij over haar natte haren.

'Ik wil wachten totdat de sterfdatum van Giny voorbij is. Ik hoop dat je daar begrip voor hebt.'

'Natuurlijk heb ik daar begrip voor. Ik heb begrip voor alles wat je doet. Ik ken je zo goed.' Ze schoof naar hem toe en legde haar hoofd tegen zijn schouder. Hij rook de geur van shampoo. Waarschijnlijk had ze die van Giny gebruikt die nog altijd onder in het kastje in de badkamer stond. 'Het is zo heerlijk met jou.'

'Het?' informeerde hij verliefd plagerig.

'Alles!' reageerde ze serieus. 'Zoals het tussen ons is, heb ik het nooit eerder gehad. Volgens mij was het tussen jou en Giny ook niet zo.'

'Niet zo...'

'Je vertelt altijd maar weinig.' Ze maakte zich van hem los en ging op haar knieën naast hem op de bank zitten. 'Dat meen ik serieus. Het moet voor jou toch heel lastig zijn geweest dat ze niets van de winkel wilde weten? Ik hoor van Rogier weleens dat ze er altijd zo neerbuigend over deed.'

Het verbaasde hem dat Rogier dat tegen haar had gezegd. Gerben had altijd het idee gehad dat Rogier en Giny heel goed met elkaar overweg konden. Misschien had hij toch meer opgemerkt dan hij dacht. 'Ik had me erbij neergelegd en als ze erover mopperde, probeerde ik me dat niet aan te trekken. Nu pas zie ik hoe heerlijk het was dat ik me nooit zorgen hoefde te maken over het welzijn van de kinderen omdat zij er altijd voor hen was. Ik snap ook wel dat ze er moeite mee had dat ze vaak overal alleen op af moest, en er maar zo weinig tijd beschikbaar was om samen door te brengen. De laatste tijd heb ik zo vaak gedacht dat ik op dat gebied enorm tekort ben geschoten. Bij mij stond de winkel altijd op nummer één. Giny baalde daar enorm van. Ze begon er vaak over dat mijn prestatiedrang voortkwam uit onverwerkt zeer uit mijn jeugd. Ik had er een hekel aan als ze dat zei, maar ze had wel gelijk. Ik wilde laten zien wat ik allemaal in mijn mars had en dat wilde ik dan ook nog perfect doen.'

'Maar een compliment van je moeder heeft dat nooit opgeleverd,' begreep Heleen.

'Nee, zeker niet, maar meer en meer besef ik dat mijn moeder het niet altijd makkelijk heeft gehad. Haar moeder is overleden toen ze nog een klein meisje was. Haar vader is toen al snel met een ander getrouwd en die vrouw had niks met de kinderen. Dat heeft haar hele leven op de achtergrond meegespeeld. Ze was zelf ook ongewild. Die mislukte huwelijken zijn dan ook geen wonder. Soms had ik het gevoel dat ze mij de schuld gaf van alles wat in haar leven verkeerd was gegaan. '

'Gelukkig dat jij niet zo hard bent.' Ze streelde zijn gezicht. 'Jij bent in staat om aan anderen te denken. Je wilt niet voor niks wachten met trouwen totdat die eerste sterfdag van Giny voorbij is.'

'Ik ben blij dat je er begrip voor hebt.' Hij trok haar naar zich toe en kuste haar.

'Je weet dat ik dol op je kinderen ben,' zei ze even later. 'Ik wil alles voor jou en voor hen doen.'

'Ik vind je geweldig!'

'Ik hoop dat je dat blijft vinden, want ik zie dat het tijd is om naar huis te gaan.' Heleen stond op en dronk de laatste slokken wijn uit haar glas.

Hij zou willen dat ze bij hem bleef.

'Voor de kinderen,' verklaarde ze. 'Ze moeten mij morgen niet in je bed aantreffen, hoe graag ik dat ook zou willen.' Natuurlijk had hij er zelf ook aan gedacht, maar zijn verliefdheid zei iets anders.

'Morgen ga ik de hele dag kerstfilms kijken.' Ze kuste hem nog eens. 'Over mij hoef je je dus geen zorgen te maken als je met Fay en Cato bij die andere mensen aan tafel zit. Ik hou van je, weet je dat?'

'Je mag hier ook komen om kerstfilms te kijken. Wanneer we dan terugkomen, kunnen we samen wat drinken om de kerstdagen af te sluiten.' Hij dacht aan haar ongezellige flatje.

'Je bent een bovenste beste. Misschien doe ik dat wel.' Ze keek hem diep in de ogen. 'Ik hou van je,' herhaalde ze.

'Ik ook van jou.' Hij zou nog veel meer willen zeggen. Hij zou haar tegen willen houden. Zijn huis zou straks stil en leeg zijn. Zwijgend keek hij haar na toen ze de kamer uit liep om boven haar eigen kleding aan te trekken. Gelukkig dat Heleen zo verstandig was. Het was geweldig hoe ze aan de kinderen dacht. Een betere stiefmoeder zouden Fay en Cato zich niet kunnen wensen. Stiefmoeder... wat een rotwoord was dat toch. Bonusmoeder, had hij laatst gehoord. Dat paste veel beter bij Heleen.

Heleen... Hij proefde haar naam en voelde zich gelukkig. Wie had kunnen bedenken dat hij zo snel na het overlijden van Giny weer gelukkig zou worden met de geweldigste vrouw van de wereld?

Het leek te mooi om waar te zijn.

12

Vandaag was het een jaar geleden.

Een jaar zonder Giny.

Hij had de eerste kerst zonder haar meegemaakt, Cato en Fay hadden hun achtste verjaardag zonder haar gevierd, hij was ook in stilte een jaar ouder geworden.

Gerben had er al de hele week tegen opgezien. Het was moeilijker dan hij had verwacht. Vanmorgen, voordat de tweeling was opgestaan, had hij in de kamer een poosje naar de foto van Giny gekeken. 'Een jaar,' had hij hardop gezegd. 'Het is nu half zeven. Vorig jaar om deze tijd hadden we nog geen idee dat je er 's avonds niet meer zou zijn. We zouden uit eten. Weet je nog hoe je naar me zwaaide?'

Het was alsof hij vandaag uit de roes was ontwaakt waarin hij had verkeerd vanaf het moment dat tot hem was doorgedrongen dat Giny was overleden. Hij keek naar haar gezicht op de foto en verlangde ineens naar het gewone leven dat hij met haar had. De momenten dat ze voor bedtijd samen nog even op de bank hadden gezeten en zwijgend naar de tv hadden gekeken. Ze vrijden te weinig en er was weinig avontuurlijks aan. Waarom kwam dat verlangen ineens opzetten?

Heleen was er nu. In alles was ze anders dan Giny. Ze deed iets met hem wat hij niet kon verklaren. Met haar had hij het gevoel dat hij in een achtbaan zat. Zijn hoofd zat boordevol Heleen, hij verlangde soms zo naar haar dat het bijna angstwekkend werd. Op dit moment drong tot hem door dat het geweldig en tegelijk vermoeiend was.

Wat niet wilde zeggen dat hij het anders wilde. Heleen maakte al zijn dromen waar. Het samenwerken in de winkel, hoe ze elkaar aanvoelden en hoe fantastisch het was om met haar te vrijen. Wanneer hij zag hoe mannelijke klanten naar haar keken, voelde hij zich trots omdat ze juist hem wilde. In zijn ogen leek ze steeds mooier te worden. Hij wilde haar nooit meer kwijt. En toch...

Vandaag was de eerste sterfdag van Giny. Hij had Heleen beloofd om daarna met haar te trouwen. Hij begreep niet waarom die gedachte hem plotseling angst aanjoeg. Ze zouden altijd bij elkaar zijn. Was dat waar hij naar verlangde of juist niet?

Onderhuids was er iets wat hem tegenhield. Hij wist het niet te benoemen. Misschien was het nog te vroeg. Met Heleen was het zo snel gegaan dat hij het bijna niet kon bevatten.

Hij had zijn blik losgemaakt van Giny's foto en was naar boven gegaan om Fay en Cato te wekken. Hij probeerde te doen alsof het een dag was als alle andere. Na schooltijd had hij met Fay en Cato afgesproken dat ze samen naar de begraafplaats zouden gaan om bloemen op het graf van Giny te leggen. Verder besteedde hij er geen aandacht aan.

Zo had hij het zich voorgesteld, maar nu hij al een aantal uren in de zaak was, merkte hij dat het zo niet werkte. Beelden in zijn hoofd drongen op. Soms moest hij even stilstaan omdat ze zo indringend waren. De traumahelikopter die hij had gezien zonder te weten dat die voor Giny kwam, de mannelijke en de vrouwelijke agent, zijn rit naar het ziekenhuis met Heleen, zijn aankomst daar en het gezicht van de arts. Hij had meteen geweten dat hij te laat was. Hoe hij de boodschap aan Fay en Cato had moeten overbrengen, het onbegrip op hun gezichtjes en hun armen rond zijn nek toen hij huilde.

'Hé, gaat het wel een beetje?' Heleen legde haar hand op zijn schouder.

'Het is net alsof in mijn hoofd doorlopend de film van een jaar geleden wordt afgespeeld.'

'Hoe bedoel je?' Ze keek naar Anouk die de bouwmarkt binnenkwam. 'Wat moet die hier nou weer? Laat ze Rogier lastig blijven vallen. Ik snap die meid niet.' Ze draaide zich om zodat ze met de rug naar Anouk stond. 'Ik kan er maar beter niet naar kijken. Over welke film had je het?'

'Het overlijden van Giny. Alle gebeurtenissen van die morgen komen steeds weer voorbij.' Hij voelde dat hij geëmotioneerd raakte.

'Gelukkig dat wij het nu zo fijn hebben,' hoorde hij haar zeggen.

‘Ik weet zelf niet hoe het komt dat het me zo raakt. Het is net alsof het vanmorgen ineens weer allemaal tot me doordringt. Ik haal Fay en Cato vanmiddag uit school om even bloemen bij het graf van Giny te leggen. Wil jij het hier dan even overnemen?’

‘Mijn opa zei altijd dat hij liever bloemen bij leven had dan bij zijn dood. En daar had hij gelijk in. Wat heeft een mens aan bloemen als hij er niet meer is?’

‘Het gaat meer om Fay en Cato dan om Giny.’

‘Fay vergist zich heel vaak en dan noemt ze me mama. Maar je hebt gelijk, het is een jaar geleden. Als jij bloemen op haar graf wilt leggen, moet je dat doen. Ik zorg voor de winkel. Komt helemaal goed.’ Ze draaide zich voorzichtig om en keek zoekend rond. ‘Die griet is weer terug naar Rogier. Ik weet niet wat ze daar allemaal overleggen, maar laatst begon Rogier tegen mij te zeuren dat hij vond dat hij te veel verantwoordelijkheid droeg in vergelijking met het salaris dat hij kreeg. Ik heb hem gezegd dat hij dan maar naar ander werk moet gaan uitkijken.’

‘Heeft hij dat echt gezegd?’ Gerben was geschokt. Hij herinnerde zich nog zijn gesprek met Rogier in de tijd dat hij Gerbens taken overnam. Rogier was altijd loyaal. Hij had Gerben nog herinnerd aan de periode toen zijn vrouw Ineke een burn-out had en Gerben hem alle ruimte had gegeven om er voor haar te zijn.

‘Je denkt toch zeker niet dat ik lieg?’ stoof Heleen verontwaardigd op.

‘Nee, natuurlijk niet, maar ik ben gewoon verbaasd.’

‘Je denkt dus echt dat ik lieg?’

‘Ik zeg toch net dat ik gewoon verbaasd ben?’

‘Verbaasd? Sorry, maar dat voelt voor mij helemaal niet goed. Het betekent dat je aan me twijfelt en ik vraag me af waar ik dat aan heb verdiend.’

Hij schrok. Haar gezicht stond verdrietig. Kennelijk was ze geschokt omdat hij zo reageerde. Had hij zich anders moeten uitdrukken?

‘Ik twijfel echt niet aan je. Het spijt me als ik je op de een of andere manier dat gevoel heb gegeven. Dat was niet de bedoeling. Ik zal er met Rogier over praten.’

'Dat lijkt me beter van niet, want dan krijg ik weer het verwijt dat ik heb gekletst. Laat het maar zo. Ik hou het in de gaten. Als er nog iets is, laat ik het je weten. Ik ga op kantoor aan het werk.'

Hij keek haar na toen ze wegliep. Hij nam zich voor om wat vaker bij Rogier aan te lopen. Misschien kwamen zijn gevoelens van onlust voort doordat hij zich aan zijn lot overgelaten voelde. Dat zou terecht zijn, besefte Gerben. Hij hield zich maar weinig met de woonwinkel bezig en sinds Rogier daar zat en hijzelf met Heleen samenwerkte, voelde het alsof ze uit elkaar groeiden. Dat moest het wel zijn. Wanneer hij vanmiddag terug was van de begraafplaats, ging Heleen met Fay en Cato naar huis. Hij zou dan een poosje naar Rogier gaan.

Tussen hem en Rogier was het altijd goed geweest. Dat kon in zo korte tijd onmogelijk veranderen.

Gerbera's in verschillende kleuren, rozen van wit tot karmozijnrood, chrysanten in het geel, koperbruin, roze, gele lelies en witte en nog een heel aantal bloemen en takken groen waarvan Irene de naam niet kende. Er was een overdaad aan keuzemogelijkheden in de bloemenzaak. Irene zuchtte. Ze keek naar Kiki die met een verkoopster voor een schap met bloemstukken stond om een geschikte uit te zoeken voor het graf. 'Ik kan natuurlijk ook een bloemstuk voor u samenstellen,' hoorde Irene haar voorstellen. 'Dan is dat helemaal aan uw smaak aangepast.'

'Doe dat maar.' Irene keek naar haar moeder. Het afgelopen jaar leek ze veel ouder te zijn geworden. Haar energieke houding was verdwenen, ze was flink afgevallen en regelmatig moest ze even waarschuwen dat haar moeder rechtop moest lopen. Verdriet drukte haar neer en met opgewekte woorden probeerde ze dat te negeren. Haar vader had het niet minder moeilijk. Naast de dood van hun dochter probeerden ze allebei de snelle veranderingen in Gerbens leven te verwerken door net te doen alsof ze hem best begrepen.

Onbewust balde Irene haar vuisten. Zij begreep geen moer van die man. Naast Giny was ze Gerben net zo goed kwijtgeraakt. Haar moeder drong erop aan om dat maar als een gegeven te aanvaarden. Ze moest hem een nieuwe relatie gunnen. Voor zichzelf wist ze dat het daar niet in zat. Ze zei het nooit meer hardop, want er was toch niemand die haar begreep, maar er klopte iets niet aan die vrouw. Haar behulpzaamheid en vriendelijkheid waren schijn.

Irene voelde zich schuldig over haar twijfel en tegelijkertijd kon ze die niet van zich afzetten. Heleen leek gewoon te mooi om waar te zijn, dat was het. Kennelijk was zij de enige die dat dacht. Iedereen staarde zich blind op al haar goedheid. Ze schaamde zich over haar achterdocht en kon die toch niet van zich afzetten. Het waren de blikken van Heleen die ze soms onderschepte. Blikken die anderen wellicht niet opmerkten. Misschien waren die wel alleen voor haar weggelegd. Blikken die zoveel donkerheid en haat uitstraalden dat ze angstaanjagend waren. Zou Gerben ze wel kennen?

Hij had van de week met geen woord gerept over deze dag toen hij Cato en Fay kwam ophalen. Haar moeder had niet eens gevraagd of hij met de tweeling nog naar het graf zou gaan. Irene had hem niet getroffen. Ze had zich na het eten in haar atelier teruggetrokken om een van haar beelden te beschilderen. Ze verschool zich achter plotselinge inspiratie en ze wist dat die smoes vreselijk doorzichtig was.

Misschien werd het werkelijk tijd om te aanvaarden wat onvermijdelijk leek. Misschien zag ze het werkelijk allemaal verkeerd en draaide ze te veel rond in haar eigen gedachtenbubbel. Giny was overleden en met haar was ook Gerben verdwenen die ze altijd zo graag had gemogen. Haar leven was daardoor flink veranderd en ze kon er moeilijk mee omgaan.

'Kan ik u misschien helpen?' Een piepjonge verkoopster schoot haar aan.

'Ik wil graag een boeket in het wit van verschillende bloemen,' zei ze. Giny hield van witte bloemen. Het bloemstuk, dat de andere medewerkster van de bloemisterij een poos later had samengesteld in opdracht van haar moeder, had wit ook als hoofdkleur.

Wit, kleur van de onschuld.

'Zou mama ons zien?' wilde Cato weten. Ze had net een witte roos op het graf gelegd, net zoals ze een jaar geleden tijdens de begrafenis samen met Fay had gedaan. Ze had haar kleine, klamme hand in die van Gerben gelegd. Fay lag op haar knieën op het graf en legde haar roos heel mooi neer, zoals ze zelf zei.

'Mama ziet ons vast,' zei Gerben. 'Ik denk dat ze het fijn vindt dat we hier vandaag bloemen neerleggen omdat ze dan weet dat we nog steeds aan haar denken.'

'Hoe ziet de hemel eruit?' Fay was opgestaan. Ze had die vraag al heel vaak gesteld, en Gerben beantwoordde die elke keer zo goed mogelijk.

'We weten het niet precies omdat niemand die is gestorven nog even terugkomt om ons dat te vertellen,' zei hij ook nu weer eerlijk. 'In de Bijbel lezen we dat het er heel mooi moet zijn en dat we een nieuw lichaam krijgen.'

'We zijn dan nooit meer verdrietig, hè?' Fay schoof haar hand ook in de zijne.

'Nooit meer.' Gerbens ogen haakten zich vast aan het eenvoudige bloemstuk dat hij met witte bloemen had laten opmaken. Giny had niet van overdreven gehouden. 'Poenerig,' noemde ze dat al snel.

De letters van haar naam op de kleine steen dansten voor zijn ogen.

'Zou mama ons nog wel kennen als wij ook in de hemel komen?' vroeg Cato zich bezorgd af. 'We zijn zo groot geworden.'

'Ik hoop dat jullie nog veel groter worden, en dat jullie zelf mama's worden en oma's voordat jullie overlijden,' zei hij. 'En dan zal ze jullie vast nog wel herkennen.'

Hij wist het niet zeker, maar dat hoefden ze nu nog niet te weten. Momenteel wist hij heel veel niet zeker.

'Opa en oma komen eraan,' hoorde hij Fay ineens zeggen. 'O, en tante Irene ook!' Ze maakte haar hand los uit de zijne en rende hun kant uit. Cato bleef bij hem. Ze zou het vast zielig vinden om hem hier alleen te laten staan. 'Ga jij ook maar gauw naar hen toe,' zei hij.

Alsof ze op zijn permissie had gewacht, rende ze achter Fay aan.

Glimlachend keek hij hen na, twee gevoelige meisjes, maar Cato was de gevoeligste.

Zijn schoonmoeder zette haar bloemstuk een beetje aan de zijkant op het graf. Hij werd omhelsd door zijn schoonvader. Irene en zijn schoonmoeder volgden zijn voorbeeld even later.

'Een jaar alweer,' hoorde hij zijn schoonvader zeggen. 'Vorig jaar had ik niet gedacht dat het mogelijk was om met zoveel verdriet door te leven en toch heeft het leven me weer gegrepen en ben ik verdergegaan.'

'Je zegt het goed,' reageerde Gerben. 'Het lijkt soms alsof het leven zelf je voorttrekt. Of je nou wilt of niet, je moet wel door.'

Irene zweeg. Hij merkte dat ze zich wat afzijdig hield. Onopvallend wreef ze door haar ogen. Zijn kleine zusje... Ineens was dat gevoel er weer dat hij altijd bij haar had gekregen. Grote broer en kleine zus, en niet meer dan dat. Ze keek op alsof ze zijn gedachten raadde. Hij glimlachte naar haar.

'Herken jij dat ook?' wilde hij weten.

'Soms wel, en soms... soms lijkt het alsof ik alles kwijt ben wat altijd zo belangrijk voor me was.'

Verontschuldigend keek ze hem aan. 'Ik hoop niet dat je het erg vindt dat ik het zeg. We moeten inderdaad door met ons leven. Er is nu een jaar voorbij. Ik heb net besloten dat het tijd wordt dat ik accepteer dat niets meer hetzelfde zal zijn.

Hij wist niet goed wat hij moest zeggen.

'Ik weet niet hoeveel tijd je hebt, maar misschien kunnen we straks even een kopje koffie bij ons thuis drinken.' Zijn schoonmoeder knuffelde de tweeling. 'Het is voor ons allemaal een zware dag en ik zou het fijn vinden als we even bij elkaar konden zijn. Of moet je direct terug naar de zaak?'

Gerben aarzelde, maar toen bedacht hij dat Heleen zich best zou redden. Waarschijnlijk vond ze het nog wel leuk ook om even helemaal de leiding te hebben.

'Lijkt me goed,' stemde hij toe.

Hij zag dat Irene verrast naar hem keek en kon het niet laten om zijn schoonzusje even over haar donkerblonde haren te strijken. 'Weet je dat er nog verf in je haar zit?'

'Niet waar!' schrok ze meteen op.

'Geel,' zei hij met een stalen gezicht.

Ze stompte hem speels tegen zijn schouder.

'Je kunt het nog.' Zijn schoonvader grinnikte en werd daarna meteen weer ernstig. 'Ik kan zo verlangen naar de tijden dat we met z'n allen aan tafel zaten. Onze jongens met hun gezinnen, jullie en dan de onderlinge kwinkslagen en goedmoedige plagerijen. Het is voor altijd voorbij en die gedachte blijf ik onverdraaglijk vinden.'

Fay en Cato zaten nu allebei op hun knieën op het graf. Om de beurt waren ze met Giny aan het praten. Verder zei niemand meer iets na die laatste opmerking van zijn schoonvader.

Het gaf niet.

Het voelde goed.

Anderhalf uur later stapte Gerben weer in de auto om naar huis te gaan. Hij merkte dat het hem goed had gedaan om juist op deze dag weer bij zijn schoonfamilie te zijn. Ze deelden hetzelfde verdriet.

Fay en Cato zaten stilletjes achterin.

'Ik mis mama,' zei Fay toen hij wegreed.

'Ik mis mama heel verschrikkelijk veel,' deed Cato er nog een schepje bovenop.

'Mama was...' begon Fay.

'Mama,' vulde hij aan.

'Ja,' zei ze, alsof ze heel verbaasd was dat hij haar zo goed aanvoelde. Hij keek in de spiegel en kon een glimlach niet onderdrukken. Daar zaten zijn twee prachtige meiden op de achterbank. Ze moesten opgroeien zonder moeder, en hij zou zijn uiterste best doen om hen toch alles te geven wat ze nodig hadden. Gelukkig dat Heleen er was. Die zou Giny nooit helemaal kunnen vervangen, maar ze deed wel heel erg haar best. Een betere bonusmoeder voor zijn dochters kon hij zich niet wensen.

'Ik vraag me af wat een man met twee kinderen zo lang op een begraafplaats doet,' begroette de vrouw hem aan wie Gerben even daarvoor zulke positieve gedachten had gewijd.

In zijn onschuld vertelde hij zonder omhaal over zijn schoonfamilie die hij bij het graf van Giny had getroffen. 'Tante Irene was er ook,' vulde Fay aan.

'Ze was heel verdrietig,' zei Cato nadenkend.

'We waren allemaal verdrietig,' zei Gerben.

'Zo, dus jullie waren allemaal verdrietig.' Heleen rechtte haar rug en sloeg haar armen over elkaar.

'Uiteraard,' zei hij snel. Hij wilde iets zeggen over verdriet en gemis, maar ineens ontmoette hij haar blik. 'Ik had gedacht dat je het fijn zou vinden om een poosje echt de leiding over de zaak te kunnen nemen.'

'Suggereer je nu dat ik normaal gesproken mijn verantwoordelijkheid niet neem?'

'Hoe bedoel je?' Hij wilde eigenlijk dat de tweeling hier niet bij zou staan, maar hij wist niet goed waar ze dan naar toe moesten. 'Gaan jullie in de kantine iets te drinken halen?' stelde hij voor. 'In de koelkast staan wel flesjes.'

'Die kunnen we niet open krijgen,' mopperde Cato.

'Nee, natuurlijk kunnen jullie die niet open krijgen.' De toon waarop Heleen het zei was onaangenaam. 'Jullie kunnen zoveel niet omdat jullie mama alles voor jullie deed.'

'Heleen...' zei hij waarschuwend, en tegen zijn dochters. 'Ga nou maar. Er is vast wel iemand anders in de kantine die de flesjes wil openmaken.'

'Ze moeten vooral niet zelfstandig worden.'

'Heleen, wat heb je? Ik snap je niet.'

'Dat is het hele probleem. Je snapt niks van me. Jij denkt dat alles om jou draait. Iedereen moet voor je klaarstaan.'

Hij wilde maar dat ze niet midden in de zaak stonden. 'Zullen we naar mijn kantoor gaan?'

'Mijn kantoor. Hoor je wel wat je zegt? Ik breng er uren door en jij hebt het over mijn kantoor.'

'Dat heb ik altijd zo gezegd. Jarenlang heb ik er alleen gezeten.'

'Denk je dat er een tijd zal komen dat je me echt zult zien?'

'Maar dat doe ik, toch?' Hij wist niet wat hij ermee moest. Een man die bij de schappen met verf stond te kijken, keek steels in hun richting.

David Finkers keek openlijk. Hij zou nu gewoon weg moeten lopen, bedacht Gerben. Hij durfde het niet, bang om Heleen nog kwader te maken. Was hij nou echt zo'n egoïst? Hij twijfelde aan zichzelf. Misschien had hij er toch een telefoontje aan moeten wagen.

'Het erge is dat je zelf niet in de gaten hebt hoe je mensen gebruikt. Jij bent echt heel anders dan ik eerst had gedacht. Ik hoopte dat ik hier veilig zou zijn, weet je dat? Jij weet wat ik heb doorgemaakt. Juist jij zou me dat gevoel van veiligheid moeten geven. Ik vind het echt rot dat je dat niet ziet.' Ze dempte haar stem. 'Door alles wat ik heb doorgemaakt voel ik me kwetsbaar. Snap je echt niet dat het hard aankomt als ik hoor dat je bij je schoonouders gaat koffiedrinken, terwijl ik in mijn eentje deze hele toko moet runnen? Snap je echt niet hoe het me kwetst dat Irene daarbij is, die helemaal niks van me moet weten? Ik weet niet wat voor praatjes ze over me verspreidt, maar ik zie hoe sommige klanten naar me kijken.'

'Ik kan me dat niet voorstellen. Klanten kijken juist vol waardering naar je.'

'Je draait alles om. Niet omdat je het goede met me voor hebt, maar omdat je niet naar me wilt luisteren. Je wilt alleen jezelf horen. Alleen jij doet het goed. Juist dat maakt me verdrietig. Ik doe zo m'n best en jij weigert het te zien.'

'Het spijt me. Ik heb er vanmiddag gewoon niet goed over nagedacht. We waren allemaal verdrietig en ik had de behoefte om nog even langer bij hen te zijn. Een volgende keer zal ik je bellen.'

'Die volgende keer komt er wat mij betreft niet. Ik laat me niet nog eens buitensluiten want dat geeft een gevoel van onveiligheid en dat is niet goed voor me.'

'Het spijt me,' zei hij nog eens. 'Ik zal er in het vervolg beter over nadenken.'

Er naderde een klant die duidelijk iets wilde vragen. Hij zag hoe Heleens gezicht zich opende, hoe ze vol vriendelijkheid de klant te woord stond. Ze maakte een grapje.

Hij liep bij haar vandaan, hoorde haar nog net opgewekt zeggen:

'Ik neem Cato en Fay zo mee naar huis, hoor. Maak je geen zorgen!'

Hij draaide zich om en stak zijn duimen omhoog. Daarna liep hij naar de kantine, waar Fay en Cato al vergenoegd uit hun flesjes dronken. Aan het gesprek dat hij nog met Rogier wilde voeren, dacht hij geen moment meer.

De verwijten van Heleen bleven Gerben dwarszitten. Hij bleef er de hele tijd over nadenken. Keer op keer analyseerde hij hun gesprek en hij vroeg zich af waar het precies fout was gegaan. Uiteindelijk draaide het allemaal om Irene. Kennelijk gaf zijn schoonzusje naar Heleen signalen af die hij over het hoofd zag. Hij moest beter opletten, hoewel Irene nauwelijks meer in de zaak kwam. In ieder geval zou hij het weinig over haar hebben. Hij ging achter zijn bureau zitten om een stapel facturen weg te werken, maar hij ontdekte dat er niets meer lag. Hij vond wel een briefje van Heleen: 'Het was even rustig in de winkel en ik zag dat je nogal achter liep met de facturen. Heb ik even voor je weggewerkt. De wachtwoorden vond ik in een map in je kast. We moeten binnenkort maar eens orde op zaken stellen. Het is nogal een zooitje.'

Met een frons las en herlas hij het briefje. Opluchting won het van een vaag gevoel dat hij dit niet helemaal prettig vond.

Sinds het vertrek van Rogier was de administratie hem boven het hoofd gegroeid. Hij had er vrijwel geen ruimte voor naast zijn andere taken. Steeds vaker liep hij achter. Er kwamen aanmaningen binnen. Hij keek nog eens naar het briefje. Fijn dat ze dit voor hem had willen doen. Heleen wist van aanpakken. Ze was in feite de vrouw van wie hij altijd had gedroomd. Het was best mogelijk dat ze gelijk had en dat hij, zonder dat hij het zelf in de gaten had, steeds egoïstischer was geworden. Niet eens omdat hij vond dat hij zo belangrijk was, maar omdat hij vaak moe was en daarom dingen op zijn beloop liet. Het gesprek dat hij met Rogier had willen voeren schoot hem weer te binnen. Daar had hij nu tijd voor. Hij hoefde geen facturen meer weg te werken. Hij bleef zitten waar hij zat en hij wist zelf niet waarom hij het uitstelde.

13

'Wat heeft Rogier al die jaren gedaan toen hij op deze plek zat?' Heleen draaide haar bureaustoel zo dat ze naar Gerben kon kijken die achter haar stond. 'Hij paste niet op jouw kinderen zoals ik, en dan zou hij geen tijd hebben gehad om alle facturen weg te werken?' Ze keek ongelovig. 'Volgens mij heeft hij het makkelijk verdiend.'

'Rogier is altijd een heel loyale werknemer geweest,' nam Gerben het voor hem op. 'Wanneer er iets extra's moest worden gedaan, was dat geen probleem.'

Heleen rolde met haar ogen. 'Dat snap ik wel, want hij had het verder mooi makkelijk.'

'Hij zorgde voor de roosters, deed de salarisadministratie en... Nou ja, zo ongeveer wat jij nu ook doet.'

'Ik weet niet hoe hij het deed, maar ik maak minder uren en ik hou toch tijd over.' Ze keek triomfantelijk. 'Ik denk dat Rogier niet zo goed is in plannen en dat heb ik bij mijn vorige werkgevers juist heel goed geleerd. Alles zou in het honderd zijn gelopen met een verkeerde planning. Ik zat bij de gemeente met deadlines die ik moest halen. Nou, dan leer je het vanzelf. Je zou me echt een groot plezier doen als je mij wat van je werkzaamheden laat overnemen. Ik heb het van de week voor je gedaan toen jij naar de begraafplaats was en het was voor mij echt maar een kleine moeite. Eerlijk gezegd, heb ik altijd het gevoel dat je er veel te lang mee bezig bent, juist omdat je er zo de pest aan hebt.'

Onwillekeurig schoot hij in de lach. 'Je kent me goed.'

'Ja,' zei ze en haar blik nam de zijne gevangen. 'Ik ken je veel beter dan je denkt.'

Hij wist niet wat hij moest antwoorden.

'Ik weet snel hoe mensen in elkaar zitten.' Ze scheen geen antwoord van hem te verwachten. 'Je hebt zelf niet in de gaten dat je iedereen in je omgeving op afstand houdt. Je durft jezelf niet te geven. Je denkt dat anderen jou niet kunnen bezeren als je je achter een zelf opgeworpen muur terugtrekt, maar ik kijk over die muren van je heen. Ik weet misschien wel beter hoe jij in elkaar steekt dan jijzelf.'

'Denk je dat?' Hij voelde zich onzeker.

'Ik weet het zeker.' Ze glimlachte en sloeg haar benen over elkaar. 'Hoe dan ook, ik denk dat het goed is dat ik dit van je overneem en dan maak ik ook even een nieuwe lijst met wachtwoorden en inlogcodes. Volgens mij moeten die onderhand worden veranderd. Waarschijnlijk heb je dat nooit gedaan?'

Hij haalde zijn schouders op. 'Dat zijn van die dingen die ik lastig vind en dan maar uitstel.'

'Laat mij het doen.' Ze stond op en liep naar hem toe. 'Waarom zou je het jezelf zo moeilijk maken? Het kan allemaal veel makkelijker. Dit systeem is trouwens ook hopeloos verouderd. Echt, het is veel makkelijker als je gewoon met je tijd meegaat. Uiteindelijk kun je dan veel beter je werk doen.'

Het klonk aanlokkelijk.

'Ik wil eens kijken wat er op dat gebied allemaal te koop is. Misschien lukt het om dit systeem te koppelen aan de woonwinkel. Daar moeten we het toch eens over hebben, want Rogier is nou niet bepaald de gedreven kracht die je nodig hebt.'

Hij opende zijn mond om daar tegen in te brengen dat hij het idee had dat het prima ging, maar sloot die weer. Heleen scheen veel meer te zien dan hij. De laatste tijd kreeg hij het gevoel dat hij al jaren met oogkleppen op had rondgelopen. Wanneer hij even naar de buurtwinkel liep, leek Rogier zijn zaakjes prima voor elkaar te hebben. Zijn administratie klopte. Had Heleen gelijk met haar bewering dat hij veel meer uit zijn uren kon halen dan hij deed?

Hij zag dat Heleen hem observeerde. 'Jij hebt weer niks in de gaten,' mopperde ze. 'Echt, je bent veel te goed van vertrouwen. Zeker als het om Rogier gaat.'

Het klopte niet. Tussen hem en Rogier was kameraadschap. Hij zou zijn hand voor Rogier in het vuur durven steken. Heleen had veel op zich genomen na het overlijden van Giny, maar Rogier had ook meteen voor hem klaargestaan. Hoe kon hij dan nu ineens Rogier gaan wantrouwen? Het maakte hem onzeker.

'Soms zijn mensen anders dan je denkt.' Heleens stem klonk overdreven geduldig, alsof ze het tegen een klein kind had. Het ergerde hem.

'Ik heb deze zaak al jaren en ik heb nooit problemen met mijn personeel gehad.'

'Lieverd, ik wil je relatie met Rogier niet beschadigen, maar je moet wel reëel zijn. Ik snap ook wel dat je al die jaren alles alleen hebt moeten doen. Rogier heeft echt te weinig uitgevoerd. Die had je veel meer werk uit handen kunnen nemen. Ik zal het je binnenkort zwart op wit laten zien.'

Ze zei nooit lieverd tegen hem als ze aan het werk waren. Het was een soort stilzwijgende afspraak tussen hen dat ze in de winkel nog niets zouden laten merken. Als hij eerlijk was, was hij het die niet wilde dat anderen ervan wisten. Nog steeds voelde het te vroeg, was er een soort schaamte alsof hij Giny met zijn liefde voor Heleen tekort deed. De belofte die hij Heleen in een moment van onbezonnenheid had gedaan drukte op hem. Giny's sterfdag was voorbij, maar hij kon nog niet met haar trouwen. Er was geen enkele reden om het langer uit te stellen. Hij was gek op haar, ze kon goed met Fay en Cato overweg, zijn schoonouders hadden er zelfs geen problemen mee en toch brak het zweet hem uit als hij eraan dacht. Hij begreep zichzelf niet.

'En als we het dan toch over Rogier hebben, en ik je niet kan overtuigen van het feit dat hij misschien niet zo'n goede vriend voor je is als je altijd hebt gedacht, dan kan ik je nog vertellen dat hij over je kletst met klanten,' ging Heleen verder, onkundig van zijn gedachten. 'Al besef ik dat je daar ook niets over zult willen horen.'

'Maar hoe dan? Wat vertelt hij dan?'

'Er werd vorige week aan mij gevraagd of jij en ik iets met elkaar hebben.' Ze sloeg haar armen over elkaar. 'Natuurlijk heb ik net gedaan alsof ik van niks wist en ik heb gevraagd hoe die vrouw erbij kwam.

Ze zei dat ze dat in de woonwinkel had gehoord van de man die haar hielp.'

Totaal ten overvloede ging hij na of er nog andere mannen dan Rogier in de winkel werkzaam waren. Onzin, hij wist dat het alleen Rogier kon zijn.

Er gonsde iets in zijn hoofd, een stille woede omdat het juist van Rogier kwam. Rogier die altijd deed alsof hij het beste met hem voorhad. Rogier, die Giny en hij samen met Ineke tot hun vriendenkring rekenden. Giny had altijd met respect over Rogier gepraat en hij had hem altijd vertrouwd als zijn eigen broekzak. Heleen praatte verder, maar hij luisterde niet.

'Je blijft je ogen maar sluiten voor wat er daar gebeurt, alleen omdat Rogier weleens iets extra's voor je doet. Nou, dat mag je van een loyale werknemer ook wel verwachten. Bovendien heb ik begrepen dat je hem ook alle ruimte hebt gegeven toen zijn vrouw een burn-out had. Je blijft hem maar de hand boven het hoofd houden en dat verdient hij niet.'

Het gonzen in zijn hoofd hield aan en mengde zich met pijn en verdriet omdat hij Rogier nu ook kwijt leek te zijn.

'Ik zal erover nadenken,' zei hij uiteindelijk. 'Als het zo is als jij zegt.' Hij zag haar gezicht en verbeterde zichzelf: 'Natuurlijk is dat zo, dus ik moet maatregelen nemen. Jij zet voor me op papier wat er anders had gekund en waarin Rogier tekort is geschoten. Ik zal in ieder geval op korte termijn een gesprek met hem moeten hebben. Misschien wil jij erbij zijn om een kort verslag te schrijven wat door Rogier en mij ondertekend moet worden. Ik wil ook graag dat je me op de hoogte brengt van de nieuwste personeelssystemen. Je hebt gelijk dat we op dat gebied niet achter kunnen blijven. Misschien ben ik te veel georienteerd geweest op de winkel zelf en de wensen van onze klanten.' Hij haalde diep adem. 'Wat de roddels betreft waardeer ik het zeer dat je die hebt bestreden.'

'Voor hoelang nog? Giny's sterfdag was gisteren een jaar geleden. Je hebt me iets beloofd.'

'Laat me dat nog even met mezelf uitvechten.' Hij keek smekend.

'Op dit moment heb ik zoveel aan m'n hoofd.'

'Even,' zei ze spottend. 'Ik ben bang dat even voor jou een stuk langer duurt dan voor mij.'

Zonder verder iets te zeggen stond ze op en liep zijn kantoor uit. Hij voelde zich schuldig.

'Heeft Gerben nog steeds niets met Heleen?' Linda trok haar schoenen uit en maakte het zich gemakkelijk op de fluwelen, paarse tweezitsbank in het appartement van Irene.

'Van hem heb ik in ieder geval niks gehoord.' Irene zette bierflesjes op tafel en pakte glazen uit de kast, die ze eerst met koud water omspoelde. 'Gistermiddag troffen we hem met de meiden op de begraafplaats. Daarna is hij even met m'n ouders mee naar huis geweest. Het verbaasde me dat hij daar tijd voor vrij maakte. Over Heleen heeft hij met geen woord gerept.' Ze veegde in een gewoontegebaar haar haren achter haar oren.

Linda pakte haar flesje van de tafel en liet haar glas staan. Ze dronk een paar slokken en aarzelde. 'Eerlijk gezegd vraag ik het niet zomaar.' Ze wachtte, nam nog een slok, ging wat verzitten.

'Weet jij iets wat ik niet weet?' Irene schonk haar glas vol, ontdekte klei onder haar nagels en probeerde die er met haar andere nagel onder vandaan te peuteren.

'Van de week kwam ik die man tegen van wie de woonwinkel eerst was, hoe heet hij ook alweer?'

'Dantuma,' wist Irene.

'Precies… die ken ik omdat hij vlak bij mijn ouders woont. Hij had het erover dat Gerben en Heleen een relatie hebben. Ik wilde je dat eerst niet zeggen, maar het zou nog beroerder zijn als je het van iemand anders zou horen.'

'Dus toch…' Irene beet op haar lip. 'Daar baal ik dan zo van. Hij had het ons gisteren zelf kunnen vertellen. Zo laf dat hij dat niet doet. Ik bedoel… het komt echt wel hard aan, maar op deze manier is het veel erger.'

'Misschien vindt hij het lastig naar jullie toe.'

‘Pa en ma geven hem gelijk. Ze hebben hem gezegd dat ze er begrip voor hebben als hij met Heleen verder wil. Ik vind dat ze daar verbazingwekkend reëel in zijn. Zelf zou ik hem dat zo niet kunnen zeggen. Ik blijf een rotgevoel bij dat mens houden.’

‘De sterfdag van Giny is natuurlijk niet het meest ideale moment om met zo’n boodschap te komen,’ nam Linda het voor Gerben op.

‘Er is nooit een goed moment, maar je zou gelijk kunnen hebben. Zo zit Gerben wel in elkaar. Dan hoop ik dat hij er binnenkort over begint als de kinderen weer eens bij ons zijn. Had Dantuma het van Gerben zelf?’

‘Nee, zeker niet. Dan had hij het wel gezegd. Ik weet eigenlijk niet hoe hij eraan kwam.’

Er viel een stilte. Irene besefte dat ze die boodschap had verwacht, alleen niet op deze manier. Waarom had Gerben er zelf met geen woord over gerept? Gisteren was wellicht niet de meest geschikte dag, maar aan de andere kant hadden ze wel rustig bij haar ouders thuis gezeten. Een betere gelegenheid was er bijna niet te bedenken.

Dat ze er zo’n rotgevoel van zou krijgen, had ze net zo min verwacht. De gedachte dat Heleen en hij nu bij elkaar hoorden vond ze bijna onverdraaglijk. Ze zouden vast gaan trouwen. Gerben was er de man niet naar om samen te willen wonen. Heleen zou voor Cato en Fay zorgen in het huis dat ooit helemaal Giny had uitgeademd. Haar twee nichtjes, met wie ze altijd zo’n hechte band had. De kans was groot dat ze er helemaal niet meer aan te pas zou komen. Haar ouders net zomin. Ze dronk met grote slokken van haar bier, maar elke slok maakte haar gedachten donkerder en zwaarder. Alles wat haar dierbaar was, raakte ze kwijt en ze kon er niets aan veranderen. Ze zei het niet hardop, probeerde een ander onderwerp te bedenken, maar haar hoofd zat te vol.

Gelukkig dat Linda zelf over een nieuwe collega begon. Ze deed alsof ze luisterde, maar ze kon er later geen woord van navertellen.

Gerben was op zijn bureaustoel gaan zitten. Hij kon er niet toe komen om gewoon aan het werk te gaan. Als verlamd staarde hij naar het scherm van zijn computer, zonder dat de beelden tot hem doordrongen.

Hij voelde zich het kleine jongetje dat hij ooit was en herinneringen die al jaren achter hem lagen, drongen zich onverwacht en pijnlijk aan hem op.

Dennis...

Al heel lang had hij niet meer aan Dennis gedacht. Op een dag had hij Dennis na schooltijd mee naar huis genomen zonder dat eerst aan zijn moeder te vragen.

Hij had op school geen vriendjes, maar Dennis zat nog maar kort bij Gerben in de klas. Hij was heel aardig. Dennis gaf er niets om dat Gerben in de veel te ruime, afgedragen kleding van zijn oudere broers liep. Gerben was zich ervan bewust dat zijn moeder het niet op prijs stelde dat hij zonder aankondiging een vriendje mee naar huis nam. Sterker nog, hij nam nooit iemand mee naar huis omdat ze hem duidelijk had gemaakt dat ze daar niet van gediend was.

Waarom hij dat nu ineens wel deed? Dennis had zelf aangedrongen en bovendien gedroeg hij zich als een echte vriend. Hij nam het voor hem op als Gerben gepest werd om zijn kleding, of omdat hij zo verlegen was. Kennelijk had dat hem een zekere mate van vertrouwen gegeven.

Vertrouwen dat steeds minder werd naarmate hij hun huis naderde. Hij wist hoe zijn moeder kon reageren, hoe woedend ze kon worden als hij iets deed wat haar niet zinde. Tot zijn grote verbazing en nog grotere opluchting merkte hij dat zijn moeder Dennis vriendelijk begroette. Ze bleef de rest van de middag aardig tegen hem. Misschien was overdreven aardig een betere uitdrukking en er was iets waardoor Gerben zich schuldig en ongelukkig voelde. Op dat moment had hij nog geen weet van de oorzaak. Jaren later begreep hij dat het te maken had met de manier waarop ze met Dennis over hem sprak. Alsof hij er niet bij stond. Ze had het over zijn onhandigheid, en over zijn grote mond. 'Gerben doet me altijd verdriet. Je moeder zou niet willen dat je met hem speelde als ze wist hoe hij was.'

Nadat Dennis naar huis was gegaan moest Gerben met een lege

maag naar bed omdat hij zonder permissie iemand mee naar huis had genomen. Dennis speelde nooit meer met hem. Ook op het schoolplein niet.

Het was zijn eigen schuld, zei zijn moeder. Hij kon niet met andere kinderen omgaan. Zij begreep dat wel. Hij was een raar jongetje en ze schaamde zich voor hem. Het was stom van hem geweest om Dennis zomaar mee naar huis te nemen, terwijl hij wist dat zijn moeder daar een hekel aan had. Stom, dat was hij.

Leren kon hij ook al niet. Hij wilde wel, maar zodra hij ervoor ging zitten sprongen zijn gedachten als vlooien in het rond. Concentratieproblemen, noemden ze dat op school. Ze wisten daar niet dat zijn moeder thuis verwachtte dat hij na schooltijd nog duizend-en-een-klusjes voor haar opknapte. Er was altijd wel iets te doen: het gras tussen de tegels weghalen, het onkruid uit de tuin verwijderen, was opvouwen en strijken, stofzuigen, de badkamer schoonmaken. Haar gezondheid liet te wensen over sinds zijn geboorte. Het was zijn eigen schuld.

Hij zweeg en trok zich steeds meer in zichzelf terug, terwijl hij dagelijks zijn best deed om zijn moeder tevreden te stellen. Hij hunkerde naar haar goedkeuring en kreeg die nooit.

Hij ademde diep in en uit en probeerde de beelden kwijt te raken. Waarom deed een moeder haar kind zoiets aan? Giny was dol op Cato en Fay geweest. Ze was trots op hen en niemand mocht hen iets aandoen. Giny had hem meer dan eens gezegd dat hij zich vaak in zichzelf opsloot, waardoor ze hem niet kon bereiken. Hij verschool zich in zijn werk om maar niet te hoeven voelen.

In hem huisde nog steeds het jongetje dat goed wilde doen en altijd verkeerd deed. Hij had Giny tekort gedaan, hij had zijn kinderen tekort gedaan en hij had mensen vertrouwd die zijn vertrouwen niet waard waren.

Langzaam welde paniek in hem op, viel al zijn falen samen. Hij wilde ademen en kreeg geen lucht.

'Hé Gerben, wat is er aan de hand?' Rogier stond ineens in zijn kamer, overzag de situatie en liep naar de kantine om een glas ijskoud water op te halen. 'Hier, drink op!' Hij drukte het glas tegen Gerbens lippen toen hij ontdekte dat zijn handen te zeer trilden om het glas aan te pakken. Gerben dronk tegen wil en dank en langzaam kwam hij weer tot zichzelf.

'Sorry!' verontschuldigde hij zich toen hij weer in staat was om te reageren.

'Niks sorry... gisteren was het Giny's sterfdag. Je bent het afgelopen jaar zoveel mogelijk gewoon doorgegaan, maar het gaat je niet in de koude kleren zitten. Het moet er een keer uit.'

Gerben pakte nu zelf het glas aan en dronk het verder leeg. Rogier wachtte geduldig totdat hij weer zover was dat hij ter zake kon komen.

Rogier, die altijd veel meer dan een werknemer was geweest, die hij als vriend en toeverlaat in moeilijke tijden beschouwde. Hij kon de beschuldigingen van Heleen haast niet geloven en toch kreeg hij ze niet meer uit zijn hoofd.

's Avonds leek het gesprek met Heleen iets wat nooit had plaatsgevonden. Gerben voelde zich doodmoe, maar hij vergat zijn vermoeidheid toen ze hem na het eten verleidde. Even viel alles van hem af, was hij alleen met deze geweldige vrouw die hem alles gaf waarvan hij nooit had durven dromen.

'Ik hou van je,' hoorde hij haar zeggen en hij verzekerde haar dat hij ook van haar hield.

'Ik kan niet meer zonder je.' Haar woorden kropen zijn geest binnen. 'Ik kan nooit meer zonder je.' Haar stem klonk warm en hees in zijn oor. 'Jij hebt me het vertrouwen in het leven teruggegeven. Er zijn momenten geweest dat ik het niet meer zag zitten. Ik was depressief en heb aan zelfdoding gedacht.'

Dat had hij haar nooit eerder horen zeggen.

'Het was een vreselijke tijd, maar dankzij jou leef ik weer. Laat me nooit in de steek, want ik kan echt niet meer zonder je.'

Niemand had dat ooit zo tegen hem gezegd. De vreselijke gedachten van die middag gleden van hem af. Haar woorden vulden hem met zelfvertrouwen. Hij was in staat deze prachtige vrouw gelukkig te maken, en deze prachtige vrouw wilde alleen hem.

Dwars door alles heen glinsterde een moment van ontspanning en geluk.

'Wees maar niet bang, ik laat je nooit in de steek.'

Hij wilde haar niet meer kwijt.

Nooit meer.

14

Wanneer was de twijfel precies omgeslagen in de zekerheid dat er iets niet klopte met Heleen, en nog minder van de verhouding tussen Heleen en Gerben? Irene vroeg het zich af, terwijl haar handen in machteloze woede de klei kneedden. De hele morgen had ze in haar atelier doorgebracht zonder werkelijk op te schieten. Haar creativiteit liet het totaal afweten.

Het vage gevoel dat ze eerst ten opzichte van Heleen had gevoeld, was inmiddels getransformeerd in het zekere weten dat ze een vrouw met een stoornis was, en geen onschuldige stoornis.

Inmiddels was het ruim drie jaar geleden dat Giny was gestorven en zelden kwam Gerben nog bij haar ouders. Soms nam hij de bezorging van goederen een paar uur op zich. Dan stopte hij ineens bij hen voor de deur en na een oppervlakkig gesprek van zo'n tien minuten haastte hij zich verder. Irene had het idee dat hij die bliksembezoekjes zonder medeweten van Heleen aflegde. Op een van die momenten was hij tersluiks met de onvoorstelbare mededeling gekomen dat Rogier was ontslagen omdat hij niet goed zou functioneren. Irene was in haar atelier geweest en had dat niet meegekregen, maar haar moeder had het later verteld. 'Gerben en Rogier konden altijd zo goed met elkaar.' Vol ongeloof en met enige wanhoop had ze Irene aangekeken. 'Zelfs Giny was heel erg op hem gesteld. Die man stond altijd voor Gerben klaar, hij doet geen vlieg kwaad en nu ineens zou hij niet goed functioneren?'

'Wie is er voor hem in de plaats gekomen?' had Irene willen weten.

'Die vraag heb ik hem ook gesteld,' zei haar vader. 'Ik kreeg een vaag antwoord waaruit ik heb geconcludeerd dat Heleen iemand anders heeft aangenomen en dat ze zelf de administratie van de woonwinkel voor haar rekening is gaan nemen.'

'Het was zo'n mededeling tussen neus en lippen door,' voegde haar moeder eraan toe. 'Een echt gesprek is er met Gerben al lang niet meer te voeren. Wat is er toch met die man aan de hand? En de kinderen... Ik maak me al een tijd zoveel zorgen om Fay en Cato. We zien ze bijna nooit meer nu die woensdag er definitief af is gegaan. Irene, jij zegt het al een tijdje. Pa en ik wilden het niet zien. We wilden gewoon dat Gerben met Heleen zijn leven weer kon oppakken en we dachten dat het voor de tweeling ook het beste zou zijn. Het voelt zo ellendig en ik weet niet wat ik eraan moet doen. Heleen duikt altijd op als we een keer in de winkel zijn en ik merk aan haar dat ze de pest aan ons heeft, maar waarom? Wat hebben we verkeerd gedaan?' Ze huilde bijna. Het had Irene aangegrepen. Haar moeder had zo haar best gedaan om de nieuwe situatie te accepteren. Ze had niemand een strobreed in de weg gelegd en wilde alleen het beste voor Gerben en de kinderen. Ze verdiende dit niet.

Uit nieuwsgierigheid had ze zonder medeweten van haar ouders een bezoekje aan de woonwinkel gebracht, omdat ze plotseling zin kreeg om haar tafellamp te vervangen. Ze had er een onbekende, afstandelijke man getroffen die niet goed begreep wat ze wilde. Op haar vraag waar Rogier was, deelde hij haar hooghartig mee dat Rogier niet langer de leiding in de woonwinkel had en dat hij er verder niets over wenste mee te delen. Irene ontdekte Anouk ook nergens, maar ze durfde er niet naar te vragen.

Alles was voor haar duidelijk geworden toen Linda een half jaar geleden op een avond onverwacht voor haar deur had gestaan met twee boeken in haar hand. 'Hier! Deze moet je lezen. Een collega vertelde me erover en ik herkende dingen in zijn verhaal die jij me over Gerben en Heleen had verteld. Ik heb ze de afgelopen week in een adem uitgelezen. Het kan haast niet missen, Irene. Het gaat over psychopathie en narcisme... Ik kan het je zo snel niet uitleggen, maar ik weet wel dat dit over Heleen gaat!'

Irenes handen lagen stil.

Ze had geen moment getwijfeld en was meteen aan het lezen geslagen.

'Bij ziekelijk narcisme is er sprake van een stoornis in iemands persoonlijkheid,' las ze in het eerste boek. 'Vaak zien we een diepgewortelde gevoel van grootheidsgevoelens, dat tot uiting komt in fantasie en gedrag. Een narcist heeft een grote behoefte aan bewondering vanuit zijn omgeving, maar heeft zelf weinig inlevingsvermogen voor deze omgeving. Het gaat om gedrag waarbij de narcist door gebrek aan empathie grenzen van anderen overschrijdt. Zijn partner en anderen in zijn omgeving hebben daar veel last van, maar de persoon in kwestie zelf niet.' Irene besefte dat Heleen nooit oog had gehad voor de pijn van haar ouders. Ze kon zich niet heugen dat ze ooit een meelevend woord had geuit. Wel vertelde ze in geuren en kleuren wat zij allemaal voor de winkel betekende en hoe goed ze alles deed. Volgens haar spraken de kinderen haar uit zichzelf met mama aan. Het kwam nooit in haar op dat het voor haar en haar ouders pijnlijk moest zijn om dat te horen. Ze had het niet verkeerd, dacht ze. Heel vaak had ze getwijfeld en ze had zich geschaamd. Het was immers een feit dat ze een geweldige steun voor Gerben was. Haar gedrag klopte niet. Iedereen moest uitgebreid horen wat ze allemaal deed, en ze kleineerde Gerben. Op een subtiele manier, maar Irene merkte het altijd. 'Narcistische mishandeling maakt je een gevangene,' las ze in het andere boek. 'Je kunt de cel waarin je zit alleen niet zien en dat maakt het zo gevaarlijk. Het gaat om een geestelijke en emotionele gevangenis.'

Ze las over een masker van vriendelijkheid en hulpvaardigheid dat vooral wordt ingezet bij mensen die zich in een kwetsbare fase bevinden. Ze las over narcisten die bij bedrijven als leidinggevenden werkten, over de goede ideeën en het enthousiasme van het begin die overgingen in stoken, uitsluiten en manipuleren van werknemers en vaak eindigde in fraude, of het overnemen van het bedrijf en zelfs faillissement. Over de innerlijke leegte van narcisten las ze, waardoor ze afhankelijk zijn van bevestiging door anderen, wat narcistische voeding wordt genoemd. Hoe een slachtoffer meer en meer zichzelf verliest om meegetrokken te worden in de donkere wereld van de narcist. Ze las over de chaos in het hoofd van het slachtoffer wat vooral te maken heeft met het feit dat de narcist dader is, maar zich keer op keer als slachtoffer manifesteert. Van alles krijgt het slachtoffer de schuld. Ze las gretig over het feit dat er steeds meer vrouwelijke narcisten zijn, die nog gewiekster, geniepiger en heimelijker te werk gaan dan de mannelijke daders.

Ze las over Gerben.

Ze las over Heleen.

Puzzelstukjes vielen op hun plek. Het bracht een enorme opluchting teweeg. Ze had het goed gezien.

Ze was niet gek!

Tegelijk mengden angst, wanhoop en verdriet zich met elkaar. Hoe zou ze Gerben ooit kunnen helpen? Zag hij zelf wat er gebeurde? Waarom had hij het er nooit over? Zo gezellig zou het tussen hen niet zijn. Wat deed Heleen met Fay en Cato? Ze hield hen zoveel mogelijk weg bij hun opa en oma, maar was dat het enige?

Geloofde Gerben zelf dat de meisjes beter af waren bij de buitenschoolse opvang, omdat ze bij hun grootouders thuis zo werden herinnerd aan hun moeder?

Ze hadden er nooit iets van gemerkt. Integendeel zelfs. Ze leken het erg naar hun zin te hebben en ze genoten ervan om bij haar in het atelier te knutselen. In de loop der tijd waren ze stiller geworden. Ze was weleens in de verleiding geweest om hun te vragen hoe het bij hen thuis ging, maar ze was erover blijven zwijgen. Fay en Cato moesten zich veilig voelen.

Wat kon ze eraan doen?

Was er iets wat ze kon doen?

Tot nu toe was ze niet verder gekomen dan nog veel meer informatie verzamelen over psychopathie en narcisme, persoonlijkheidsstoornissen die elkaar overlapten. Ook had ze er een gewoonte van gemaakt om minstens eens per maand naar de bouwmarkt te gaan, al zou het maar voor een pakje spijkers zijn dat ze niet nodig had. Meestal maakte ze van de gelegenheid gebruik om Gerben te vragen of hij tijd had om samen even koffie in zijn kantoor te drinken. Steeds herhaalde ze dat het niet klopte wat Heleen deed, maar dat kwam zelden goed over. Gerben wilde er niets van weten, hij wuifde het weg en raakte geïrriteerd. Het onderwerp van haar onrust kwam meestal kort daarna binnenvallen.

Irene wist zeker dat ze het erom deed. Hun gesprekken stokten en ze hield het al gauw voor gezien. Het zou vast niet lang duren voordat Heleen een manier zou vinden waarop die mogelijkheid voor koffie met Gerben helemaal tot het verleden zou behoren.

Haar handen gingen weer verder met het kneden van de klei.

Het enige positieve dat ze op dit moment kon bedenken was het feit dat Gerben en Heleen nog steeds niet waren getrouwd. Van Fay en Cato had ze begrepen dat Heleen hen mooie jurkjes voor de grote dag beloofde, maar dat Gerben steevast zei dat ze daar nog wel een poos op moesten wachten.

Noch haar ouders, noch zij, wilden de tweeling uithoren, maar het was duidelijk dat het Gerben was die hun huwelijk tegenhield.

De vraag was waarom?

Een narcist was gek op macht en geld. Heleen zou vast haar uiterste best doen om het tot een huwelijk te laten komen. Ze probeerde niet voor niets om de meisjes te paaien met mooie jurkjes. Van huwelijkse voorwaarden zou ze vast niet willen weten.

Voelde Gerben dat er iets niet klopte en was hij daarom voorzichtig? Hoe lang kon hij dit dan nog tegenhouden?

Irene zuchtte. Sinds ze zich verdiepte in narcisme kreeg ze steeds meer het gevoel dat ze zich in haar hoofd veel te veel bezighield met het leven van haar zwager. Ze wilde het niet, maar het drong zich steeds aan haar op. Ze zag het verdriet van haar vader en moeder omdat ze de tweeling meer en meer kwijtraakten, al probeerden ze zich daar dapper bij neer te leggen. 'We moeten doen wat het beste is voor Fay en Cato,' zei haar vader gelaten. 'Ma wilde nog voorstellen om de foto van Giny weg te halen, maar dat ging me te ver. Volgens mij is dat ook niet de oplossing.'

Van de boeken over narcisme wilden ze allebei niets weten. 'Wat hebben we eraan als het toch niks aan de zaak verandert?' was de mening van haar vader en haar moeder stemde daarmee in. 'Ik word alleen maar onrustig van die verhalen. We moeten ons erbij neerleggen. Fay en Cato zullen vast nog weleens met Gerben komen en anders verandert het voor hen misschien wel als ze wat ouder worden.'

Zij kon zich er niet bij neerleggen.

Ze wilde het ook niet. Als het niet voor Gerben was, dan toch zeker voor haar twee nichtjes. Giny zou het niet anders hebben gewild.

Haar handen lagen weer stil. Peinzend bestudeerde ze de klei onder haar nagels en probeerde die eronderuit te peuteren. Nog steeds had ze geen idee hoe ze nu verder wilde, hoe lang ze die klei ook bleef kneden. Ze keek naar de vloer. Had ze van de week niet gedacht dat ze toe was aan een nieuwe bezem voor haar atelier, waarmee ze het grofste vuil bij elkaar veegde voordat ze de stofzuiger erop los liet?

De aankoop daarvan kon plotseling niet langer op zich laten wachten en nergens beter dan in de bouwmarkt van Gerben kon ze zo'n bezemborstel halen. Die kon ze zo weer op de stok zetten. Resoluut legde ze de klei aan de kant, en liep naar het kleine fonteintje in de hoek om haar handen schoon te maken.

Voor de zoveelste keer trok Gerben zijn broek op. Hij was duidelijk afgevallen en zou een paar nieuwe moeten kopen, maar het ontbrak hem aan tijd. Er was tegenwoordig altijd gedoe in zijn zaak. Personeel dat totaal ongemotiveerd was. Ruzie en geklets onder elkaar. Hij had het idee dat hij de hele dag weinig anders deed dan hier en daar en overal brandjes blussen. Aan zijn echte werk kwam hij nauwelijks meer toe.

Sinds het ontslag van Rogier waren er meer personeelsleden uit solidariteit opgestapt. Heleen was overtuigd dat Anouk hen had opgejut, maar Anouk was al een paar maanden voor het ontslag van Rogier vertrokken. Ze had genoeg van de controles van Heleen, zoals ze het had verwoord. 'Ik voel me erdoor vernederd. We worden hier overal op het terrein met camera's in de gaten gehouden, is dat nog niet genoeg?'

Daarna was het Gerbens taak om weer eens met Rogier rond de tafel te gaan zitten om over zijn functioneren te praten. Zo langzamerhand had hij ook wel gezien dat het beter kon. Rogier sloeg bij de inkoop regelmatig de plank mis. Een paar keer had hij de schuld bij Heleen neergelegd en gezegd dat hij op haar aanraden spullen had ingekocht.

Die leugens van Rogier hadden Gerben het meest geraakt. Hij begreep niet wat er in hem was gevaren. In de bouwmarkt had hij prima gefunctioneerd. Heleen kon wel beweren dat hij daar veel te weinig had aangepakt, maar hij bleef het met haar oneens. Alleen zei hij dat niet hardop.

Er vonden steeds meer incidenten plaats. Rogier liet steken vallen. Bovendien roddelde hij nog steeds met klanten over Gerben. Heleen had het een paar keer gehoord. Ze had het met haar telefoon willen opnemen, maar had dat niet gedaan omdat ze meende dat ze daarvoor Rogiers toestemming moest hebben. De sfeer tussen hen verslechterde snel. Het resulteerde erin dat Gerben hem na een langdurig en ellendig gesprek had gevraagd om op te stappen. Heleen zat erbij en was duidelijker geweest. 'Je hebt er een puinhoop van gemaakt, terwijl ik je steeds heb gewaarschuwd. Nooit wilde je iets van me aannemen. Gerben zegt het nog netjes, maar hij bedoelt dat je op staande voet ontslag krijgt vanwege verstoorde verhoudingen en disfunctioneren.'

Rogier had zich verweerd. Hij wist van niets, wilde zijn ontslag aanvechten voor de rechtbank. Die oproep zou waarschijnlijk binnenkort wel komen en Gerben wist nu al dat het hem een flink bedrag zou gaan kosten. Het maakte hem niets uit. Wanneer hij aan Rogier dacht, voelde hij zich schuldig en het moment dat Rogier voor de laatste keer de winkel uit liep, stond in zijn geheugen gegrift.

Verlaten had hij zich gevoeld. Alsof na Giny nu ook zijn beste werknemer en tevens goede vriend was gestorven, alsof er niets meer over was van wat hem eerder houvast had geboden.

Heleen had voortvarend de sollicitatieprocedure voor de opvolger van Rogier op zich genomen.

Vermoeid wreef Gerben over zijn voorhoofd. Er leek weer migraine aan te komen. De laatste tijd had hij daar ook veel vaker last van, alsof de stress in de winkel zijn tol eiste.

De opvolger van Rogier was een ramp. Heleen had hem een prima kracht genoemd. Ze kende hem nog van vroeger, al wist hij niet precies hoe dat dan zat. 'Wat een achterdocht,' had ze gezegd toen hij haar ernaar vroeg.

Hij had niet het idee dat het ook maar iets met achterdocht te maken had, maar hij hield toch zijn mond. Had hij dat maar niet gedaan.

Harry de Zeeuw was een eigenwijze man die elk advies van Gerben naast zich neerlegde. Voor de verschillende missers die hij had gemaakt, nam hij geen enkele verantwoordelijkheid. Gerben had hem nog tijdens de proefperiode willen ontslaan. Heleen was furieus. 'Het ligt er zo dik bovenop dat je Harry geen enkele kans geeft omdat je mij kwalijk neemt dat je Rogier moest ontslaan. Dit is zulk kinderachtig gedrag. Ik snap nu wel waarom Giny niet bij jou in de zaak wilde werken.'

Hij had Heleen teleurgesteld.

Elke dag werd hem dat weer duidelijk. Nog eens trok hij zijn broek omhoog. Ergens op zijn slaapkamer moesten in een lade van een van de kastjes nog riemen liggen. Vanavond moest hij er eens naar kijken. Het was geen gezicht als hij zo aan zijn broek liep te trekken.

Bij de verfafdeling stond een klant te discussiëren met Christine, zijn nieuwste aanwinst in de winkel, die David had opgevolgd toen die twee weken geleden naar de concurrent was overgestapt. Gerben had gehoord dat Anouk daar ook werk had gevonden.

Christine was jong, maar welbespraakt en ze had verstand van zaken. Hij zag hoe ze de oudere man rustig van repliek diende en hem daarna uitlegde waarom ze meende dat hij ongelijk had. Aan Christine hadden ze een goede kracht. Hij keek naar de kassa's. Gelukkig was Elena niet vertrokken. Ze was de vrolijkste hier binnen het bedrijf. Hij wilde net terug naar zijn kantoor toen hij Irene zag binnenkomen. Onbewust gleden zijn ogen door de winkel om te zien waar Heleen was. Hij was altijd erg op zijn schoonzusje gesteld geweest, maar tegenwoordig zag hij haar hier liever niet meer. Na de tijd kiepte Heleen bakken vol woede en jaloezie over hem uit. Hij probeerde zich te verweren, en hij begreep zelf niet waarom dat nooit goed uitpakte. Ogenschijnlijk rustig liep hij nu naar zijn schoonzusje toe. 'Ben je weer aan het klussen?'

'Ik zit te springen om een nieuwe bezem voor mijn atelier. Mijn oude kwam nog uit de nalatenschap van oma Hovius en die is al overleden toen ik net twintig was. Er zitten bijna geen haren meer op.' Hij voelde haar spanning, al deed ze haar best om opgewekt over te komen. Ze grijnsde. 'Een goede smoes om nog even bij mijn zwager aan te gaan. Heb je tijd voor koffie?'

Hij wilde een uitvlucht verzinnen, maar wist zo snel niets. 'Ik heb niet veel tijd, maar één kopje moet kunnen.'

'Fijn, zwagertje... Weet je, ik wil heel graag contact blijven houden.'

'Ik ook.' Hij liep snel. Ze kon hem nauwelijks bijhouden. 'Ga maar vast zitten, ik haal koffie in de kantine.'

Nervositeit zoemde in zijn hoofd. Hij wilde te snel, pakte het kopje al weg voordat de koffieautomaat klaar was en brandde zijn vingers. Met het volgende kopje wachtte hij langer. Hij luisterde naar voetstappen die de richting van de kantine uitkwamen, maar toch weer afbogen. Waarom was hij zo zenuwachtig? Er was toch niets verkeerd aan een gesprekje met zijn schoonzusje? Hij bleef zenuwachtig, ook toen hij bij Irene ging zitten.

'Leuk om je weer even te zien.' Hij hoorde zelf ook dat het onoprecht klonk.

'Als de berg niet naar Mohammed komt, dan gaat Mohammed maar naar de berg.' Irene boog zich naar hem toe en dempte haar stem. 'Ik weet wat er met Heleen aan de hand is.'

'Hoezo?' Verbaasd keek hij haar aan. 'Ze heeft het erg druk, doordat ze in de zaak veel op zich heeft genomen en ook nog voor de kinderen zorgt. Daardoor is de rozengeur en maneschijn al snel uit onze relatie verdwenen, maar verder is er niks aan de hand. Ik kan me niet voorstellen hoe ik het ooit zonder haar heb kunnen redden.' Zijn woorden werden vergezeld door een geruststellende glimlach. 'Ik kan het daarom ook echt niet lang maken. Het is te gek voor woorden dat zij hard aan het werk is, terwijl ik hier zit koffie te drinken.'

'Ik zou het ook veel fijner vinden om gewoon weer eens bij mijn ouders thuis met je te praten,' hoorde hij Irene zeggen en hij zette zich schrap. 'Je weet dat het niet anders...' begon hij meteen.

'Ik weet het,' viel ze hem in de rede. 'Je hebt geen tijd en Fay en Cato vinden het moeilijk om bij pa en ma te zijn. Besef wel hoeveel pijn hen dat doet.'

'Het is hun keuze.' Hij voelde zich in het nauw gedreven.

'Dat vraag ik me af. Jij bent jezelf niet meer.' Ze keek naar de deur en hij voelde dat Heleen eraan kwam.

'Zo, een gezellig familieonderonsje?' Het klonk vriendelijk, maar Gerben voelde haar cynisme. 'Mag ik erbij komen zitten of verstoor ik dan jullie warme gesprekken?' Ze trok al een stoel bij.

Hij voelde dat hij kleurde, keek steels naar Irene. 'Kom er gerust bij,' hoorde hij haar zeggen. 'Zo warm waren onze gesprekken niet. Ik hou het maar kort, want ik ben heel goed op de hoogte van jullie drukke bestaan. Binnenkort wil ik graag een dagje weg met de tweeling en mijn ouders. Zo kunnen ze elkaar toch zien zonder dat Fay en Cato te veel geconfronteerd worden met hun overleden moeder. Ik hoop dat jullie me dat toestaan?'

'Waarom niet?' zei Heleen.

'Maar natuurlijk,' zei hij op hetzelfde moment. Zijn opluchting was bijna tastbaar toen Irene haar kopje leegdronk en opstond. 'Ik zal jullie niet langer ophouden. Binnenkort spreek ik wel af.'

Nu zou Heleen losbarsten. Hij zette zich al schrap, maar Heleen stond zonder iets te zeggen op en liep de winkel weer in. Stilte voor de storm, wist hij inmiddels. Ze zou er vanavond nog op terugkomen en dan heel lang doorgaan. Ze zou hem beschuldigen en hij zou zich verweren, maar hij wist nu al dat hij het verkeerd had aangepakt. Alleen had hij geen idee hoe hij het wel had moeten doen. Waar was de Heleen gebleven die hem zulke geweldige seksuele ervaringen had bezorgd? Waar was de vrouw die zei dat ze van hem hield, dat ze hem geweldig vond, dat ze niet zonder hem kon leven? Wat had hij verkeerd gedaan waardoor het tussen hen zo was veranderd?

Hij zou het vanavond gezellig proberen te maken, hoe vermoeid hij zich ook voelde. Ze zou het waarderen, als hij zijn best maar deed. Hij zou haar weer vinden, de vrouw die hem zoveel liefde had gegeven. Gedachten die hem ergens bekend voorkwamen, maar hij wist niet waarvan.

De schoonzus van de baas vertrok met de staart tussen de benen. Elena's blik volgde haar. Wat wilde die vrouw hier toch nog? Ze wist toch dat ze geen schijn van kans meer bij Gerben had? Het moest haar nu toch weleens duidelijk zijn dat hij het zonder Heleen niet kon redden. Verstandig van Heleen om er altijd bij te komen zitten als de schoonzus weer op het toneel verscheen en met Gerben koffie wilde drinken. Heleen deelde veel met haar. Ze had het idee dat ze een beetje vriendinnen aan het worden waren. Drie jaar geleden had ze het heel erg gevonden dat Giny zo plotseling was overleden, maar nu had ze het idee dat daardoor veel ten goede was veranderd. Heleen kwam ook weer uit het kantoor. Ze knikte even in haar richting. Elena stak haar duim op als teken dat ze vond dat Heleen het weer goed had geregeld. Het ontlokte Heleen een zuinig lachje.

Wat had ze nou gedaan? Irene stond een beetje verwezen naast haar fiets. Vanmiddag had ze werkelijk even de kans gekregen om met Gerben over Heleen te spreken en ze had zich meteen van de sokken laten praten.

Op de heenweg had ze bedacht hoe ze het zou zeggen. Rechttoe, rechtaan, had ze gedacht. Tijd om eromheen te draaien zou ze niet hebben. Ze wilde Gerben voorstellen om eens op internet naar het onderwerp narcisme te zoeken, maar door zijn reactie op haar eerste woorden was ze meteen de kluts kwijt. Door dat ene woordje 'Hoezo?' leek alles zich tegen haar te keren. Wanneer ze op dat moment verder was gegaan, zou het voelen alsof ze Heleen zwart wilde maken. Al haar zekerheden werden twijfels.

Schaamte wiste haar woorden weg.

Ineens was het alsof ze alles verkeerd had gezien en geïnterpreteerd.

Het moest haar eigen teleurstelling zijn geweest die in de boeken over narcisme het gedrag van Heleen had menen te herkennen. Het 'Hoezo?' van Gerben had alles anders gemaakt. Ze durfde Heleen bijna niet aan te kijken toen ze ineens binnenkwam.

Gelukkig dat ze nog had durven voorstellen om Fay en Cato een dagje mee te nemen. Daar had Heleen geen enkel probleem van gemaakt.

Verward stapte ze op haar fiets en ze trapte verwoed naar huis.

Onderweg bedacht ze dat ze geen moment meer aan de bezemkop had gedacht.

15

'Je ziet het niet verkeerd.' Linda's stem klonk beslist.

'Nee hè?' Irene voelde zich nog steeds verward. De afgelopen dagen had ze er steeds over nagedacht. Ze had nog eens haar boeken over narcisme erop nageslagen en nagedacht over het gedrag van Heleen. Er was maar één conclusie mogelijk: ze had het goed gezien. Op deze zondagmiddag had ze het thuis ineens niet langer uitgehouden. Ze moest er met iemand over praten, iemand die begreep waar ze het over had en die haar zou kunnen vertellen of het klopte wat ze dacht. Die iemand moest Linda zijn. Wie anders zou ervoor in aanmerking komen?

'Je bent niet over één nacht ijs gegaan,' vervolgde Linda. 'Vanaf het begin heb je tegen me gezegd dat Heleen zich veel aardiger voordeed dan ze was. Dat heb je haarscherp aangevoeld. Je leest het ook terug in de boeken. Narcisten dragen een masker. Heleen heeft dat masker de eerste tijd ook gedragen bij Gerben. Hij had plotseling zijn vrouw verloren en stond alleen met de verantwoordelijkheid voor twee kleine meisjes en een bouwmarkt met personeel. Kwetsbaarder kan een mens bijna niet zijn. Heleen lijkt haar kans afgewacht te hebben, alsof ze heeft gevoeld dat er een moment zou komen dat hij haar nodig zou hebben.'

'Giny vertelde weleens dat Gerben veel later thuis was als het Heleens beurt was om af te sluiten.' Irene had er van de week ineens aan moeten denken. 'Misschien probeerde ze hem toen al wel te verleiden. Ik geloof niet dat Gerben daar erg vatbaar voor was, maar een vrouw als Heleen heeft alle tijd en waarschijnlijk heeft ze wel gemerkt dat er tussen Giny en Gerben iets wrikte. We weten allemaal dat de bouwmarkt tussen hen stond. Dat zal Heleen vast niet zijn ontgaan.'

'De dood van Giny is Heleen dus heel goed uitgekomen.' Linda stond op en ijsbeerde heen en weer. 'Waar ze eerst waarschijnlijk jaren op had moeten wachten, werd haar nu in de schoot geworpen en ze heeft er meteen gebruik van gemaakt.'

'Dat klinkt heel naar.'

'Sterker nog, dat is afschuwelijk. Tegenover Gerben heeft ze dat masker inmiddels afgezet. Ze probeert hem te isoleren en het ziet ernaar uit dat ze daar goed in slaagt.' Linda bleef heen en weer lopen. 'Rare vraag misschien, maar wat weet jij van Heleen? Heb je enig idee waar ze woont als ze niet bij Gerben is? Weet jij waarom Gerben niet met haar trouwt? Heeft ze familie en heeft ze daar nog wel contact mee?'

'Gerben heeft me eens verteld dat ze erg eenzaam is omdat ze heeft gebroken met haar familie. Die vonden haar nooit goed genoeg. Ze is getrouwd geweest en na haar scheiding heeft ze een klein appartement gehuurd in niet zo'n beste buurt. Gerben noemt het een mistroostige flat, maar volgens mij komt hij er nooit en zij is er ook zelden. In ieder geval voldoet ze daarmee niet aan het beeld van de narcist.'

'Ze is een vrouw en vrouwen zijn vaak verborgen narcisten. Ze zijn veel doortrapter,' reageerde Linda resoluut. 'Ze kunnen bescheiden en liefdevol of zielig lijken, maar dat is hun masker. Daaronder zit net zo goed die donkere kant. Gerben zou heus niet voor haar zijn gevallen als ze zich groots voordeed. Daar houdt hij helemaal niet van, en ze kende hem wel zo goed dat ze begreep dat ze zich beter bescheiden kon opstellen.'

'Jij hebt je er ook goed in verdiept,' merkte Irene met een klein lachje op.

'Wat denk je? Ik ken jou en je familie al zo lang. Mij houdt het net zo goed bezig. Vooral Cato en Fay. Ze zijn jong en kwetsbaar. Eerst moesten ze hun moeder verliezen en nu zijn ze overgeleverd aan een vrouw van wie jij en ik het gevoel hebben dat ze niet het beste met hen voor heeft.'

'Precies... als ik daaraan denk doe ik geen oog meer dicht,' stemde Irene met haar in. 'En dan zijn er nog mijn ouders die het proberen te accepteren zoals het is, maar ik zie hun stille verdriet bijna elke dag. Om het nog maar niet over Giny te hebben. Ze heeft het Gerben lang niet altijd makkelijk gemaakt, maar dit zou ze vreselijk hebben gevonden. Ik ben zo vaak bij hen thuis geweest en ik hou zo hartstikke veel van Cato en Fay. Ik kan het niet laten rusten, juist voor hen niet en ook omdat ik denk dat Giny van me zou hebben verwacht dat ik haar twee kleine meisjes zou beschermen. En ga nou alsjeblieft zitten! Ik word gek van dat gedrentel van je.'

Linda stond stil. 'Je weet dat ik altijd drentel als ik nadenk.'

'Vandaag kan ik er niet tegen.' Irene voelde hoe verdriet van de laatste tijd zich een weg omhoog zocht. Ze deed haar best om haar tranen tegen te houden.

'Kom op, jank nou gewoon eens van je af. Ik snap ook wel wat dit allemaal met een mens doet.' Linda was er het type niet voor om meelevende woorden te spreken. 'Weet je wat? Laat het gewoon even gaan. Ik schenk wijn in. Daarna ben jij vast weer een beetje bijgekomen en denken we er onder het genot van een prima wijntje verder over na.'

Irene snoot haar neus. Langzaam kwam ze tot zichzelf. Ze keek de kamer rond, haar blik vatte de familiefoto's in krullerige lijstjes die op een lage kast stonden en die bijna misplaatst leken bij de strakke inrichting. De donkergrijze, leren hoekbank, de kasten in industriële vormgeving, pasten goed bij Linda, die op veel gebieden totaal anders was dan zij. Na een avondje bij Linda voelde haar eigen huis altijd veel warmer en speelser aan met het vele paars, de gebloemde gordijnen en de beelden van haar eigen hand die her en der verspreid stonden. Ook op werkgebied verschilden ze als dag en nacht. Linda hield zich dagelijks met de financiën van een overkoepelende organisatie van zorginstellingen bezig. Dat leverde Irene het voordeel op dat Linda haar belastingaangifte altijd verzorgde.

Verschillen maakten niet uit, zolang er op de belangrijkste gebieden maar overeenkomsten waren, hadden ze allebei in de loop der jaren gemerkt.

'Heb je al eens aan Rogier gedacht?' Linda kwam de kamer weer binnen. 'Hij is op een nare manier uit de bouwmarkt verdwenen. Het is goed mogelijk dat hij je kan vertellen hoe dat precies is verlopen en wat de rol van Heleen daarin is geweest. Hoe dan ook, hij zal je wellicht een inkijkje kunnen geven in de samenwerking tussen Gerben en

Heleen.' Ze zette twee wijnglazen op tafel.

'Ik geloof niet dat Rogier nog iemand te woord wil staan die ook maar in de verste verte met de bouwmarkt te maken heeft.' Irene had hem nooit weer gezien. Haar moeder had hem nog eens getroffen in de supermarkt, samen met Ineke. Ze had verteld dat ze kort hadden gegroet en door waren gelopen. Haar moeder had niet eens antwoord gekregen op de vraag hoe het met hen ging.

'Weet je waar hij woont?' Linda ging in een hoek van de comfortabele bank zitten en trok haar in sokken gehulde voeten onder zich.

'Ongeveer... Ik denk dat ik wel achter zijn adres kan komen.' Irene klonk nog niet heel enthousiast.

'Hij zal je misschien te woord willen staan als je heel voorzichtig iets vertelt over je motieven,' bedacht Linda. 'Het gaat vooral om je nichtjes. Die heeft hij ook gekend.' Ze nam een slok.

'Ik moet ergens een ingang vinden. Vanaf het begin klopte het al niet. Er kan van alles op je werk gebeurd zijn, maar dan nog is het raar dat je van een baan met een prima inkomen terug wilt naar het salaris van een kassamedewerker. Ik vraag me af of dat wel de waarheid is. Misschien moet ik daar ook eens achter zien te komen.' Ze keek naar Linda die al genotvol een tweede slok nam. 'Als het niet om mijn nichtjes ging, zou ik er misschien wel plezier in hebben om zo op zoek te gaan. Nu voelt het alleen maar heel rot.'

'En daarom stel ik voor dat we komende zaterdag samen ergens gaan eten, dan een filmpje pakken en nog een borrel achteraf nemen. Je moet weer eens iets leuks doen. Giny is al meer dan drie jaar geleden overleden en ik heb het gevoel dat je al die tijd stil bent blijven staan. Waar is mijn vrolijke vriendin gebleven?'

'Ik leef toch gewoon door?'

'Gewoon zou ik het niet willen noemen. Je weet best wat ik bedoel en ik meen het. Nu heb je misschien weinig zin, maar je helpt er niemand mee als je alleen maar bezig bent met Heleen. Afleiding doet altijd goed en daar gaan we komende zaterdag voor zorgen.'

Irene wist dat Linda gelijk had. Ze ging door met haar werk, bij tijd en wijle ging ze uit met vrienden, maar het overlijden van Giny had definitief iets in haar veranderd. De gebeurtenissen met Heleen van de afgelopen jaren hadden daar ook al geen goed aan gedaan.

'Nou?' Linda trok vragend haar wenkbrauwen op.

'Natuurlijk,' zei ze, en ze betrapte zich erop dat ze er echt naar uitkeek.

Stilte, gekmakende stilte...

Sinds het bezoek van Irene vier dagen geleden, had Heleen hem systematisch genegeerd. Zwijgend ging ze aan hem voorbij, in de winkel en in zijn huis. De stilte vulde zijn hele hoofd, hoewel er tijdens het werk nog zoveel andere geluiden waren en hij gesprekken met werknemers en klanten voerde. Heleens stilte zat in zijn hoofd.

Hij praatte tegen haar, probeerde een reactie te krijgen.

De blikken die ze naar hem wierp waren ijskoud, en zo keihard dat hij snel de andere kant uitkeek, omdat de hardheid in haar ogen hem angst aanjoeg.

Waar was de vrouw gebleven die alleen hem wilde? Waar was de vrouw die hem op handen droeg? Hij wilde alles voor haar doen, als hij die vrouw maar weer terugkreeg. De vrouw die hem liefhad, die hem meer had gegeven dan hij ooit bij Giny had gekregen. De vrouw met wie hij zo graag samenwerkte.

'Het spijt me!' Hoe vaak had hij die woorden de afgelopen dagen gezegd? Hij had het niet anders kunnen doen toen Irene kwam. Zijn schoonzusje had hem altijd na aan het hart gelegen. Hij kon haar nu niet wegsturen. Ze had vast gemerkt dat hij niet zo enthousiast was. 'Zwagertje,' had ze hem genoemd. Een woord uit een ander leven, toen het nog de betekenis had van hun vertrouwelijke band, van de grote broer en het kleine zusje. Nu had hij het lastig gevonden. 'Ik weet wat er met Heleen aan de hand is,' had ze even later gezegd. Onbegrijpelijke woorden. Waar had ze die op gebaseerd? Ze had kennelijk gemerkt dat het niet meer zo tussen hen was als in het begin. Irene was een gevoelsmens, die had alles snel in de gaten.

Er was in de jaren, nadat hij die eerste geweldige seksuele ervaring met Heleen had, ook heel veel veranderd. Ze gingen vrijwel nooit meer met elkaar naar bed. Geen wonder. Heleen werkte ook zo hard binnen zijn bedrijf en dan waren er nog de kinderen die haar aandacht vroegen. 's Avonds was ze afgepeigerd. Hij durfde haar niet eens meer aan te halen. Die paar keren dat hij het had gewaagd, had ze hem aangekeken alsof hij zich moest schamen dat hij er maar aan had durven te denken. Hij had zich vies en besmeurd gevoeld, haar blik leek door zijn hele lichaam heen te dringen.

'Ik wilde je niet,' liet zijn moeder hem vroeger altijd weten, en datzelfde gevoel overviel hem wanneer Heleen hem zo aankeek.

Hoe kon hij dat gevoel bij Heleen krijgen?

Ze had zo vaak gezegd dat ze van hem hield, dat ze niet zonder hem kon.

Zijn verwarring, ontstaan na het overlijden van Giny, was juist door de aanwezigheid van Heleen in zijn leven steeds toegenomen. Hij was zoveel van haar gaan houden. Heleen was een groot avontuur. Niet eerder waren zijn gedachten zo vervuld geweest van een vrouw. Ze stak met kop en schouders boven alle beslommeringen in zijn winkel uit.

Zijn maag krampte ineen van verlangen naar de momenten van eendrachtig werken, en haar liefdevolle lach als hij even opkeek en haar ogen net de zijne zochten.

Die momenten waren heel ver weg. Hij stikte bijna in haar zwijgen.

'Het spijt me...' Zijn woorden hadden niet meer dan een schampere glimlach opgeleverd. Daarna was ze in zwijgen verder gegaan.

Al tijden kwam Heleen ook op zondag. Soms wilde ze naar de kerk. Hij wist niet waarom ze dat wilde, ze had er weinig mee. Na de dienst bleven ze in de kerkzaal koffiedrinken, want dat wilde ze graag. Verbaasd had hij op een morgen gehoord dat ze met de predikant over zijn preek napraatte. Hij had haar een uitleg van het bijbelboek *Openbaringen* horen geven, waar zelfs de predikant van stond te kijken. 'Ik ben toch christen,' reageerde ze geprikkeld toen hij vroeg hoe ze aan die wijsheid was gekomen. 'Ik ken de Bijbel wel.'

Bij hem thuis wilde ze de tweeling nooit uit de kinderbijbel voorlezen, omdat ze er zo weinig van wist.

Vandaag was het zondag, maar ze liet het afweten. Na sluitingstijd was hij gisteravond thuisgekomen en tot zijn schrik en verbazing had hij daar niet Heleen aangetroffen maar Daphne, een nieuwe en jonge zaterdaghulp. Ze zat met de meisjes televisie te kijken naar een programma dat hem niet direct geschikt leek voor kinderen van tien jaar. In zijn schrik en teleurstelling was hij tegen het meisje uitgevallen. Hij was van zichzelf geschrokken en had ook meteen zijn spijt betuigd nadat hij zich meester had gemaakt van de afstandsbediening en de televisie had uitgezet. Nog timide van schrik na zijn onverwachte uitval had Daphne hem verteld dat Heleen haar 's middags had gevraagd omdat zij onverwacht een afspraak had. Meer wist ze er niet van, alleen dat ze voor de uitbetaling van uren bij hem moest zijn.

Hij had meteen zijn portemonnee getrokken, Daphne uitbetaald en naar huis gestuurd. Doodmoe als hij was, had hij toch samen met Fay en Cato nog iets gedronken en ze toen naar bed gebracht. Hoe vaak hadden ze hem in die korte tijd allebei verzekerd dat ze hem zo lief vonden?

Hij voelde nog hun armen rond zijn nek en de vraag of hij hen niet altijd naar bed wilde brengen. 'Heleen is toch ook altijd lief?' had hij er wat krachteloos tegenin gebracht.

Ze hadden geknikt, maar niet overtuigend genoeg en hij had zich afgevraagd of ze ook niet meer zo liefdevol de rol van moeder op zich nam. Zijn kinderen mocht ze niets aandoen, had hij gedacht. Zij waren het allerbelangrijkste voor hem.

Tegelijk had hij zich geschaamd dat hij dat zelfs maar durfde te denken. Heleen was er altijd voor hem. Ze was er net zo goed voor zijn dochters.

Vanmorgen had hij nog even hoop gehad dat ze ineens op de stoep zou staan, maar de zondag was in alle rust verlopen. Uren kropen traag voorbij. Hij probeerde een goede vader voor zijn kinderen te zijn, geduld op te brengen toen ze hem hielpen om soep in elkaar te flansen van de ingrediënten die hij in de koelkast vond. Ze speelden verschillende gezelschapsspelletjes, maar al gauw hadden Cato en Fay daar geen zin meer in.

Hij was uitgevallen, maakte het schuldbewust meteen weer goed.

Zijn spanning groeide met de seconde. De soep smaakte niet verkeerd, maar hij kon bijna geen hap door de keel krijgen. Was het maar maandag.

Morgen moest hij met haar praten. Hij zou haar vragen wat hij anders moest doen naar Irene toe. Ze zou er vast begrip voor hebben als hij haar zei dat hij Irene niet zomaar kon zeggen dat hij niet meer wilde dat ze zo even kwam aanlopen.

Er schoot een andere gedachte door hem heen, een gedachte die hij weer naar de achtergrond schoof omdat hij die niet durfde toe te laten zonder zelf te begrijpen waarom.

Heleen wilde trouwen.

Hoe vaak had ze dat al tegen hem gezegd?

Hij had het haar in een opwelling beloofd. Na de eerste sterfdag van Giny, had hij gezegd. Ondertussen waren er daarna nog twee voorbij gegaan.

Het was terecht dat ze na alle jaren waarin ze voor hem had klaargestaan, vond dat hij zijn belofte maar eens moest inlossen.

Wat weerhield hem ervan om haar ten huwelijk te vragen?

Niets of niemand stond hem in de weg. Hij stond zichzelf in de weg. Elke keer als hij eraan dacht, gebeurde er iets in hem waardoor hij het weer op de lange baan schoof. 'Ik kan het niet uitleggen, maar ik ben er nog niet aan toe,' was zijn slappe excuus.

Wanneer hij zo doorging, zou ze op een dag weggaan. Hij wist het zeker. Heleen zou zo weer een andere baan hebben gevonden. Ze had al eens verteld dat ze tijdens haar werk was benaderd door een andere winkeleigenaar. Hij had dat heel onbeschoft gevonden. Zij had om zijn verontwaardiging moeten lachen. Nu begreep hij dat het zijn grote angst was dat ze op een dag zou gaan. Hoe zou hij het moeten bolwerken zonder haar? Ze had vrijwel de hele administratie op zich genomen. Hij hoefde maar te kikken en ze zorgde dat het voor elkaar kwam.

Ze verdiende het niet dat hij haar zo op afstand hield.

Als ze morgen maar weer gewoon verscheen om aan het werk te gaan. Van de gedachte dat ze ook dan weg zou blijven, werd hij bijna misselijk. Hij wilde het niet, maar viel toch nog een paar keer tegen de kinderen uit.

Langzaam zonk hij weg in een moeras van onzekerheid en angst. Wanneer ze er morgen weer was, zou hij haar op handen dragen.

Hij stuurde de tweeling vroeg naar bed, trok zich niets van hun protesten aan, gaf hun extra tijd om nog in bed te lezen om zijn schuldgevoel wat kwijt te raken en was opgelucht toen hij eindelijk zelf ook naar bed kon gaan.

's Nachts sliep hij heel slecht.

'Irene staat altijd op de eerste plaats.' Het waren de eerste woorden die Heleen tegen Gerben zei nadat hij haar voor de derde keer die morgen zijn excuus had aangeboden zonder precies te weten waarvoor. Nadat Cato en Fay naar school waren vertrokken, had hij de rommel in huis een beetje opgeruimd en was vast naar de zaak gegaan. In de stilte van de nog verlaten winkel had hij zich afgevraagd hoe hij verder moest als Heleen het voor altijd zou laten afweten. Een antwoord had hij niet gevonden. Wanhoop had hem bijna doen kokhalzen, een wanhoop die nog groter was dan na het overlijden van Giny.

Tot zijn opluchting zag hij haar een uur later arriveren alsof er niets aan de hand was. Ze had hem opgewekt begroet en ineens twijfelde hij of hij haar gedrag van de afgelopen week wel juist had geïnterpreteerd. Onzeker had hij haar koffie aangeboden en nadat ze bij hem op de kamer zat, was hij meteen van wal gestoken. Hij had zich verontschuldigd voor zijn gedrag en voor het feit dat hij rustig met Irene had koffiegedronken, terwijl Heleen zich het vuur uit de sloffen liep in zijn winkel. Het was niet genoeg.

'Dat is niet waar,' wierp hij nu haar beschuldiging tegen. 'Jij staat op de eerste plaats en dat weet je. Ik heb zelfs nauwelijks contact met Irene.'

'Je wilt dus ontkennen dat ze hier regelmatig komt binnenvallen en dan van jou verwacht dat je al je werk laat vallen en bij haar gaat zitten?'

Mist trok zijn hoofd binnen. Hij keek Heleen nadenkend aan. Irene was er altijd maar heel kort en ook niet vaak. Hij wilde het hardop zeggen, maar weifelde en Heleen had wel gelijk dat Irene hier op onverwachte momenten binnenkwam en dan graag even met hem een kop koffie dronk. Ze vroeg altijd keurig of het uitkwam, maar hij vond dat hij het niet kon maken om nee te zeggen. Hij stemde dus altijd toe.

'Dat ontken ik niet,' merkte hij voorzichtig op, bang om kapot te maken wat net heel voorzichtig geheeld leek te worden. 'Ik weet niet of ze dat zo bedoelt.'

'Dat bedoel ik. Je neemt het altijd voor haar op. In jouw ogen doet ze het nooit verkeerd.'

Heleen ging staan. Ze rechtte haar schouders. Hij moest naar haar opkijken.

'Natuurlijk wel... misschien kan ik... zal ik als ze weer komt, en ik hoop dat ze daar nog even mee wacht, maar als ze komt, zal ik het eerst met jou overleggen en misschien kunnen we dan met z'n drieën koffiedrinken en even bijpraten.'

'Is dat nou echt zo moeilijk om te bedenken?' Ze zette haar handen in haar zij. 'Elk mens zou op dat idee komen. Waarom komt dat bij jou niet op?'

'Jullie liggen elkaar niet...'

'Wiens schuld is dat? Ik heb steeds m'n best gedaan, hè? Jouw dierbare Irene kan het niet hebben dat je mij boven haar prefereert. Ik heb het je al honderd keer verteld, maar het dringt kennelijk niet tot die botte hersens van je door. Ik snap dus helemaal niet dat jij steeds alleen met Irene wilt koffiedrinken. Dat lijkt mij vragen om moeilijkheden, of hebben jullie onderling iets te bekokstoven? Laat je lieve, kleine schoonzusje jou ook niet helemaal onberoerd?'

Hij voelde zich kwaad worden. 'Doe niet zo vervelend! Je weet dat ik niks voor haar voel, helemaal niks. Alleen jij bent er voor mij.'

'Wat zei je?' Ze deed een stap naar hem toe.

'Alleen jij bent er voor mij,' herhaalde hij.

'Nog eens...' Er gleed een glimlachje rond haar mond.

'Alleen jij...'

'Je bent ook net een hond die ik kunstjes kan leren.'

Hij was stil, de vernedering van die opmerking brandde in zijn hart.

Ze draaide zich om. 'Misschien kunnen we binnenkort eens wat leuks gaan doen. Samen een weekendje weg of zo. Ik zal Harry vragen of hij de leiding over de bouwmarkt voor een zaterdag kan overnemen. Met Giny ging je toch ook weleens weg?'

Hij probeerde zich voor te stellen hoe dat samen met Heleen zou zijn, maar zijn hoofd werkte niet mee.

'Ik zal het met Harry overleggen.' Ze draaide zich om en liep weg. Via de personeelsingang druppelden de eerste werknemers binnen. Hij zag Harry. Heleen liep naar hem toe. De mist in zijn hoofd wilde maar niet optrekken. Er was iets wat hem niet beviel aan het beeld van Harry die nu met Heleen stond te praten. Misschien was het de hand die hij op haar schouder legde en die ze niet afschudde.

Hij begon dingen te zien die er niet waren.

Iets leuks doen, had Heleen gezegd. Samen een weekendje weg.

Hij had het met Giny te weinig gedaan.

Hij kon een mooi hotel uitzoeken, zodat ze kon genieten.

Dan zou alles weer beter worden.

16

Bijna een week had Irene de gedachte aan Rogier op afstand gehouden. De zaterdagavond met Linda was supergezellig en ontspannen geweest. Tijdens het eten hadden ze uitgebreide gesprekken gevoerd, waarna ze de film maar hadden gelaten voor wat die was. In plaats daarvan waren ze vanaf het restaurant verhuisd naar een grand café elders in de stad om daar gewoon verder te bomen. Pas aan het einde was Linda toch weer over Rogier begonnen. 'Echt doen hoor. Vergeet niet voor wie je het doet,' had ze Irene op het hart gedrukt.

Alsof Irene niet steeds aan haar nichtjes dacht, maar ze dubde nog steeds hoe ze een bezoekje aan Rogier het beste kon aanpakken. Op internet had ze gezocht naar een telefoonnummer, maar dat had ze nergens kunnen vinden. Aan Gerben wilde ze het vooral niet vragen. Er zat niets anders op dan pardoes bij zijn huis aan te bellen. Ze wist in ieder geval in welke straat hij en Ineke woonden, die was niet ver van haar eigen huis. Een paar dagen later besloot ze er maar gewoon heen te lopen. Ze zou wel zien of het iets opleverde.

Thuis had ze bedacht hoe ze zou beginnen, maar ze hield er ook rekening mee dat het zover helemaal niet zou komen. Haar moeder had immers de kans ook niet gekregen. Zon verlichtte haar weg, de hemel was blauw, de temperaturen hoog voor de tijd van het jaar. Wanneer haar missie niet zo ernstig was geweest, had ze er volop van genoten. In de straat aangekomen waar ze moest zijn, liep ze op haar gemak verder en tuurde naar de naambordjes op de voordeur. Soms waren ze zo klein dat ze ternauwernood kon lezen wat erop stond. Cuijlenburg was een lange naam, bedacht ze. Die zou opvallen. Wanneer dat niet lukte, kon ze altijd nog lukraak ergens aanbellen en ernaar vragen. Een brutaal mens had de halve wereld. Dan moest er wel iemand thuis zijn, want de straat leek uitgestorven. Rustig kuierde ze verder, nu toch een beetje gespannen. Op het moment dat ze een modern, zwart naambord ontdekte waarop in grote, witte letters Fam. Cuijlenburg stond, ging de deur ernaast open en ze keek Rogier recht in zijn gezicht. Ze zag hoe het betrok, ontdekte woede en twijfel. Eerst leek hij rechtsomkeert te willen maken, maar na enige aarzeling trok hij de voordeur achter zich dicht, en draaide die op slot.

'Rogier?' Hier was ze niet op voorbereid. Woorden bleven in haar keel steken. Rogier liep het klinkerpaadje naar de deur af en bleef staan. 'Wat brengt jou hier?'

Nu pas zag ze dat hij een zwarte trainingsbroek en trendy hardloopschoenen droeg onder een pistachegroen shirt. Kennelijk werkte hij tegenwoordig aan zijn conditie.

'Ik zou even met je willen praten, maar ik zie dat je andere plannen hebt.'

'Waarover zou je met me willen praten?' Opgelucht constateerde ze dat hij niet onwelwillend klonk.

'Het gaat om Heleen... Je weet wel, uit de zaak van Gerben. Ik maak me zorgen, Rogier. Over Gerben en Fay en Cato. Ik zou van jou zo graag willen weten...'

'Ik geloof niet dat ik je verder kan helpen.' Hij schudde zijn hoofd. 'Het liefst wil ik nooit meer iets over Gerben of Heleen of van die bouwmarkt horen. Ik zal daar nooit meer een voet binnen de deur zetten. Nooit meer!' Hij maakte aanstalten om door te lopen.

'Dat begrijp ik. Rogier, wacht... Het zal niet lang duren. Help me alsjeblieft. Ik wil weten hoe het komt dat jij na al die jaren, waarin je de rechterhand van Gerben was, ineens werd ontslagen. Jullie waren toch zoiets als vrienden. Daar moet iets achter hebben gezeten.'

'Tjonge... meen je dat nou echt?' Hij klonk bitter. 'Iedereen geloofde dat ik er niks van bakte. Had dat toen maar gezegd.'

'We wisten het niet. Gerben brengt heel soms bestellingen rond en komt dan ook bij ons aan. Dat zijn superkorte bezoekjes en van echte gesprekken komt het niet. Gerben deelde het gewoon even aan mijn ouders mee. Ze waren ontdaan en hebben niet verder gevraagd. Wat hadden ze ook kunnen doen? Mijn ouders hebben het al heel moeilijk.

Ze zien de tweeling ook nauwelijks meer. Gerben trekt zich steeds meer terug.'

'Ik denk niet dat ik daar iets aan kan veranderen.'

'Ik ook niet, maar ik wil je verhaal horen. Misschien zie ik het verkeerd, maar volgens mij heeft het allemaal met Heleen te maken. Het gaat me vooral om Fay en Cato, maar net zo goed om Gerben. We konden altijd zo goed met elkaar overweg en daar is nu niks meer van over.'

Ze stokte, zag de verschillende emoties op zijn gezicht weerspiegeld en haalde opgelucht adem toen hij overstag ging. 'Oké! Je hebt geluk dat Ineke niet thuis is. Die wil met niemand ook maar iets te maken hebben. Het heeft er bij ons diep ingehakt.' Zonder nog iets te zeggen, liep hij het pad naar de voordeur op. Een beetje aarzelend volgde ze. Weinig op haar gemak zat ze even later bij hem in de kamer. Hij had zijn jack uitgetrokken en achteloos op de donkerblauwe bank gegooid. 'Ik wist niet dat ik zo'n hekel aan iemand kon hebben,' hoorde ze hem zeggen en ze besefte dat zij dat gevoel kende, dat het een gevoel was dat nooit eerder in haar was opgekomen. Wanneer ze aan Heleen dacht, gloeide er een diepe, donkere woede in haar op. Heleen bracht gedachten in haar boven waar ze zelf van schrok. Nooit had ze verwacht dat ze in staat was om zo'n grondige afkeer van iemand te hebben.

Ze opende haar mond om iets te zeggen, maar Rogier ging verder. 'In het begin mocht ik haar niet. Het was me een raadsel waarom Gerben haar had aangenomen. Later ben ik bijgedraaid. Ik was haar dankbaar omdat zij me de leiding over de woonwinkel gunde. Het leek alsof ze het goede met me voor had. Er waren wel tekenen dat ze niet spoorde, maar die wuifde ik weg. Ze was zo aardig dat ik helemaal niks verkeerds durfde te denken. Heel gek was dat. Ik kreeg namelijk wel een raar gevoel van de manier waarop ze over Gerben praatte en tegen mij zei ze ook weleens dingen die ik niet prettig vond of niet begreep. Op de een of andere manier had ik er altijd wel een verklaring voor: ze had het niet zo bedoeld, ze drukte zich wat onhandig uit, en dat soort dingen. Ineke verweet me een keer dat ik met Heleen dweepte. Ik dacht echt dat Ineke jaloers was, maar nu weet ik dat ze gelijk had. Ik was vol van haar, en ik vond dat ze geweldige plannen had. Van zo'n vrouw durf je niet eens slechte dingen te denken. Ze leek het beste met me voor te hebben, maar dat was schijn. Ze heeft me gewoon gebruikt om de leiding te krijgen over de bouwmarkt en de woonwinkel.' Geagiteerd schoof hij zijn bril wat hoger op zijn neus.

'Narcistisch gedrag,' ontglipte Irene.

'Narcistisch?' Rogier schudde zijn hoofd. 'Geen idee. Ik hou er niet van om overal etiketjes op te plakken. Ze is een wolf in schaapskleren, zo zou ik het willen zeggen. Ze pakt je in en verraadt je.' Aan zijn stem hoorde ze hoe zijn verontwaardiging toenam. 'In zogenaamd vertrouwen heeft ze me van alles ontfutseld dat ze later tegen me heeft gebruikt. Dat was afschuwelijk. En dan die leugens... daar kon ik niet tegenop. Nooit geweten dat het zo werkte, maar toen ik de waarheid probeerde te vertellen, voelde ik mezelf bijna ongeloofwaardig. Stiekem begrijp ik dus ook wel dat Gerben eerst twijfelde en het toen ging geloven. Ze loog heel overtuigend en zo heeft ze alles voor me kapotgemaakt. Gerben en ik waren vrienden, en daar is niks meer van over. Soms denk ik dat ze Gerben heeft betoverd, zo voelt het, en mij heeft ze gebruikt om te krijgen wat ze wilde krijgen. Zijn ze eigenlijk al getrouwd?'

Irene schudde haar hoofd.

'Dat komt nog wel,' reageerde hij beslist. 'Daar heeft ze haar zinnen op gezet, en wat ze wil, dat krijgt ze. Gerben doet uiteindelijk alles voor haar. Gerben is Gerben niet meer.' Hij stond op. 'Ik heb nu gelukkig een fijne baan bij een hoveniersbedrijf. Misschien begin ik over een poosje voor mezelf. Ik heb gemerkt dat ik er feeling voor heb. Ineke en ik hebben een rottijd doorgemaakt, maar nu zijn we er weer een beetje bovenop gekomen. Als je het niet erg vindt om nu te gaan... Ik heb alweer te veel aan Heleen gedacht. Ik moet hardlopen. Dat is voor mij de enige manier om dit kwijt te raken. Het heeft er diep ingehakt, Irene. Ik weet niet wat jij van plan bent, maar je moet verrekte sterk in je schoenen staan als je het van Heleen wilt winnen. Ik heb nooit geweten dat er zulke mensen bestaan, het is doodeng! Doe voorzichtig!'

Buiten knalde hij de voordeur achter zich dicht, vergat dit keer de sleutel om te draaien en rende direct bij Irene vandaan.

Ze stond stil en keek hem na. Haar hart bonsde zware, onrustige slagen.

'Niet zo ver weg,' had Heleen tegen hem gezegd. 'We zijn allebei moe en dan moeten we niet ook nog eens een paar uur in de auto zitten. Hier in de omgeving zijn ook leuke hotelletjes.' Gerben scrolde op zijn computer door de pagina's met hotels. Het mocht best wat duurder zijn, zodat ze zou weten hoe hij haar inspanningen op prijs stelde. Bij een hotel in Ommen bleef hij hangen. Hij klikte stuk voor stuk de vele foto's aan.

Terwijl het interieur van de kamers, het uitzicht over de Vecht, het terras en het ontbijtbuffet aan zijn oog voorbij trokken, probeerde hij er niet aan te denken hoe graag Giny een nachtje met hem naar een hotel ging. Ze vond dat daar veel te weinig van kwam en ze had gelijk.

Ergens knaagde nog altijd schuldgevoel. Het versterkte de druk om er nu snel werk van te maken. Een leven kon in een paar seconden veranderen. Het leven van Heleen, en net zo goed dat van hem. Giny leek iemand uit een ver verleden. Er was zoveel veranderd. Hij was veranderd sinds Heleen er was. Terwijl hij naar de foto van de suite keek, stelde hij zich voor hoe het daar zou zijn met Heleen. Zou ze die paarse jurk nog hebben? Hij kon haar vragen om die te dragen. De jurk waarmee alles was begonnen.

'Ik hou van je.' In het begin had hij haar dat vaak horen zeggen, en dat ze niet meer zonder hem kon. 'Jij hebt me het vertrouwen in het leven teruggegeven.' Na al die tijd wist hij nog precies dat ze dat had gezegd. Ze had diep in de put gezeten. Die vrouw leek niet meer te bestaan. Tegenwoordig blaakte ze van zelfvertrouwen. Ze zei nooit meer dat ze van hem hield, ze droeg nooit meer die paarse jurk, ze hield hem op seksueel gebied meestal op afstand. Hij wist dat hij te weinig tijd voor haar had. Elke vrouw had aandacht nodig en Heleen verdiende die ook echt. Dit hotel leek bij uitstek geschikt om alles tussen hen weer goed te maken. Even niemand anders om hen heen dan Heleen en hij. Hij klikte de datum aan en boekte de dure suite.

Harry kon zijn geluk niet op, merkte Gerben. Vanaf het moment dat hij hem had gevraagd om een zaterdag de leiding van beide zaken op zich te nemen, begon hij er elke keer over wanneer hij in de gelegenheid was om Gerben te spreken. 'Je zult er geen spijt van krijgen. Ik ben blij dat ik nu eens echt kan laten zien waartoe ik in staat ben. Met mijn ervaring en capaciteiten zou ik veel meer kunnen bereiken. Dat zal ik je laten zien.'

Gerbens antipathie voor de man nam er niet door af. Integendeel, hij hield niet van mensen die slijmden, zich bescheiden voordeden en ondertussen geen gelegenheid voorbij lieten gaan om zichzelf op de borst te kloppen. Hij hield niet van de manier waarop Harry naar Heleen keek en normaal gesproken zou hij geen moment hebben overwogen om Harry die verantwoordelijkheid te geven.

Normaal gesproken, maar op dit moment was niets normaal.

Alles draaide om Heleen. Wanneer dit weekend een succes zou worden, wilde hij vaker een weekend samen weg. Fay en Cato zouden naar zijn schoonouders gaan. Heleen had het zelf voorgesteld. Hij probeerde er niet aan te denken dat ze eerst bij hoog en bij laag beweerde dat de meisjes altijd van slag waren als ze daar waren geweest. 'De foto van Giny, het feit dat het de ouders van Giny zijn, het confronteert ze steeds met de dood van hun moeder.' Zaken die ze had aangevoerd en die hem uiteindelijk hadden doen besluiten om Kiki en John mee te delen dat het beter was dat ze voorlopig niet meer de woensdagmiddag bij hen doorbrachten. Hij wilde niet dat ze die middagen bij de buitenschoolse opvang moesten doorbrengen en daarom was Daphne op die dagen door Heleen aangenomen als vaste oppas. Als Daphne een keer niet kon vanwege school of andere activiteiten, bleven de meisjes alleen thuis. Hij ging dan regelmatig even bij hen kijken en soms mochten ze in de kantine chocolademelk of iets anders komen drinken. Heleen hield daar niet van, dus hij zorgde ervoor dat het niet vaak voorkwam. Tien jaar waren ze nu. Vooral Cato vond dat ze inmiddels wel oud genoeg was voor cola. Een mening die hij niet deelde, maar waaraan hij af en toe vanwege de lieve vrede toch toegaf. Hij raakte de grip op zijn kinderen kwijt, realiseerde hij zich. Vandaag wilde hij er niet aan denken. Net zomin als hij eraan wilde denken dat hij Harry niet mocht.

Kiki verheugde zich bovenmatig op het weekend met haar kleindochters. Ruim een maand geleden had Gerben ineens gezegd dat het beter was dat ze niet meer kwamen. Haar verbazing was groot toen hij een paar weken daarna ineens opbelde met de vraag of de kinderen een weekend bij hen mochten logeren omdat hij er met Heleen tussenuit wilde. Uiteraard had ze daar geen seconde over na hoeven denken. Ze had de dagen afgeteld en John bijna gek gemaakt met haar voorstellen voor activiteiten die ze met de meisjes zouden kunnen gaan doen.

'Laten we nou maar eerst eens afwachten en als ze er zijn kunnen we kijken waar ze behoefte aan hebben. Ze blijven maar één nachtje slapen. Jij doet alsof ze een maand blijven.' John zorgde ervoor dat ze weer met haar beide voeten op de grond stond.

Vannacht had ze nauwelijks kunnen slapen en ze was vroeg opgestaan omdat ze het niet in bed uithield. In de kamer stond ze een poosje voor de foto van Giny. Ze vroeg zich af of het voor de kinderen makkelijker zou zijn als ze die foto zou wegstoppen. John en Irene zouden het daar niet mee eens zijn, wist ze direct. Voor haarzelf voelde het ook niet goed, alsof ze het bestaan van Giny zou ontkennen. Peinzend bekeek ze het gezicht van haar oudste dochter. Ze stond er lachend op. De foto was genomen kort voordat ze was overleden, op de zondag waarop Gerben zijn tweeënveertigste verjaardag had gevierd.

Het leek eindeloos lang geleden. Wat zou Giny ervan hebben gevonden als ze wist dat John, Irene en zij de tweeling nog zelden zagen?

Ze slikte haar emoties weg en besloot in de keuken koffie te gaan zetten. Soms zou ze er eerlijk met Gerben over willen praten, maar ze was bang dat ze de zaak daarmee juist geen goed zou doen en daarom zweeg ze en probeerde blij te zijn met elke kruimel die John en haar toeviel.

Ze deed haar best om te genieten van haar andere kleinkinderen. Ze waren ouder dan de tweeling, woonden verder weg en door die omstandigheden zag ze hen niet zo heel vaak.

Straks zouden de meisjes hier weer zijn. Ruim een maand hadden ze elkaar niet gezien. Ze wilde er nu echt een prachtig weekend van maken. Neuriënd goot ze water in haar koffiezetapparaat en schepte koffie in het filterzakje. Ouderwetse koffie, daar hield ze van. Aan John en haar waren die apparaten met pads, cups of allerhande verschillende functies niet besteed.

Nog drie uur voordat de tweeling gebracht zou worden, zag ze op haar horloge. Dat leek veel te lang.

Irene glipte een kwartier voordat Fay en Cato zouden worden gebracht bij haar ouders naar binnen. 'Ik wil Gerben graag ook even zien. Weet je al waar ze precies naartoe gaan?' wilde ze weten.

'Naar een hotel in Ommen,' wist haar moeder. 'Ze hadden geen zin in lange reistijd en ik vermoed dat ze ook niet te ver van de zaak af willen zitten. Die opvolger van Rogier neemt de zaken dit weekend waar en Gerben klonk niet echt of hij daar veel vertrouwen in had.'

'En hij durft het vriendje van Heleen natuurlijk niet te ontslaan.' Irene pikte een koekje van de schaal die haar moeder al had klaargezet voor het geval Gerben tijd had om nog even koffie te blijven drinken. Irene wist bijna zeker dat hij die tijd niet had. Heleen wilde vast dat hij direct weerom kwam.

'Hè Irene, doe toch niet altijd zo negatief over Heleen,' werd ze door haar moeder terechtgewezen. 'Je weet best dat ze ontzettend veel voor Gerben doet. En blijf van die koekjes af.'

Irene had er net weer een in haar mond gepropt om haar frustratie kwijt te raken. Waarom bleven haar ouders ontkennen wat er aan de hand was? Terwijl ze hen over haar bezoek aan Rogier had verteld en zelfs terwijl het contact met hun kleindochters stapje voor stapje werd verminderd, behalve als het Gerben en Heleen goed uitkwam?

Haar vader nam het niet zo voor Heleen op als haar moeder, maar ze hoorde hem nooit een onvertogen woord over die vrouw zeggen. Nu las hij ook stoïcijns verder in de krant. Snel trachtte ze nog een koekje van de schaal te grissen, maar haar moeder wist die net op tijd weg te pakken. Ze zei niets, maar Irene wist dat ze het niet moest wagen om het nog eens te proberen.

'Daar zijn ze,' hoorde ze haar vader zeggen. Hij vouwde de krant weer in elkaar. Een blik naar buiten leerde haar dat Heleen naast Gerben voor in de auto zat. Natuurlijk, zo kon ze Gerben nog beter in de gaten houden. Ze had de neiging om weg te glippen, maar ze zag dat Heleen haar al had gezien. Haar moeder liep zenuwachtig naar de gang. Heleen stapte uit. Was ze nou ook nog van plan om mee naar binnen te komen?

Ze ging bij het raam weg om maar niet te hoeven zien hoe Heleen met Gerben en de kinderen over het pad zou lopen alsof het haar gezin was.

'Doe toch niet altijd zo negatief over Heleen,' had haar moeder net gezegd. Nu ze zich bewust werd van haar gedachten, vroeg ze zich ineens af of ze het verkeerd zag. Twijfel bleef, ook toen Heleen en Gerben met de kinderen de kamer binnenkwamen. Heleen lachte vriendelijk en stak haar hartelijk de hand toe. Gerben glom van oor tot oor. Ze leken echt gelukkig.

Zag ze het toch verkeerd?

Het werd er niet beter op toen Heleen het aanbod om nog een kopje koffie te blijven drinken gretig accepteerde en een gesprek met Irene aanknoopte. 'Ik heb zoveel bewondering voor je werk. Zou ik een keer je atelier mogen bekijken? Ik heb het een hele tijd geleden al eens aan je ouders gevraagd, maar toen was jij er zelf niet en dat voelde voor hen niet goed. Wat ik best begrijp. Zou het een keer mogen?'

'Heb je nu even tijd?' Irene wist niet meer wat ze moest denken, maar als ze het nu deed, was het in ieder geval achter de rug.

'Ik wil ook wel even mee,' zei Gerben. Hij was net op de bank gaan zitten, maar sprong alweer overeind.

'Blijf toch even lekker zitten,' zei Heleen.

'Ik vind dat je er moe uitziet,' bemoeide Kiki zich ermee. 'Volgens mij werk je nog altijd veel te hard.'

'Dat vind ik ook,' stemde Heleen meteen in. Ze legde een hand tegen zijn wang. 'Daarom is het ook zo belangrijk om er even met z'n tweetjes tussenuit te gaan. Ik zal goed voor hem zorgen.' Ze keek teder naar hem. 'Blijf nu maar even zitten, schat. Zal ik straks rijden?'

Ze wachtte zijn antwoord niet af, liep al naar de deur voordat Irene zover was. In haar atelier bewonderde ze haar werk. Belangstellend vroeg ze naar achtergronden, naar haar manier van werken en naar komende exposities. Haar lach was aanstekelijk toen ze over een anekdote in de bouwmarkt vertelde en daarna met liefde in haar stem over de tweeling praatte. 'Ze doen het gelukkig goed op school en voor mij zijn ze een cadeautje. Ik heb altijd kinderen willen hebben, maar helaas werden die me niet gegund. Nu denk ik weleens dat het alleen maar goed is. Anders hadden mijn ex en ik de rest van ons leven aan elkaar vastgezeten. Eerlijk gezegd moet ik daar niet aan denken. Heb jij nooit een vriend gehad?'

Die laatste vraag kwam zo uit het niets dat Irene overrompeld werd. 'Meer dan eens,' zei ze eerlijk. 'Er was altijd iets waardoor het uit raakte. Volgens mijn zus legde ik de lat te hoog. Volgens mij kwam ik altijd net de verkeerde tegen.'

'Ik heb ook slechte ervaringen op liefdesgebied. Ik zal je er nu niet mee lastigvallen, maar er zijn tijden geweest dat ik het leven niet meer zag zitten. Gelukkig dat ik altijd weer de kracht heb om door te gaan. Ik ben zo'n type van schouders eronder en doorgaan.'

'Dat is belangrijk,' stemde Irene met haar in. 'Ook voor Gerben.'

'Jazeker. Ik snap soms werkelijk niet hoe hij het eerder zonder mij voor elkaar kreeg. Toen moest hij het echt helemaal alleen doen. '

'Hij had hulp van Rogier,' waagde Irene te zeggen.

'Jullie hebben Rogier op een voetstuk geplaatst dat hij niet verdiende,' gaf Heleen kort terug. 'Maar ook daar zal ik je nu niet mee vermoeien. Het is tijd om de koffie op te drinken. Gerben wordt anders zenuwachtig.' Ze liep weg, bleef staan bij een beeld dat Irene een hele tijd geleden aan de hand van een foto van Giny had gemaakt. 'Je zus heeft vast veel voor je betekend. Ik vind het naar voor je dat het zo gelopen is.' Ze was even stil, alsof ze daarmee haar volgende woorden extra wilde benadrukken. 'Gerben vindt het ook naar, maar hij houdt van mij en daar kom jij niet tussen.' De blik in Heleens ogen was in tegenspraak met haar honingzoete stem. Zonder nog iets te zeggen liepen ze terug naar de kamer.

Een kwartier later waren de koffiekopjes leeg en reed de auto van Gerben de straat uit. Heleen reed. Ze liet Irene in verwarring achter.

17

Het hotel lag fraai aan de Vecht gesitueerd. De suite die Gerben had geboekt was ruim, had een luxueuze badkamer met douche en bubbelbad en hij zag zichzelf vanavond al in dat bad liggen na een heerlijk diner met uitstekende wijn, waarbij ze elkaar liefdevol in de ogen zouden kijken. Stiekem vroeg hij zich af hoe het in de zaak zou gaan, maar hij durfde het niet hardop tegen Heleen te zeggen. Ze zou weer denken dat hij geen vertrouwen in Harry had en dat betekende volgens haar dat hij haar net zomin vertrouwde.

Na aankomst gaf Heleen aan dat ze moe was en een poos wilde slapen. Hij probeerde niets van zijn teleurstelling te laten blijken en besloot beneden een poosje op het terras te gaan zitten. De laatste meidagen waren koel, maar het was droog en hij vond het prettig om in de buitenlucht van een glas wijn en de omgeving te genieten. Het was goed dat ze had gezegd dat ze even wilde rusten. Vanavond zou ze zich veel beter voelen en dat zou de sfeer zeker ten goede komen. De wijn die hem werd gebracht smaakte goed, de rust om hem heen maakte hem doezelig. Nu merkte hij dat hij ook moe was. Hij legde zijn benen languit en mijmerde over Heleen. Ze had hem verrast toen ze vanmorgen de uitnodiging van zijn schoonmoeder aannam om een kopje koffie te drinken. Bijzonder dat ze daarna nog met Irene naar haar atelier was gegaan. Jammer dat Irene dat kennelijk niet had gewaardeerd en bijna niets tegen Heleen had gezegd. Soms voelde het alsof hij zijn schoonzusje nooit echt had gekend. Ze leek zo veranderd te zijn na het overlijden van Giny.

Gelukkig dat Heleen zich groot had gehouden toen ze terugkwam uit het atelier. Hij moest er niet aan denken wat er zou zijn gebeurd als ze zo'n woedeaanval had gekregen. Voor Irene zou het misschien goed zijn geweest om te ontdekken dat ze zo niet door kon gaan. Zijn schoonouders stonden er heel anders in. Fijn dat Cato en Fay er weer mochten logeren. Hopelijk zouden ze niet te veel moeite hebben met de foto van Giny die in de huiskamer nog altijd op een prominente plaats hing. Heleen vond het jammer dat ze zo in hun rouw bleven hangen, had ze gezegd. Irene deed dat misschien nog wel meer. Ze kon het niet hebben dat de plaats van haar zus werd ingenomen door Heleen. Nog altijd weigerde hij te geloven dat ze andere redenen had om een hekel aan Heleen te hebben, maar zijn twijfel nam wel meer en meer toe.

Het was rustig op het terras. Hij doezelde weg, schrok op toen zijn hoofd naar beneden zakte, besloot de rest van de wijn te laten staan en stiefelde terug naar de suite. Heleen lag te slapen. Voorzichtig, om haar niet wakker te maken, kroop hij naast haar. Het duurde niet lang voordat hij ook in slaap viel.

'Word eens wakker, je hebt inmiddels een heel bos omgezaagd.'

Ergens in de verte drong de stem van Heleen tot hem door. Hij schrok meteen op, realiseerde zich waar hij was en toen Heleen hem vertelde dat het bijna half zes was, schaamde hij zich. Verrast zag hij dat ze een paarse jurk droeg. Een andere dan waarmee het ooit was begonnen, maar toch ook paars. Zou ze het expres hebben gedaan? Ze was zo mooi met haar opgestoken haren. In haar oren zag hij lange zilveren oorbellen. De lijnen rond haar ogen maakte ze nog opvallender, haar lippen waren glanzend rood.

Gegeneerd ging hij rechtop zitten, veegde een beetje speeksel van zijn wang, was zich scherp bewust van de geur van slaap die van hem moest afstralen, van zijn overhemd vol kreukels. In alles voelde hij zich op dit moment haar mindere.

'Sorry... sorry... sorry... Ik had niet zo lang willen slapen. Ben jij al lang wakker?'

'Vanaf een uur of half vier. Het geeft niks. Ik had graag iets leuks willen doen vanmiddag, maar het is niet anders. Als je moe bent, houdt het op.'

'Jij hebt toch ook geslapen?' waagde hij het op te merken.

'Ik was dus om half vier alweer wakker. Ik had gedacht dat we nog even iets gezelligs zouden kunnen doen.'

'Je had me wakker mogen maken.'

'Je lag als een gek te snurken. Ik heb het geprobeerd, maar dan draaide je je om en zaagde weer verder. Volgens mij konden ze het aan de andere kant van het hotel nog horen.'

Hij had dat glas wijn niet moeten drinken. Waarschijnlijk kwam het daardoor dat hij zo snurkte en zo ver weg was. Overdag kon hij niet tegen alcohol. Hij snapte niet waarom hij daar niet aan had gedacht.

'Ik ga me gauw opfrissen en wat anders aantrekken. Vanavond maak ik alles ruimschoots goed.' Hij wilde naar haar toe lopen en haar kussen, maar ze draaide zich om. 'Ik ben benieuwd.'

Terwijl hij zich snel douchte en schone kleding aantrok, bedacht hij dat het niet gek was dat ze zo reageerde. Ze had zich meer van de middag voorgesteld. Het was echt niet slim van hem geweest om op bed te gaan liggen. Hij wist hoeveel slaaptekort hij had. Zodra hij ging liggen was hij haast niet meer wakker te krijgen.

Speciaal voor deze gelegenheid had ze haar paarse jurk aangetrokken. Hij had haar gevraagd of ze die nog had, maar ze had beweerd dat ze die al lang aan een goed doel had geschonken. Zo had ze hem willen verrassen. Nu moest hij het niet verder verpesten. Bij het eten kon hij misschien beter fris drinken, dan bleef hij vanavond goed wakker. Hij grijnsde tegen zichzelf in de spiegel nadat hij zijn tanden had gepoetst. Vijfenveertig was hij, maar hij leek ouder met de lijnen rond zijn ogen en mond. Heleen oogde met haar zevenenveertig jaar jonger en mooier.

Ze stond voor het raam naar de Vecht te kijken toen hij de badkamer uitkwam en ze draaide zich niet om. Zachtjes liep hij op haar toe, sloeg zijn armen vanachter om haar heen en kuste haar zachtjes in haar hals. Nu draaide ze zich wel om. Ze beantwoordde zijn kus, maar toen hij aan de rits op haar rug begon te friemelen, hield ze hem tegen.

'We gaan eten,' fluisterde ze. 'Ik heb honger.'

Opnieuw slikte hij zijn teleurstelling weg. Waar was haar passie gebleven waarvan hij in hun begintijd zo had genoten? Sinds ze steeds meer bij zijn zaak was betrokken leek ze geen tijd, geen zin te hebben of te vermoeid te zijn, of ze moest eerst nog iets anders. Hij haalde diep adem. Goed, als ze het zo wilde, dan gingen ze eerst maar eten. Hij zou er toch een glas wijn bij nemen. Misschien zou het de opmaat naar een heerlijke avond worden. Hij stelde zich voor hoe hij met zijn knie de hare zou aanraken zonder dat iemand het zag, hoe ze elkaar zouden aankijken en hoe ze zich na het eten naar hun kamer zouden haasten. Het was zo lang geleden.

Hij verheugde zich als een schooljongen.

Het diner bleek deze avond als buffet te worden gepresenteerd en bestond uit een keur aan gerechten waaruit kon worden gekozen. Heleen genoot. Terwijl ze samen de eerste gerechten uitzochten, legde zij contact met de man en vrouw die achter hen stonden. Ze lachte aanstekelijk toen de man een grapje maakte. Jaloezie vlamde in hem op toen hij zag hoe er naar Heleen werd gekeken, niet alleen door de man achter hen, maar ook door anderen in de zaal. Ze liep zelfbewust, elegant en genoot overduidelijk van de aandacht. Een volgende teleurstelling wachtte hem toen ze het echtpaar dat achter hen stond bij hen aan tafel nodigde. Ze wist het snel met de bediening in orde te maken en zo schoven even later Peter en Babs Verschuren bij hen aan.

Gerben deed zijn uiterste best om zich behoorlijk te gedragen, maar hij merkte hoe hij steeds buiten het gesprek werd geplaatst. Het draaide vooral om Heleen en Peter. Al snel werd hem duidelijk dat Peter eigenaar van een adviesbureau was. Hij wist niet hoe het kwam, maar als eigenaar van een bouwmarkt en woonwinkel stak hij daar ineens schraal tegen af. Heleen leek dat ook zo te zien. Of verbeeldde hij zich dat alleen maar?

Ze wilde weten voor welke opdrachtgevers Peters bureau had gewerkt en op welke gebieden. Met trots vertelde hij over grote projecten, over succesvolle adviezen, over onderzoek en over oplossingen. Tot de dankbare klanten behoorden grote namen. Heleen hing aan zijn lippen.

Soms voegde Babs iets toe wanneer ze meende dat haar man iets vergat. Gerben probeerde zich er ook een paar keer mee te bemoeien, maar toen hij er niet tussen kwam, nam hij zijn toevlucht tot de wijn die ze samen voor hun tafel hadden besteld. Al snel moest er een nieuwe fles worden aangerukt.

'Gerbens zaak was behoorlijk kansloos toen ik er kwam te werken.'

Zei Heleen dat werkelijk? Hij probeerde haar blik te vangen, maar ze keek hem niet aan. Hij hoorde haar praten over slechte communicatie, over te weinig gebruik maken van sociale media, over het feit dat hij niet mee kon komen omdat hij te weinig interesse toonde voor nieuwe ontwikkelingen. Hij kreeg steeds meer het gevoel dat hij onzichtbaar was, wilde iets zeggen, maar hij voelde dat hij alweer te veel gedronken had. Hij kon tegenwoordig blijkbaar niet goed meer tegen alcohol.

'Je zou een goede kracht voor mijn adviesbureau zijn,' hoorde hij Peter zeggen.

'Dat gaat niet gebeuren,' wist Gerben uit te brengen. Hij probeerde het als een grapje te laten klinken, maar het mislukte jammerlijk. Hoe kwam het toch dat hij zich zo klein voelde?

'Nee hoor schat, ik ga niet weg.' Heleen legde even geruststellend haar hand op zijn onderarm. 'Je moet niet meer terug naar af willen.'

'Jammer,' zei Peter.

Babs zei niets.

Zou zij zich ook zo onbetekenend voelen vroeg Gerben zich af. Af en toe keek hij in haar richting. Ze ontweek zijn blik, dronk meer water dan wijn. Waarschijnlijk was zij op dit moment de helderste van hun vieren. Er werd een nieuwe fles wijn op tafel gezet. Hij zou ook water moeten drinken. Heleen schonk te veel wijn in zijn glas. Hij protesteerde niet.

Babs was de eerste die afhaakte, meteen na het dessert. 'Als jullie me willen excuseren, ik heb hoofdpijn.' Ze keek verontschuldigend in Gerbens richting alsof ze het vooral voor hem vervelend vond. Stiekem wilde hij nu ook graag naar bed, maar hij bleef zitten. Zijn hoofd tolde. Hij schaamde zich en wist niet precies waarom.

Het was een geweldige dag geweest. Kiki zat in een hoekje van de bank en probeerde haar gedachten bij een roman te houden, maar ze werd afgeleid door een programma op televisie waar John naar keek en tegelijk genoot ze na van de momenten samen met Fay en Cato. Irene was na het vertrek van Gerben en Heleen naar haar eigen appartement vertrokken, maar was rond etenstijd terug. Ze hadden met z'n allen pannenkoeken gebakken. John droeg z'n steentje bij door de tafel te dekken. Het had Kiki verbaasd om te zien dat de tweeling alles wat ze gebruikten, zelf wilden afwassen en daarna keurig terug op de plek zetten.

Toen Giny nog leefde, had ze weleens gemopperd omdat haar dochter alles achter haar kinderen opruimde. Zo zouden ze nooit hun verantwoordelijkheid leren.

Heleen had hen op dat gebied wel het een en ander bij weten te brengen. 'Is het zo goed?' had Cato na afloop gevraagd.

Ze wist niet waarom haar dat zo had geraakt. Misschien omdat ze Cato zo niet kende, omdat ze iets van angst bespeurde, of verbeeldde ze zich dat alleen maar? En Fay was stilletjes geweest, veel stiller dan ze haar kende.

Ze had erover gezwegen.

Wanneer ze haar zorgen met Irene zou delen, kreeg ze vast weer een heel verhaal over narcisme. Ze wilde er niet eens aan denken.

Deze dag had veel losgemaakt, merkte ze nu. De afgelopen maand had ze deze kleinkinderen veel meer gemist dan ze tot zich wilde laten doordringen. Langzaam maar zeker werd het contact steeds minder, soms bijna ongemerkt. De schuld van Heleen, volgens Irene.

Zijzelf meende dat Gerben net zoveel schuld had. Hij was toch een volwassen kerel die baas was over zijn eigen dochters? Bovendien had ze ook vanmorgen weer gemerkt dat Heleen op een liefdevolle manier met de twee meisjes omging, om het nog maar niet te hebben over Gerben.

'Ze doet aardig, maar ze is het niet,' had Irene voor de zoveelste keer gezegd en dit keer was ze bijgevallen door John. 'Ik denk dat Irene gelijk heeft. Op internet heb ik laatst veel gelezen over narcisme. Je zou kunnen zeggen dat hij in een onzichtbare kooi gevangen zit, zonder dat hij er misschien op dit moment erg in heeft. Wanneer het tot hem door begint te dringen, zal hij ontdekken dat hij door Heleen is ingewikkeld zoals een spin zijn prooi in een web omwikkelt. Ze lijkt een droomvrouw, maar is een helleveeg, zoiets toch, Irene?'

De opluchting van Irene had haar net zo goed geraakt. Irene zei het niet, maar ze hoorde het door haar woorden heen. 'Die omschrijving is kort maar krachtig en precies waar het om draait. Dat is het verwarrende. Fijn, pa dat jij je er ook in hebt verdiept. Het is lastig en ik twijfel zelf zo vaak. Vanmorgen liep ze met me mee naar m'n atelier. Eerst was ze hartstikke aardig, maar aan het einde maakte ze ineens weer een rotopmerking, vergezeld van die duistere blik. Het is een kwaadaardige, duistere blik, anders kan ik het niet noemen. Het is een blik die me duidelijk maakt dat ze heel graag wil dat ik verdwijn uit het leven van Gerben.'

'Nou ja, vanaf het eerste moment had je iets op Heleen tegen,' had zij het direct toch weer voor Heleen opgenomen. Ze wist niet precies waarom. Ze voelde altijd iets van medelijden met die vrouw. Had Gerben niet gezegd dat ze afstand van haar familie had genomen omdat ze op een heel nare manier door hen werd behandeld? Kinderen had ze ook al niet en kennelijk waren er in haar leven dingen gebeurd waardoor ze niet graag over zichzelf praatte. Ze was er bovendien altijd voor Gerben geweest. Het bleef haar irriteren dat Irene zich zo negatief over Heleen uitliet.

Gerben had er vanmorgen wel slecht uitgezien. Het was haar meteen opgevallen, en de houding van Fay en Cato bleef haar dwars zitten. Een onzichtbare kooi, had John gezegd. Hoe moest ze zich dat voorstellen?

Ze klapte haar boek dicht en probeerde haar aandacht op de televisie te richten. Wanneer ze zo doorging, zou ze niet eens meer van de aanwezigheid van haar kleindochters kunnen genieten. De meisjes begonnen steeds meer op Giny te lijken. Alleen hun oogopslag was duidelijk die van Gerben. Zou Heleen daar last van hebben?

Ze stond op. 'Ik ga naar bed,' kondigde ze aan. 'Morgen zijn de meiden vast weer vroeg wakker.'

‘Ik wil dit nog graag zien.’ John wendde zijn blik niet van de tv af.
‘Is prima.’ Ze gaf hem een kus en verdween met haar boek naar boven. Op de logeerkamer bleef ze nog een hele poos naar de slapende tweeling kijken.

18

Vroeg daglicht sijpelde via een kier tussen de gordijnen door. Langzaam maar zeker ontwaakte Gerben uit een diepe slaap. Hij kreunde toen hij het bonzen van zijn hoofd voelde. Zijn oogleden voelden zwaar aan. Hij rekte zich uit en gaapte, vroeg zich af hoe laat het was en stak zijn hand uit om zijn telefoon van het nachtkastje naast hem te pakken. Met gesloten ogen tastte hij over het gladde hout totdat hij het vertrouwde mapje van zijn telefoon voelde. Met moeite opende hij zijn ogen, ontdekte dat het nog geen half zes was en keek toen automatisch naar de plek naast hem. Die was leeg.

Ineens was hij klaarwakker, realiseerde zich waar hij was en kwam overeind. Over de rugleuning van een stoel hing Heleens paarse jurk, haar pumps stonden eronder.

'Heleen!' zijn stem klonk schor.

Het bleef stil.

De kamer draaide een beetje toen hij op de rand van het bed ging zitten. Koortsachtig probeerde hij zich het verloop van de avond voor de geest te halen. Hij wist heel zeker dat Heleen tegelijk met hem naar bed was gegaan. Na de teleurstellende middag en avond had hij van louter frustratie veel te veel gedronken, maar dat was hem bijgebleven. De manier waarop ze haar jurk had uitgetrokken en in een hoek had gegooid, waarna ze in de badkamer was gedoken en het heel lang duurde voordat ze er weer uit kwam. Hij had z'n tanden willen poetsen, maar de deur bleek op slot. Op zijn vraag of hij er ook even bij mocht, bleef het stil. Gelaten was hij in bed gaan liggen om daar te wachten tot hij erbij kon, boordevol schuldgevoel. Stom, dat hij zoveel had gedronken. Zo had hij alles verpest. Vaag besefte hij hoe vernederend het was geweest om aan tafel te zitten met Babs en Peter en totaal genegeerd te worden. Kennelijk vertelde alleen Peter dingen die interessant genoeg voor Heleen waren.

Hij wilde het tegen haar zeggen toen ze eindelijk de badkamer uitkwam en de grote plafondlamp aanknipte. Hij dommelde al, maar was op slag klaarwakker. Ze sloeg het dekbed open en ging naast hem liggen. Hij had ineens geen zin meer om zijn tanden te poetsen. Hopelijk hield ze zich stil. Vergeefse hoop.

'Wat jij doet is zo kinderachtig, ik heb er geen woorden voor,' stak ze van wal. 'Je gunt mij geen fijne avond. Je gunt het me niet als ik eindelijk eens met iemand kan praten die werkelijk iets te vertellen heeft. Je denkt alleen maar aan jezelf.'

'Je had Babs en Peter beter niet...'

'Dat dus. Heb ik veel te veel gedronken? Nee toch? Je probeert mij weer de schuld te geven. Leg maar eens uit wat er verkeerd aan is om fijn met iemand te praten.'

'Daar gaat het...'

Ze liet hem niet uitpraten. 'Daar gaat het wel om. Peter heeft hard gewerkt om te bereiken wat hij heeft bereikt. Hij had ook niemand die naast hem stond. Babs is daar niet toe in staat. Ik snap niet dat je geen woord tegen die vrouw hebt gezegd.'

'Dat wilde ik wel, maar jullie waren zo overheersend.'

'Ik heb niet een keer gezien dat je het hebt geprobeerd. Weet je, dat is precies jouw probleem. Je bent niet sociaal vaardig. Juist in jouw positie is dat zo jammer. Je hebt personeel, er komen vertegenwoordigers, je hebt met zoveel mensen te maken en dan zijn die skills belangrijk. Ik kan het wel, en dat maakt je kwaad. Kinderachtig gedrag.'

Zo ging ze door. Hij sloot zijn ogen en hoopte dat hij in slaap zou vallen, maar steeds als het bijna zover was, stelde ze een vraag waarop hij wel moest antwoorden. In zijn beleving had het wel twee uur geduurd voordat ze haar mond hield en kort daarna was hij eindelijk in slaap gevallen.

Wanneer was ze uit bed gegaan, en waarom? Waar was ze nu?

Tegen beter weten in riep hij nogmaals haar naam. Hij stapte uit bed en liep naar de badkamer. Ook daar geen spoor van Heleen, behalve haar tandpasta, een mascararoller en twee doosjes oogschaduw die op de planchet onder de spiegel lagen. Haar leren make-upkoffer stond op de grond.

Duizelig hield hij zich vast aan de wastafel, vulde een bekertje met water en dronk met grote slokken. Zijn hoofd bonkte pijnlijk. Even bleef hij voorovergebogen over de wastafel staan, deed na een paar minuten de kraan aan en plensde water in zijn gezicht. Hij besloot te gaan douchen. Harde, warme stralen wisselde hij af met koude, en langzaam begon hij zich iets beter te voelen. Dit zou de laatste keer zijn dat hij zich op drankgebied zo zou laten gaan, nam hij zich voor. Het schoot hem te binnen hoeveel er was veranderd sinds Giny was overleden. Hoezeer hij was veranderd. Tijdens zijn huwelijk met Giny dronk hij nooit te veel. Regelmatig genoten ze samen van een glas wijn of port, maar nooit liet hij zich zo gaan. Hoe kwam het dat hij zo was veranderd? En niet alleen op dat gebied. Irene had opgemerkt dat hij zichzelf niet meer was. Geërgerd had hij dat van zich af geschoven. Nu wist hij dat hij haar gelijk moest geven. Hoeveel plezier had hij eigenlijk nog in zijn eigen zaak?

Was het niet zo dat hij daar langzaam maar zeker de regie was kwijtgeraakt?

Hoe lang was het geleden dat hij echt blij was geweest?

Waar waren de mensen gebleven die hij altijd had vertrouwd? Hij haalde diep adem, schudde zijn hoofd alsof hij zo zijn gedachten wilde laten verdwijnen.

Er was iets raars aan de hand, dacht hij. Gedachten die hij niet wilde, bleven zich maar opdringen. Hij moest dit laten ophouden…

Hij kon het niet laten ophouden.

Alleen…

Een weekendje weg, en hier stond hij alleen onder de douche in een doodse hotelkamer. Gisteravond zat hij alleen tussen mensen die hem niet zagen, en elke dag worstelde hij alleen met zijn angsten omdat er binnen zijn winkel niemand te vertrouwen leek, omdat hij tegenover Heleen op alle gebieden faalde. Hij had gehoopt haar dit weekend terug te vinden, en weer was het hem niet gelukt. Hij wilde zo graag, maar hij was zo moe.

Hij was zichzelf kwijtgeraakt.

Kwijtgeraakt... Hij proefde het woord, hief zijn gezicht op en liet de stralen op zijn mond, zijn neus en zijn ogen neerkomen. Hij dronk een paar slokken en spuugde ze uit.

Hij draaide de kraan dicht.

Gistermorgen had zijn schoonmoeder gezegd dat hij er moe uitzag.

Daar vertelde ze hem niets nieuws mee. Elke morgen zag hij het in de spiegel. Hij was mager geworden en had een oude kop gekregen.

Terwijl hij zichzelf afdroogde, vroeg hij zich af waarom deze gedachten juist nu in hem opkwamen.

Kwam het door gisteravond en door de afwezigheid van Heleen nu? Zijn gedachten strandden weer, want waar was ze? Wanneer en waarom was ze weggegaan? De film van de avond ervoor speelde zich opnieuw in zijn hoofd af, de manier waarop ze hem negeerde toen ze Peter en Babs aan tafel uitgenodigd had, de gesprekken die ze met Peter voerde, zijn eigen kleinheid. Wanneer hij zich erin probeerde te mengen, behandelde ze hem als een kleine jongen die geen idee had waarover zij en Peter spraken. Babs leek er geen last van te hebben. Af en toe mengde ook zij zich erin. Haar vragen en opmerkingen werden in ieder geval serieus genomen.

Was hij toen maar opgestaan en weggegaan, maar hij was bang voor de openlijke vernederingen en woede die hem dat zou opleveren. Hij had het verdragen en om dat voor elkaar te krijgen, dronk hij het ene glas wijn na het andere. Zwakkeling die hij was.

Hij kleedde zich aan, schoof de gordijnen open en keek hoopvol naar buiten. Op het terras aan de Vecht werd alles voor het ontbijt klaargezet. Het beloofde een mooie dag te worden. De meeste gasten zouden buiten willen ontbijten. Een ober liep af en aan om alles voor te bereiden. Van Heleen ontbrak ieder spoor. Nog even keek hij besluiteloos naar het glanzende oppervlak van de Vecht, daarna pakte hij zijn bescheiden koffer en mikte zijn spullen erin. Hij zou vluchten. Heleen moest maar zien hoe ze thuiskwam. Het was niet normaal dat ze zomaar was verdwenen. Giny had zulke dingen nooit gedaan.

Stom dat hij geen paracetamol had meegenomen. Hij zag bijna

scheel van de hoofdpijn. Dat moest hij dan maar zien uit te houden totdat hij thuis was. Op dit tijdstip was er nog geen winkel geopend. Heleen had altijd en overal een voorraad bij zich, maar hij wilde haar spullen niet doorzoeken. Met zijn koffer begaf hij zich naar beneden. De receptionist groette hem toen hij langsliep. Hij voelde zich opgelaten. Hij was bijna op de parkeerplaats, toen hij hen ineens op het pad langs de Vecht zag naderen, net zoals gisteravond in een geanimeerd gesprek verwikkeld. Hij bleef staan. Zijn blik dronk het beeld in van de mooie, slanke vrouw in een strakke spijkerbroek met daarop een lichtroze truitje. Ernaast liep Peter in een lichte, katoenen broek en een kleurrijk shirt, een dissonant die Gerben haast niet kon verdragen, al drong het tegelijkertijd tot hem door dat Peter een knappe man was.

Nog even hoopte hij dat ze hem niet zouden zien, maar Peter keek in zijn richting en Gerben zag dat hij Heleen aanstootte. Hun gesprek stokte. Hij registreerde de geërgerde blik van Heleen, al probeerde ze die te verdoezelen door vriendelijk naar Peter te glimlachen. Ten afscheid kuste hij Heleen op de wang en daarna kwam ze met grote stappen zijn kant uit. 'Wat is de bedoeling? Ik neem toch aan dat je niet van plan was om ervandoor te gaan?'

Zijn moeder had het vroeger ook zo gedaan. Het leek alsof hij vanmorgen alles in een helder licht zag ondanks zijn duizelige, bonkende hoofd. De manier waarop ze iets vroeg, had hem altijd klein gemaakt, hoewel ze haar stem op zo'n moment niet verhief. 'Wat is meneer van plan?' Ze stond naast hem, hij zag de kille blik die tot diep in zijn ziel doordrong. Hij wist dat het niet lang zou duren voordat ze zou uitbarsten.

'Ervandoor gaan?' Hij probeerde het rustig te zeggen. Hij stond in zijn recht. Was zij het niet die hem de hele avond had genegeerd en nu met Peter onderweg was geweest? Wat hadden ze in vredesnaam uitgevoerd? 'Wie is er vandoor gegaan?' ging hij door. 'Jij was er vanmorgen toch niet?'

Ze draaide zich om zodat ze voor hem stond, haar bruine ogen leken zwart te worden.

Bijna schichtig keek hij om zich heen of er andere mensen in de buurt waren die getuige zouden zijn van haar uitbarsting. Haar blikken doodden hem al bijna. 'Wat is er volgens jou zo verkeerd aan een wandeling op de vroege morgen?'

'Daar gaat het niet om.'

'Waar gaat het dan wel om?'

'Je weet zelf hoe je gisteravond steeds met die man in gesprek was, hoe ik ernaast zat en werd genegeerd.'

'Heb je jezelf zien zitten? Heb je al op de rekening gekeken en gezien hoeveel wijn er gisteravond doorheen is gegaan? Het grootste aandeel daarin is van jou. Wil het misschien een beetje tot je doordringen hoe gênant het gisteravond was? Jij dronk en moest zo nodig opmerkingen plaatsen die werkelijk nergens op sloegen.'

'Zo erg was het niet,' verweerde hij zich.

'En altijd weer probeer je het bij mij neer te leggen. Ik had me verheugd op dit weekend. Hoe denk je dat het voor me was dat je gistermiddag al met drank op lag te snurken?' Haar stemvolume nam toe. 'Ik had leuke dingen willen doen. Gisteravond was het een verademing om met Peter te kunnen praten. Het ging om dingen die er echt toe deden. Deze man mengt creativiteit met zakelijkheid, hij weet hoe de wereld in elkaar zit. Peter is niet jarenlang blijven steken in een winkel met spijkers en personeel dat voor geen meter is gemotiveerd.'

Hij ging het niet winnen.

Hij won het nooit.

Hij ging toch door, met de moed der wanhoop. Hij verweet haar dat ze vanmorgen alweer in het gezelschap van Peter was.

'Dankzij wie heb ik de halve nacht wakker gelegen? Gesnurk? Gedraai? Gezucht?' Van haar woorden kromp hij. Na zoveel wijn was hij niet op z'n best, hij wist het en schaamde zich nog meer.

'Ik hield het niet meer uit en hier in de omgeving is het prachtig,' ging ze door. 'Is het mijn schuld dat Peter hetzelfde idee had? Wat denk je dat we hebben gedaan? Het is je eigen zieke geest die bij elke man denkt dat ik iets met hem heb.'

Vanaf het terras keek de ober hun kant op. Als ze nu maar niet helemaal uitbarstte. Hij zag haar mond vertrekken, ontdekte de woede in het onderdrukte beven van haar kin.

Hij verontschuldigde zich. 'Alles liep anders. Het spijt me.'

'Hoe denk je dat het voor mij was dat alles anders liep? Vannacht heb ik echt geen oog dichtgedaan. Ik ben doodop.'

Hij legde zijn koffer in de achterbak van de auto en sloot de klep. Zelf besefte ze kennelijk ook dat het nadelig voor haar zou uitwerken als ze zich niet wist te beheersen. Haar woorden kwamen giftig, vlijmscherp maar veel minder luid. 'Je moet eens wat vaker naar jezelf kijken voordat je iets op mij hebt aan te merken. Jij bent het niet gewend om met andere mensen dan met je klanten om te gaan. Jij bent niet in staat om jezelf te geven. Dat begrijp ik natuurlijk allemaal, maar daardoor is het wel moeilijk om met je om te gaan. Ik sta al zo lang voor je klaar en nog steeds schuif je een huwelijk op de lange baan. Snap je wat dat voor mij betekent?'

'Soms denk ik dat het beter is als we uit elkaar gaan.' De woorden ontsnapten hem, maar hij verontschuldigde zich niet.

Hij zag hoe ze diep ademhaalde. 'Volgens mij moeten we eerst maar ontbijten en naar huis. Later praten we wel weer eens verder.' Ze glimlachte ineens. 'Je denkt toch niet dat we het zomaar opgeven? Al ruim drie jaar werken we samen, ben ik een moeder voor je kinderen. Dat wil je toch niet echt, dat Fay en Cato weer hun moeder moeten verliezen? Wat denk je van je winkel? Klanten lopen met me weg. Denk je echt dat ze nog zouden komen als ze zouden horen dat je me aan de kant had gezet na alles wat ik voor je heb gedaan? Dat moet je helemaal niet willen. En dan heb ik het nog helemaal niet over de administratie. Hoe denk je dat aan te pakken als ik het niet meer voor je kan doen? Typisch iets voor jou om zoiets te zeggen zonder er goed over na te denken. Laten we maar gauw naar binnen gaan voor het ontbijt. Meestal knap je weer op als je wat hebt gegeten. Je bent ook zo overgevoelig.' Ze pakte hem bij zijn arm en nam hem mee naar binnen.

Om hem heen werd de mist dikker, in zijn hoofd woedde een oorlog die hem belette om helder te denken. 'Ik ben echt moe,' hoorde hij haar zeggen toen ze door de gang naar hun kamer liepen. 'Het liefst zou ik weer terug in bed gaan om uit te slapen.'

Hij was ook moe, doodmoe, maar hij hield zijn mond.

'Waarom heb jij geen man?' wilde Fay weten. Ze keek Irene onderzoekend aan. 'Wil jij geen man?'

Irene had net een beschuit besmeerd met boter. Haar mes bleef in de lucht hangen. Verbaasd keek ze naar haar nichtje. Waar kwam die vraag nu ineens vandaan? Ze zag dat haar moeder iets wilde zeggen maar ze schudde haar hoofd. 'Soms gebeurt het,' zei ze eenvoudig. 'Soms gebeurt het niet.'

'Maar je woont ook nog bij opa en oma,' bemoeide Cato zich ermee. 'Waarom vind je dat fijn?'

Dit kwam bij iemand vandaan die heel graag wilde dat haar nichtjes met andere ogen naar haar zouden gaan kijken. Ze had wel in de gaten hoe vervelend Heleen het vond als ze een keer aanwipte en haar nichtjes enthousiast op haar afrenden.

'Ik woon niet bij opa en oma,' verbeterde ze Cato rustig. 'Ik woon op de bovenverdieping. Toen mijn broers en zus waren getrouwd, stonden hun slaapkamers leeg. Opa en oma lieten die verbouwen tot een klein appartement, en ze hebben het atelier erbij laten bouwen. Het is m'n eigen huisje geworden en ik betaal er gewoon huur voor.'

Wanneer ze niet aan Heleen had gedacht, zou ze dat laatste er nooit aan hebben toegevoegd. Haar vader trok zijn wenkbrauwen op.

'Oké,' zei Fay en ze hapte van haar volkorenboterham met een dikke laag hagelslag. Inwendig moest Irene erom lachen. De laatste tijd had ze vaak gedacht dat haar nichtjes zo groot werden. Het echte kinderlijke leek verdwenen. Tegenwoordig leken kinderen veel sneller volwassen te worden dan vroeger. Op dit moment zag ze in Fay weer gewoon een meisje van tien jaar. Het raakte haar ineens dat Giny al drie jaar niet meer bij hen was, dat haar dochters waren gegroeid, dat ze zich ontwikkelden en een paar mooie meiden werden. Giny zou het nooit meer zien. Ze zou er niet bij zijn als ze naar de middelbare school gingen, als ze eindexamen zouden doen, als ze ooit trouwden en kinderen kregen. Meestal wist ze die gedachten op afstand te houden. Vanmorgen niet.

'Toch is het best gek,' hield Cato vol.

'Er is geen sprake van gek,' bemoeide haar vader zich ermee. 'Dit was een mooie oplossing voor ons allemaal en we zijn er ook allemaal blij mee. Het is voor jullie ook leuk dat tante Irene hier is als jullie bij opa en oma zijn. Met tante Irene maken jullie samen toch heel vaak mooie dingen?' Ze stemden allebei al knikkend, maar niet helemaal van harte in.

'Nou, ik ga dat nooit doen. Ik blijf niet bij papa wonen,' zei Cato uit de grond van haar hart.

'Ik ook niet,' viel Fay haar met volle mond bij.

Het verbaasde Irene dat ze het niet over Heleen hadden, maar ze vroeg er niet naar.

'Hebben jullie het leuk gehad?' informeerde zijn schoonmoeder toen Gerben zijn dochters aan het begin van de middag weer ophaalde. Natuurlijk zei hij dat het heel goed was geweest. Hij had het over het mooie hotel, de prima kamer, het uitgebreide ontbijt en de prachtige ligging. In de auto zat Heleen op hem te wachten. Ze wilde dit keer niet mee naar binnen. 'Ik ga niet nog eens mooi weer spelen bij je geliefde schoonzusje.'

Hij begreep het. Natuurlijk begreep hij het. Het was zo jammer dat Irene naar Heleen toe maar bleef volharden in haar afwijzing. Steeds vaker had hij het idee dat hij klem tussen hen zat. Vandaag stond hij helemaal aan de kant van Heleen. Hij had met eigen ogen gezien hoe ze gistermorgen haar best had gedaan. Onvoorstelbaar dat Irene nooit die uitgestoken hand wilde grijpen.

'Ik ga gauw weer,' zei hij en hij bedacht dat hij Fay en Cato zou moeten zeggen dat ze een beetje rustig moesten zijn omdat Heleen hoofdpijn had en moe was na de slechte nacht. Hoe vaak had ze dat onderweg niet herhaald? Zijn eigen hoofd bonkte ook. Thuis zou hij een paracetamol nemen. Daarna zou hij de tweeling vragen of ze samen met hem de koffers wilden uitpakken. Aan Heleen kon hij dan voorstellen om een poosje te gaan liggen. Tijdens het ontbijt en de rit naar zijn schoonouders hadden ze weinig met elkaar gesproken en al helemaal niet over wat er was voorgevallen. Heleen had gelijk. Ze konden er beter later over praten wanneer de rust weer een beetje was weergekeerd. Vanmorgen had hij zich overtrokken gedragen. Hij snapte nu niet meer waarom hij zo kwaad en ongerust was geweest toen hij had gemerkt dat ze weg was. Hij was veel te snel jaloers, had Heleen hem verweten. Hij kon niet anders dan haar ook daarin gelijk geven.

19

Gerben zag Irene door de brede deuren van zijn vernieuwde bouwmarkt binnenkomen. Ze volgde de pijlen bij de ingang, die waren aangebracht sinds de coronamaatregelen van kracht waren geworden.

Corona, COVID-19, het waren namen waarvan hij eerder nooit had gehoord en toen hij in december afgelopen jaar ervan hoorde, hield het verband met China. Ver van zijn bed, in een land waar de afgelopen jaren al zoveel besmettelijke ziektes vandaan waren gekomen. Die hadden Nederland nooit bereikt. Hij was er maar van uitgegaan dat het nu ook zo zou gaan, maar in het nieuwe jaar was corona steeds dichter genaderd en het onvoorstelbare was gebeurd.

Hij vroeg zich af waar Irene de moed vandaan haalde om steeds terug te komen. Hun relatie was aanmerkelijk bekoeld. Hij nam haar kwalijk dat ze bleef hameren om over narcisme te lezen, dat ze bleef zeggen dat Heleen niet het goede met hem voor had, dat hij beter verdiende. Goed bedoeld, maar het legde nog meer druk op hem dan hij normaal al voelde. Hij had weleens iets op internet willen lezen, maar bijna meteen was Heleen binnengekomen. Hij was zich rot geschrokken en van de tekst had hij helemaal niets opgenomen.

Irene bleef maar volhouden dat er een uitweg moest zijn. Hoe stelde ze zich dat voor?

Hij volgde haar met zijn ogen totdat ze stil bleef staan. Meteen drong het tot hem door dat het vandaag de sterfdag van Giny was. Acht jaar geleden overleed ze heel plotseling en sinds die dag was alles veranderd. Vanmorgen had hij eraan gedacht, maar hij wachtte er wel voor om er iets over te zeggen. Heleen vond het lastig om concurrentie te hebben van een overledene, zoals ze het had uitgedrukt. De naam van Giny viel vrijwel nooit meer in zijn huis dat sinds hun huwelijk ook van Heleen was. Haar foto was al eerder verwijderd.

Snel keek hij of hij Heleen ergens zag, maar ze was in geen velden of wegen te bekennen. Nu zou ze waarschijnlijk aan haar riante bureau zitten. Bij de verbouwing van zijn winkel was er een etage bovenop gekomen, waar zich nu onder andere een fraaie kantine bevond en een ruim kantoor waar zowel haar bureau als het zijne stond. Vanaf het moment dat ze vijf jaar geleden waren getrouwd, was Heleen begonnen aan de plannen voor de verbouwing. Als mevrouw Zomerman ging ze voortvarend te werk. Bezoek van de directie van de bouwmarktketen, collega-ondernemers en vertegenwoordigers konden ze niet langer in het kleine, armoedige kantoortje ontvangen, zoals ze zelf zei. Hun bureaus stonden er in de breedte tegen elkaar aan geplaatst, waardoor er weinig ruimte overbleef om comfortabel met hun bezoek te zitten. 'Gênant!' Hoe vaak had hij haar dat woord niet horen zeggen? Sinds de verbouwing was dat verleden tijd.

Voorzichtig keek hij naar boven, maar ook daar zag hij Heleen niet achter het grote, glazen raam waardoor ze de hele bouwmarkt kon overzien. Zo hield ze het personeel in de gaten, maar ook de klanten en hij wist inmiddels dat haar focus vooral op zijn bezigheden en contacten lag. Ze zou hoe dan ook ontdekken dat hij met Irene had gepraat.

Hij probeerde niet aan de gevolgen te denken, rechtte zijn rug en liep naar het einde van het pad, waar hij Irene opwachtte. Zijn glimlach leek bevroren.

Op anderhalve meter afstand van hem vandaan, hield ze stil. Bijzonder hoe snel mensen wenden aan nieuwe, ingrijpende regels, als ze maar omwille van hun eigen veiligheid en die van anderen waren ingevoerd. Het schoot even door z'n hoofd en begroette toen de vrouw, die hij zo lang als een jonger zusje had beschouwd en die nu helemaal op afstand was geraakt. 'Acht jaar alweer,' opende hij het gesprek om haar te laten weten dat hij er echt aan had gedacht. Hij keek om zich heen. 'Het is maar goed dat ze dit niet hoeft mee te maken.' Hij wees naar de pijlen en borden. 'Ze zou het vreselijk vinden en zich de hele dag ongerust maken dat een van ons het zou krijgen.'

'Ik zie je waarschijnlijk niet op de begraafplaats?' Irene keek naar het raam boven, waarachter het silhouet van Heleen zich nu toch duidelijk aftekende. Gerben begreep haar blik en voelde zijn spanning toenemen.

'Kan ze je op de een of andere manier horen?' informeerde Irene, terwijl ze een gezicht trok alsof ze een ontspannen praatje met hem maakte.

Hij schudde zijn hoofd. 'Hou het kort.'

'Ik moet je spreken. Zo snel mogelijk. Vanaf nu sta ik elke dag om drie uur een kwartier op de hoek bij de kringloopwinkel. Kom daarheen als je kunt.' Hij registreerde hoe haar blik opzij schoot en snapte dat Heleen in aantocht was. Ze kon als een slang naderbij schuiven dacht hij weleens. Ineens stond ze dan naast hem zonder dat hij haar had horen aankomen.

'Ik vind het echt vervelend voor je moeder dat ze ziek is. Hopelijk knapt ze snel weer op,' zei hij op een volume dat Heleen het kon horen.

Hij wist dat Irene het zou begrijpen.

'Dat hoop ik ook,' reageerde ze en ze knikte naar Heleen. 'Hallo Heleen, hoe gaat het met je?' Ze leek op een niet al te beste actrice die een lesje opzei, maar hij hoopte dat het Heleen niet zou opvallen.

'Prima!' zei Heleen. 'Jammer dat we elkaar op dit moment geen hand mogen geven. Ik hoop dat dit coronagedoe snel voorbij is. Je moeder heeft toch hopelijk geen corona?'

Irene schudde beslist haar hoofd. 'Haar maag is wat van streek. Ik vermoed dat ze zich morgen een stuk beter zal voelen. Deze dag blijft voor haar altijd moeilijk, dat zal ook meespelen.'

'Deze dag?' Heleen trok haar wenkbrauwen op. Gerben besefte dat ze heel goed wist dat het vandaag Giny's sterfdag was. Het antwoord liet hij voor de zekerheid aan Irene over. Wanneer hij dat zelf gaf, zat de mogelijkheid erin dat ze hem straks zou verwijten dat hij met z'n hoofd meer bij een acht jaar geleden overleden vrouw zat dan bij haar. Het zou een hele toer zijn om dat weer recht te zetten.

'De sterfdag van Giny,' zei Irene snel.

'Ach natuurlijk...' Heleen sloeg haar hand voor haar mond. 'Volgens mij had jij daar ook niet meer aan gedacht, Gerben.'

'Nee, acht jaar is een hele tijd en het leven gaat door. Dat is een cliché en het is waarheid. Als je me nu wilt excuseren, Irene. Sinds corona is het hier een gekkenhuis, maar dat heb je zelf waarschijnlijk al gezien. Volgens mij wil heel Nederland klussen.'

Irene stak haar hand op. 'Ik ga snel boortjes voor pa halen. Hij is ook met het klusvirus besmet.'

Gerben keek haar na toen ze in de richting van de booraccessoires liep.

'Wat een geweldige smoes om je nog een keer te kunnen zien,' hoorde hij Heleen zeggen. Hij keek haar aan. Rond haar mond speelde een vals glimlachje.

Wat had hij daar een hekel aan.

Irene bestudeerde de verschillende sets met boortjes en nam het goedkoopste pakje mee. Ze was blij toen ze even later buiten stond.

Acteren was haar bepaald niet op het lijf geschreven. Ze hoopte dat Heleen haar niet doorzag. Pa was helemaal niet aan het klussen en haar moeder was niet ziek. Leugens ten behoeve van de goede zaak, zei ze tegen zichzelf, maar desondanks voelde het verkeerd. Wanneer er andere manieren waren geweest, hadden die haar voorkeur gehad. Die andere manieren waren er niet. In de afgelopen vijf jaar had ze Gerben geleidelijk aan steeds minder gesproken. Samen een kop koffie drinken zat er al een poosje niet meer in. Heleen had daar met haar leugens voor gezorgd. Leugens waar ze niet tegenop had gekund. Gerben had haar verwijten gemaakt en haar verweer klonk zwak, al was het echt waar dat ze Heleen nooit genegeerd had, dat ze altijd vriendelijk was gebleven. Vanaf het begin had ze aangevoeld hoe belangrijk dat was. De leugens van Heleen zaaiden twijfel bij Gerben en hij had uiteindelijk besloten om Heleen het voordeel van de twijfel te gunnen.

Heleen had het gewonnen, zeiden haar ouders. Het werd tijd dat ze zich daarbij neerlegde. Niemand werd er beter van als ze zich maar bleef vastbijten in de gedachte dat zij er iets aan kon veranderen. Het was de keuze van Gerben en die moest ze respecteren. Zij wilde zich daar niet bij neerleggen, hoe hopeloos het er nu ook uitzag. Wat had ze zich afschuwelijk gevoeld toen haar ouders hadden verteld dat Gerben en Heleen gingen trouwen. Nu is alles verloren, had ze gedacht. Ze zouden niet alleen Gerben helemaal kwijtraken, maar Fay en Cato net zo goed. Met alle kennis over narcisme en psychopathie die ze inmiddels had vergaard, voelde ze zich nog steeds machteloos. En toch gaf ze de hoop niet op.

Ze bleef zo nu en dan een aankoop doen in Gerbens winkel. Van meer dan een heel oppervlakkig praatje kwam het niet, maar ze vond het belangrijk om contact te houden, zelfs al leek het totaal zinloos. Elke keer begon ze over narcisme, elke keer drukte ze hem op het hart dat Heleen niet het recht had hem zo te behandelen en te isoleren. Hij had er een hekel aan. Zij net zo goed, maar het leek haar belangrijk om het hem steeds te laten weten.

Volgens haar ouders was het zinloos.

Dat was ook wat Maurice haar voorhield, met wie ze sinds een jaar een relatie had. 'Laat het los,' herhaalde hij. 'Je nichtjes zullen ouder worden en op een gegeven moment zelf ontdekken hoe het in elkaar steekt. Dan komen ze wel naar jou en je ouders toe.'

Ze wilde zijn raad opvolgen en gewoon gelukkig met Maurice zijn, maar ze kon het niet. Hoe kon ze het laten rusten terwijl ze wist dat Cato en Fay dagelijks te maken hadden met zo'n destructieve vrouw? En dan Gerben nog. Hij verdiende dit niet. Meer en meer had ze in de afgelopen jaren begrepen wat er aan de hand was. Ze kon niet wegkijken.

Daarom bleef ze hem opzoeken, al zag ze er steeds meer tegenop. Iets in haar zei dat het belangrijk was dat Gerben begreep dat ze zich niet van hem afkeerde, ook al had hij dat wel van haar gedaan. En nu... nu moest ze hem vertellen wat ze had gehoord. Hopelijk zouden hem dan eindelijk de ogen opengaan en zou hij niet blijven volhouden dat het allemaal wel meeviel.

Als hij het maar aandurfde om op korte termijn op de plek te komen die ze had aangegeven. Die lag vlak bij de winkel, maar buiten het zicht van de camera's. Bizar dat de wereld van Gerben en zijn dochters op deze manier was veranderd. Camera's die hen in de gaten hielden, afluisterapparatuur in Gerbens kantoor. Ze zaten vast in een onzichtbare gevangenis zonder dat iemand het in de gaten had, of omdat niemand het in de gaten wilde hebben. Wanneer ze erover nadacht was het te bizar voor woorden.

Elke keer als hij Irene zag, schaamde Gerben zich. Hij had het gevoel dat ze door hem heen keek, dat ze dingen wist die hij voor anderen verborgen wist te houden. Nu ze de winkel uit liep, voelde hij zich vermoeid en bedrukt.

'Ze blijft het ook maar volhouden,' knarsetandde Heleen naast hem. 'Laat haar meer aandacht aan dat vriendje van haar besteden. Ze heeft nu toch een vriendje?'

'Maurice,' knikte hij.

'Precies. Dus wat doet ze hier nog? En dan de manier waarop ze naar me keek? Alsof ik haar wat gedaan heb.'

Gerben keek naar haar gezicht dat nu vertrokken stond van woede. Bij haar slapen ontdekte hij grijze haren. Die waren Heleen kennelijk zelf ontgaan, want anders had ze haar haren wel direct geverfd. Ze had een hekel aan het ouder worden en zeker als daarvan de tekenen overduidelijk waren.

'Wat denk je nu? Zijn jullie wat aan het bekokstoven?'

'Natuurlijk niet. Wat zouden we moeten bekokstoven?' reageerde hij vermoeid. Elke dag leek zijn hoofd voller te worden. De hectiek van deze coronatijd was al heftig, Heleen deed de rest. Hij wist dat hij haar niet had moeten tegenspreken. Dat was het stomste wat hij had kunnen doen.

'Jij en Irene… Het is niet normaal hoe die vrouw nog altijd achter je aanloopt. Mijn vermoeden wordt steeds sterker dat jullie samen al iets hadden toen Giny nog leefde. Het kwam Irene best uit dat ze overleed, maar ze had er niet op gerekend dat ik voor je klaar zou staan. Eigen schuld, dikke bult, had zij dat maar moeten doen. Maar nee, het verwende jongste dochtertje speelt hele dagen met klei. Die gaat zich hier echt niet het vuur uit de sloffen lopen. Dat deed haar grote zus ook niet. Nu heb je het dankzij mij prachtig voor elkaar en nu willen jullie van me af…'

'Heleen, toe... Je weet dat je maar wat bij elkaar verzint.'

Ineens klemde haar hand zich als een bankschroef om zijn bovenarm. 'Je weet dat ik gelijk heb, maar ik hou je in de gaten. Wanneer je echt pogingen gaat ondernemen zal ik iedereen in deze stad vertellen wat een smerig spelletje jij en Irene hebben gespeeld. Ik zal de rechter hetzelfde vertellen. Als je ooit echt van me af wilt, laat ik niks, maar dan ook helemaal niks van je over. Van haar net zomin!'

Er liep een vertegenwoordiger binnen. Zonder iets te zeggen liep Heleen bij hem vandaan. 'Hé goedemorgen Björn!' hoorde hij haar opgewekt zeggen. Ze wachtte totdat hij via de aangegeven route bij haar was en nodigde hem uit om met haar mee naar kantoor te gaan. 'Wel op gepaste afstand natuurlijk,' hoorde hij haar zeggen. Björn lachte. Gerben zag de blik waarmee hij naar Heleen keek. Voor Björn was Heleen een charmante vrouw, een geweldige vrouw die van aanpakken wist. Heleen zou woord houden, wist hij. Ze zou hem helemaal te gronde richten als hij ooit zou proberen om bij haar weg te gaan. Dat haar verhaal over Irene en hem meer dan belachelijk was, deed daar niets aan af. Mensen zouden het geloven. Ze zou de gegriefde echtgenote spelen, de vrouw die alles voor hem had gedaan en die hij nu zomaar in de steek had gelaten. Er zou hem weinig overblijven.

Een oudere man liep langs hem heen en wees naar de grote ramen van het kantoor. 'Mooi geworden. Je hebt het goed voor elkaar!' Hij stak zijn duim in de lucht.

Gerben lachte en knikte. Dit was wat de buitenwereld zag. Zou iemand doorgronden hoe hij zich voelde? Er was de afgelopen jaren zoveel gebeurd, er waren steeds minder mensen die hij vertrouwde. Om hem heen liepen klanten, het aantal personeelsleden was de afgelopen tijd toegenomen. Zomerman van Boma was een begrip en Zomerman van Boma boerde goed.

Niemand keek achter de façade, niemand vermoedde zijn eenzaamheid.

Mist in zijn hoofd en elke dag overleven. Niemand zou hem geloven. Niemand leek ook maar het beste met hem voor te hebben.

Hij haalde diep adem en keek naar het grote raam waarachter Heleen stond, die nu vast al koffie voor Björn had gehaald. Lang niet alle vertegenwoordigers kregen die behandeling, maar Björn wel, net zoals er klanten waren voor wie Heleen zich het vuur uit de sloffen liep, net zoals de predikant aan wie Heleen steeds weer uitlegde dat Gerben dankzij haar weer in de kerk kwam, net zoals de voorkeur die Heleen voor Cato aan de dag legde. Fay deed nooit iets goed. Cato was haar prinsesje. Hij stond machteloos.

Wat dat betreft had hij niets meer te verliezen. Zijn dochters hielden afstand van hem, in de winkel had hij veel minder te vertellen dan iedereen dacht. Wat weerhield hem ervan om binnenkort tegen drie uur even naar buiten te lopen en de hoek om te gaan? Irene zou er zijn. Hij had zo zijn bedenkingen bij haar, maar ze hield zich altijd aan haar beloften.

Als Heleen het maar niet verdacht vond als hij uit het zicht van de camera's verdween. Daar moest hij nog iets op zien te vinden. Waarom had hij vijf jaar geleden geen einde aan hun relatie gemaakt na dat debacle in Ommen? In plaats daarvan was hij met haar getrouwd. Hij had gehoopt dat het daardoor weer zo tussen hen zou worden als in het begin.

Dat was de grootste denkfout van zijn leven geweest.

Hij had zichzelf altijd als redelijk intelligent beschouwd. Hoe had het hem kunnen overkomen dat hij nu helemaal vast zat als een vlieg in een web? Hij schaamde zich.

Hij schaamde zich als hij Irene zag.

Hij schaamde zich als hij Kiki en John tegenkwam.

Hij schaamde zich het meest voor Fay en Cato. Hij had hen een onbezorgde jeugd willen geven.

Hoe had hij zo dom kunnen zijn? De buitenwereld zou niet begrijpen dat een man als hij zich door een vrouw op de kop liet zitten. Hij durfde er niet eens over te praten. Hij schaamde zich voor iedereen om hem heen.

Bij de brede deuren van de ingang werd met stemverheffing gesproken. Kennelijk waren er weer mensen die weigerden zich aan de regels te houden. In deze tijd leek het slechtste van de mens boven te komen. In de supermarkten was het nog erger geweest. In het begin hadden mensen als gekken gehamsterd. Bizarre verhalen had hij erover gehoord. Mensen die toiletpapier uit de winkelwagentjes van anderen pikten toen het uitverkocht bleek te zijn.

Het slechte in de mens bevond zich onder een dun laagje beschaving.

De laatste tien jaar was hem dat heel duidelijk geworden.

Hij probeerde die gedachte van zich af te zetten en zette flink de pas erin om zijn personeel bij de ingang bij te staan. Zo was hij op zijn best.

20

Irene wiebelde van haar ene voet op de andere. Vandaag was het de achtste dag dat ze om klokslag drie uur een kwartier lang op de afgesproken plek bleef wachten. De etalage van de kringloopwinkel kende ze inmiddels uit haar hoofd. Wachten duurde lang en meestal liet ze het nog iets uitlopen. Stel je voor dat Gerben iets later kwam?

Er werd veel gewandeld in deze tijd. Ze herkende mensen die dagelijks dezelfde route namen en die haar ook herkenden en groetten.

Stel je voor dat Gerben heel lang zou wachten voordat hij kwam opdagen? Hoe lang hield zij het dan vol? Nog een week? Een maand? Een jaar? En als hij helemaal niet kwam?

Een kwartiertje per dag, had ze gedacht. Wat is nou een kwartiertje per dag? Ze wist nu dat minuten voorbij konden kruipen. Maurice had het een onzalig idee gevonden. 'Kun je echt niet stoppen met je te bemoeien met het leven van een man die ooit je zwager was, maar nu al jaren niets meer van jou of van je hulp wil weten? Zolang hij niet verandert, kun je ook niks voor je nichtjes doen, hoe graag je dat ook wilt.'

Gelukkig deed hij er verder niet moeilijk over.

Ze kon niet stoppen.

Het werd haar steeds duidelijker hoe Heleen misbruik van Gerben had gemaakt in een periode dat hij kwetsbaar was. Ze herkende het gedrag door alle literatuur die ze erover had gelezen. Het charmeoffensief waarmee ze Gerben had ingepakt. Heleen was daar prima in geslaagd. De dood van Giny was een buitenkans voor haar geweest. Ze kon inspringen op zijn behoeften. Er moest voor Cato en Fay worden gezorgd. Zij pakte het op. Gerben was altijd een prima ondernemer geweest, maar na het overlijden van Giny werd alles anders. Heleen nam de leiding. Ze kwam met nieuwe ideeën, stimuleerde hem. Ze leek de perfecte vrouw.

Langzaam maar zeker had ze hem verder ingekapseld. Met leugens en insinuaties vervreemdde ze hem van de mensen die hij liefhad, van zijn medewerker met wie hij al jaren prima samenwerkte. Zonder dat Gerben het in de gaten had, raakte hij meer en meer geïsoleerd. Heleen zorgde voor chaos in zijn hoofd door zich steeds voor te doen als slachtoffer, terwijl ze dader was. Alles zou bij Gerben worden teruggelegd. Wanneer zij de zaak in brand stak, zou ze hem aanwijzen als schuldige en ze kon zo goed liegen dat iedereen haar zou geloven. Naar de mensen die ze belangrijk vond omdat ze nog iets voor haar konden betekenen was ze vriendelijk. In hun ogen bleef ze die geweldige vrouw.

Sinds hun huwelijk was het erger geworden, veel erger.

Irene herinnerde zich nog hoe hij op een avond zomaar bij haar ouders op bezoek was gekomen, vlak nadat ze een weekend naar Ommen waren geweest. 'Ik wil niet dat jullie het van iemand anders horen. Heleen en ik gaan binnenkort trouwen. We doen het in stilte, alleen getuigen erbij.' Ze was er niet bij geweest, maar haar moeder vertelde dat Gerben helemaal niet de indruk maakte van een man die ging trouwen met de vrouw van wie hij hield. Misschien is het anders als je voor de tweede keer trouwt, had haar vader bedacht.

Haar ouders waren meer overstuur dan ze wilden toegeven. Zij ook. Ze had woorden gebruikt die ze zich nooit eerder hardop had horen zeggen. Ze waren niet uitgenodigd voor hun huwelijk. Een huwelijk dat gebaseerd was op leugens, wist ze inmiddels duidelijker dan ooit.

Besefte Gerben dat? Durfde hij dat tot zich door te laten dringen? De afgelopen jaren had ze meer dan eens geprobeerd met hem erover te praten. Steeds had hij het weggewuifd. Ze hoefde zich geen zorgen te maken. Hij kon Heleen wel aan en ze deed veel voor hem in de winkel. Hij zou niet weten wat hij zonder haar moest. Wist ze eigenlijk wel hoe eenzaam Heleen was?

Ze had gelezen over het Stockholmsyndroom waar de dader door het slachtoffer ook als redder werd gezien. Kwam het daardoor dat Gerben zo reageerde of lagen er andere oorzaken aan ten grondslag? Ze realiseerde zich dat ze veel wist, maar ook nog heel veel niet.

De zon prikte op haar armen. Het was warm voor de tijd van het jaar. Voor de zoveelste keer keek ze op haar smartwatch die ze op haar laatste verjaardag van Maurice had gekregen. Het was bijna kwart over drie. Dit keer was ze niet van plan om tot tien voor half vier te wachten.

Heleen zuchtte. 'Nu sla je weer die toon tegen me aan.' Ze sloeg haar ene been over het andere en keek demonstratief via de grote ruit naar beneden. 'Waarom kun jij nou nooit iets normaal zeggen?'

'Volgens mij zei ik het normaal. Ik vroeg je gewoon wanneer je die afspraak had gemaakt, omdat ik er niks van wist.'

'Je was erbij!'

'Nogmaals: ik was er niet bij!'

'Zie je? Daar gaan we weer. Je reageert altijd zo agressief als ik je gewoon vertel hoe het in elkaar steekt.'

'Nee, zo steekt het niet in elkaar. Ik wist niks van die afspraak af! Denk je dat ik het me niet zou herinneren als je me had verteld dat de directeur van onze formule komt? Gerjan Janssen stond vanmorgen ineens voor m'n neus en ik was nergens op voorbereid.'

'Je moest eens weten hoeveel jij de laatste tijd vergeet.' Heleen sloeg haar armen over elkaar. 'Wil je dat ik een paar dingen opnoem?'

'Je weet dat ik dit niet ben vergeten. Je hebt het niet aan me doorgegeven en het staat ook nergens in m'n agenda.' Hij wist het zeker.

'Ik vind het zo jammer dat het altijd op deze manier moet aflopen. Altijd weer dat harde, agressieve toontje. Op die manier kan ik niet normaal met je praten. Ik vind het jammer, want je weet hoe gevoelig dat voor me ligt.'

Hij balde zijn handen tot vuisten. Soms zou hij haar willen slaan. Er was geen sprake van dat hij deze afspraak vergeten zou zijn, daar was hij absoluut zeker van. Heleen had gelijk met haar opmerking dat hij de laatste tijd veel vergat. Het kwam door zijn hoofd vol chaos. Steeds vaker kreeg hij het idee dat hij niet meer helder kon nadenken, maar dit zou hij zich hebben herinnerd. Vanmorgen was hij werkelijk geschrokken toen Gerjan ineens zijn kantoor kwam binnenlopen. 'Je vrouw had al gezegd dat ik je hier kon vinden.'

Toen hij naar beneden keek, zag hij Heleen. Ze keek ook naar hem en rond haar mond speelde weer dat ellendige glimlachje.

Hij haalde diep adem, schudde zijn hoofd en liep bij Heleen vandaan. Achter hem knalde de deur in het slot. Snel keek hij op zijn horloge. Het was bijna kwart over drie. De afgelopen week had hij er elke dag aan gedacht, maar tegen drie uur was er altijd iets aan de hand waardoor het onmogelijk was om er ongemerkt tussenuit te glippen. Dit was het moment.

Als Heleen hem nu maar niet achterna kwam.

Zonder er nog lang over na te denken, liep hij naar buiten. Hij zweette toen hij met grote stappen langs zijn zaak liep, en via de woonwinkel nog een eindje verder totdat hij bij de kringloopwinkel de bocht omging en de camera's hem niet langer konden volgen.

Absurd, schoot het door hem heen. Het was absurd dat hij hier liep als een man die iets op z'n kerfstok had, alleen omdat Irene hem had gevraagd te komen. Hij wist niet eens precies waarvoor. Waarschijnlijk zou ze weer over narcisme beginnen. Hij had een hekel aan dat woord. Soms las hij er vluchtig over als Heleen even niet in de buurt was, maar hij kon zich nooit concentreren, in zijn angst dat ze ineens zou opduiken. Hij ontdekte Irene die net aanstalten maakte om te vertrekken. Hij durfde niet eens haar naam te roepen, keek achterom of Heleen echt niet achter hem aankwam en liep met grote stappen naar haar toe.

'Goddank!' Ze leek het uit de grond van haar hart te zeggen. 'Je bent er!'

'Wat wil je?' informeerde hij kortaf, gespannen als een veer.

'Heleen heeft ontzettend veel gelogen.' Irene gaf hem een envelop. 'Lees de brief en zorg dat je die daarna weggooit.' Zwijgend keek hij haar aan, terwijl hij de envelop haastig in zijn broekzak frommelde. Straks moest hij er zo snel mogelijk een andere plek voor vinden. Heleen zou vanavond zijn broekzakken doorzoeken. 'Je hebt hulp nodig,' hoorde hij Irene zeggen. 'Gerben, ik weet waar je in zit. Vertrouw me alsjeblieft.'

Voor de eerste keer wimpelde hij haar woorden niet direct af. Ze drongen nauwelijks tot hem door. Koortsachtig overlegde hij alweer bij zichzelf hoe hij straks het beste terug kon gaan. Na een rondje rond de gebouwen zou hij de winkel binnenstappen alsof er niets aan de hand was. 'Ik moest even weg,' zou hij tegen Heleen zeggen. Misschien hoefde hij helemaal niets te zeggen en zou ze hem doodzwijgen tot hij er stapelgek van werd en haar alles wilde beloven wat ze wilde.

'Ik ga gauw verder. Dank je wel voor je bezorgdheid.' Hij glimlachte flauwtjes. 'Maar maak je niet te bezorgd. Ik red me wel.' Heel snel legde hij een hand op haar arm. Hij zag tranen in haar ogen. 'Niet doen... Dat ben ik niet waard.'

Snel liep hij verder.

Een paar feiten: Heleen heeft echt op de afdeling communicatie bij de gemeente gewerkt, maar ze is ontslagen omdat onder haar leiding de werksfeer merkbaar verslechterde. Ze hield zich niet aan afspraken en duldde geen tegenspraak. Onder haar leiding werden medewerkers gepest. Er was sprake van hoog ziekteverzuim. Tijdens gesprekken over haar functioneren nam Heleen nooit verantwoordelijkheid, maar legde de schuld van haar falen bij anderen.

Onbewust had Gerben zijn adem ingehouden, nu liet hij die langzaam ontsnappen. Zij kwam er op die afdeling niet tussen, haar ideeën werden niet op prijs gesteld, had Heleen gezegd toen ze bij hem kwam solliciteren. Hij herinnerde zich dat hij had getwijfeld of hij haar wel aan moest nemen, ondanks de capaciteiten waarover ze uitweidde. Nadat hij haar had afgewezen, liet ze het er niet bij zitten. Brutaalweg stond ze twee weken later weer op de stoep. Hij had het als een teken van doorzettingsvermogen beschouwd. Uiteindelijk was dat de reden dat hij met de hand over zijn hart had gestreken.

Voordat ze bij de gemeente werd aangenomen, was Heleen leidinggevende bij een groot schoonmaakbedrijf. Hier hadden dezelfde problemen zich afgespeeld. Kort voordat het daar escaleerde, hield Heleen de eer aan zichzelf. Ze had bij de gemeente gesolliciteerd en werd er aangenomen. De personeelsfunctionaris van het schoonmaakbedrijf heeft de gemeente niet van de problemen op de hoogte gesteld toen daar navraag werd gedaan.

De letters dansten voor zijn ogen. Hij kreeg de neiging om het papier in duizend kleine snippertjes te scheuren en er nooit meer naar te kijken, maar iets in hem zei dat het belangrijk was dat hij door bleef lezen. Hij moest nu alles weten.

Nadat Irene over meer van dergelijke problemen tijdens twee administratieve functies bij andere bedrijven had geschreven, verontschuldigde ze zich.

Het spijt me dat ik je deze dingen moet schrijven. Eerlijk gezegd heb ik Heleen nooit vertrouwd, maar aan dit soort dingen had ik nooit gedacht. Zoals ik in het begin van deze brief schreef, kwam het op m'n pad. Je kent mijn vriendin Linda vast nog wel. Ze is inmiddels getrouwd met Onno. Bij hen thuis trof ik een vriend van Onno die bij de gemeente had gewerkt in ongeveer dezelfde periode als Heleen. Het kwam zomaar in me op om hem ernaar te vragen.

Zijn handen trilden. Voortdurende hield hij de ingang in de gaten. Heleen moest even een paar boodschappen doen. Ze kon haast nog niet terugkomen, maar toch was hij verschrikkelijk nerveus. Bijna een week geleden had hij de brief van Irene gekregen. Niet eerder had hij eraan durven beginnen. Op het moment dat ze had aangekondigd dat ze naar de boekhandel en de supermarkt wilde, had hij zijn kans schoon gezien.

Over haar relatie: misschien vind ik dit nog wel het lastigste onderdeel. Nadat ik had gehoord dat ze had gelogen over haar werkzame leven, kon ik niet anders dan verder zoeken. Waarom zou ze ook niet over haar huwelijk hebben gelogen? Van jou had ik begrepen dat haar ex-man haar slecht had behandeld. Via de vriend van Onno kwam ik hem op het spoor. Hij was opgelucht omdat hij eindelijk met iemand kon praten die hem serieus nam. Ik ben er wel drie uur geweest. Hij vertelde dat hij tijdens hun huwelijk een eigen klussenbedrijfje had. Heleen deed de administratie naast haar gewone werk. Op het moment dat ze in de gaten had dat haar man haar gedrag niet meer pikte en wilde scheiden, bleek dat ze een groot deel van het geld naar een geheime rekening van zichzelf had doorgesluisd. Ze ging vervolgens naar de rechtbank omdat ze meende nog een heleboel geld van haar man tegoed te hebben. Daaruit volgde weer een heleboel ellende. Het ongelooflijke gebeurde en Heleen werd in het gelijk gesteld. Het bedrijfje van haar man is failliet gegaan.

Nogmaals Gerben: het spijt me dat ik je dit aan moet doen, maar ik kan niet anders. Zoals Heleen haar eerste man helemaal heeft kaalgeplukt, zo zal ze dat bij jou ook doen als ze ooit merkt dat je gevoelens voor haar veranderen. Haar ex-man wil ook wel met jou praten en als het nodig is, wil hij voor je getuigen.

De letters dansten. Een leugen, dacht hij . Eén grote leugen, dat was zijn relatie met Heleen.

Nog eens screenden zijn ogen de ruimte onder hem. Hij zag Elena, die inmiddels al elf jaar bij hem werkte, achter de kassa zitten. Christine mengde verf met de daarvoor bestemde machine. Klanten hielden zich keurig aan de looprichting zoals die in de paden stond aangegeven. Van Heleen geen spoor, en toch had hij het idee dat ze naar hem keek, dat ze zag waar hij mee bezig was, alsof haar ogen hem overal volgden, zelfs als ze er niet was. Hij las verder:

Misschien geloof je me niet. Misschien kun je niet geloven dat Heleen tot zulke dingen in staat is. Dat is aan jou. Op het moment dat je haar doorziet, als je uit die onzichtbare gevangenis wilt ontsnappen, laat het mij dan op de een of andere manier weten. Zorg dat Heleen niets aan je merkt. Doe zoals je altijd doet zodat ze niet in de gaten krijgt dat er iets in je is veranderd. Pa en ma willen je helpen. Ik kan dingen voor je doen die je zelf niet kunt omdat Heleen dat zou merken. Maurice staat ook voor je klaar. Het is aan jou, Gerben. Laat hier een einde aan komen, niet alleen voor jezelf, maar vooral voor Fay en Cato. Je hoeft het niet alleen te doen. We zijn er voor je.

Hij voelde zich misselijk, stak de brief in de envelop en na nog een blik door de glazen ruit te hebben geworpen, stak hij die heel klein opgevouwen in zijn broekzak. Hoe kon hij die zo snel mogelijk kwijtraken? Op dat moment zag hij haar bij de ingang. Ze onderhield zich met een van zijn personeelsleden die daar stond om alles in goede banen te leiden, maar keek ineens naar boven. Zelfs vanaf deze afstand leek ze dwars door hem heen te kijken. De brief brandde in zijn broekzak en tegelijk voelde hij een intense woede die hem zelf bang maakte. Wanneer ze nu binnenkwam, zou hij zich niet kunnen beheersen. Zonder verder na te denken liep hij naar beneden, riep naar Heleen dat hij zich niet lekker voelde en een frisse neus ging halen en voordat ze kon reageren, was hij al via het smalle gangetje naar de personeelsingang verdwenen.

Gerben wist niet meer hoe hij er was gekomen, maar toen hij een poos doelloos door de straten had gelopen, de brief had verscheurd en de snippers in een prullenbak had gegooid, ontdekte hij de geopende deur. In een opwelling was hij ernaar binnen gelopen. Even was hij blijven staan, alsof hij niet goed wist wat hij hier nu moest. Ooit was hij met Giny elke week naar de kerk gegaan. Sinds haar dood was dat snel minder geworden en met Heleen was het één groot toneelspel. Nu zat hij ineens in de rooms-katholieke kerk een beetje versuft naar de kaarsjes te kijken die brandden voor het grote kruisbeeld.

Hij sloot zijn ogen en voelde zich overspoeld door een immense wanhoop.

Heleen... Hij zag haar zoals ze in het begin was geweest, een vrouw op wie hij zo kort na het overlijden van Giny verliefd was geworden, die alles in zich had waarnaar hij zijn hele leven had verlangd. Een vrouw die naast hem stond, die hem voorttrok, opbouwde, een droomvrouw, die was veranderd in een nachtmerrie. Leugens... allemaal leugens... Ze had gelogen over haar werk, over haar huwelijk, waarschijnlijk was ze vroeger ook nooit gepest. En over Irene... Hij durfde er niet eens aan te denken. Alles wat ze had verteld was een grote leugen geweest. Waarom?

Wat had hij haar gedaan?

Samen, had hij gedacht. Ze zouden alles samen doen. Giny wilde niets van zijn winkel weten, maar Heleen dacht mee en werkte hard. In werkelijkheid had ze hem ingesponnen zoals een spin zijn prooi en hij had er niets van gemerkt. Hoe naïef kan een mens zijn? Hoe had hij het zover kunnen laten komen? Zijn dochters waren van hem vervreemd, en hij had het laten gebeuren. Heleen nam langzamerhand steeds meer de regie in zijn zaak. Nieuwe systemen, camera's, afluisterapparatuur op kantoor. Zonder dat hij het merkte, had het zich tegen hem gekeerd.

Wanneer hij haar nu duidelijk zou maken dat hij het zo niet meer wilde, zou ze niets van hem overlaten. Als hij wilde scheiden, zou ze de rechter bespelen, zoals ze ook Gerjan Janssen had bespeeld, zoals ze hun accountant bespeelde, zoals ze elk mens bespeelde die voor haar van waarde kon zijn.

Scheiden...

Hij kon niet van haar scheiden. Hoe moest hij verder?

Hij wilde niet meer leven.

Die gedachte beangstigde hem. Hij mocht zo niet denken. Fay en Cato waren er. Zijn dochters die hij samen met Giny had gekregen. Het was beter geweest als hij toen was gestorven in plaats van Giny. Zij zou veel beter voor de meiden hebben gezorgd dan hij. Hoe kwam hij hier uit? Om zijn dochters ging het. Hij had hen hierin meegesleept en hij wist niet hoe hij hen kon bevrijden. Elke oplossing die hij bedacht, wierp ook weer een onmogelijkheid op. Schuldgevoel overspoelde hem. Er leek geen uitweg.

Irene bedoelde het goed, maar ze had geen idee waar ze het over had toen ze schreef 'We zijn er voor je'.

Hij haalde diep adem, opende zijn ogen en vroeg zich af wat hij hier deed. In zijn hoofd speelde zich een film af van alle momenten waarop Heleen hem had vernederd, de manier waarop ze naar hem kon kijken, zodat hij zich een absolute nul voelde, haar vileine glimlachje dat hij zo haatte. Hij had steeds gehoopt dat het beter zou worden, dat de liefde van het begin terug zou keren als hij maar goed zijn best deed.

'Pap, waarom laat je mama dat tegen je zeggen?' had Fay vorige week nog aan hem gevraagd toen Heleen hem een waardeloze vent had genoemd waar de tweeling bij zat. Heleen stond erop dat Fay en Cato haar mama noemden. Om de lieve vrede had hij haar daarin gesteund. Om de lieve vrede had hij alles voor haar gedaan, maar het was nooit genoeg. Er kwam altijd een moment dat ze ontplofte, dat ze hem doodzweeg.

Om de lieve vrede.

Er was nooit vrede geweest.

Kon hij maar oplossen in het niets.

Gedachten buitelden door elkaar heen, de een volgde de ander op, onsamenhangend, wanhopig.

Hij boog zijn hoofd, bedekte zijn gezicht met zijn handen. Kaarsjes flakkerden, hun licht straalde uit naar de Christus aan het kruis, Die met ogen vol mededogen op hem neerkeek.

Hij zag het niet.

21

'Wat hebben we de tafel weer netjes gedekt. En gelukkig zijn we de Marmite niet vergeten.' Heleens stem droop van sarcasme. Met een theatrale zucht dook ze in het keukenkastje, graaide op de plank waar alle beleg normaal gesproken stond, trok haar voorhoofd in diepe rimpels toen daar geen Marmite bleek te staan en leek ineens iets te bedenken. Haar hand ging een plank hoger en haalde daar de Marmite achter een stapel schoteltjes vandaan.

'Die heb ik daar gisteren niet neergezet,' zei Cato meteen. 'Echt niet!' Ze keek naar Fay. 'Jij zeker?'

Fay schudde haar hoofd, maar ze zei niets. Heleens blik priemde zich in de hare. Fay sloeg haar ogen neer.

'Volgens mij heb ik het je er gisteren zelf neer zien zetten.' Gerben gloeide van stille woede. 'Altijd dat gezeur van je over kleinigheden en dan ook nog de schuld bij een ander leggen.'

'Wat bezielt je?' Heleen ontplofte. 'Moet je mij hier voor gek zetten waar die snotneuzen bij zijn?'

Gerben gebaarde naar de tweeling dat ze naar boven moesten gaan. Hij zag hoe Cato snel twee krentenbollen van de schaal pikte. Fay liep met gebogen hoofd achter haar aan. 'Ik wil hier niet meer wonen,' ving hij nog net op. Er gebeurde iets in hem. Heleen overlaadde hem met een heftige, beangstigende woede, maar die deed hem ineens weinig. Golven van verdriet sloegen over hem heen omdat hij dit zijn kinderen aan deed, omdat hij niet bij machte was om dit te stoppen zonder dat het verregaande consequenties zou hebben voor zijn winkel, voor alles waar hij keihard voor had gewerkt, voor alles wat hem dierbaar was.

Ruim twee weken geleden had hij de brief van Irene gelezen. Sinds die tijd keek hij met andere ogen naar Heleen. Hij walgde van haar, hij walgde van haar haarborstel op de rand van de toilettafel, van de manier waarop ze liep, van haar stem en van haar geur. Wanneer hij aan anderen zou vertellen wie Heleen werkelijk was, zouden ze hem niet geloven. Iedereen zag haar masker van charme, van de harde werker, van de vrouw die de zaak van Gerben Zomerman naar een hoger plan had getild. Alleen als je van dichtbij meemaakte hoe ze kon ontploffen, hoe haar sarcasme je neersabelde, hoe ze alles van je afnam waaraan je ooit plezier had beleefd, zou je beseffen dat er met deze vrouw iets helemaal verkeerd was. Ze was maar bij enkele personeelsleden in zijn winkel geliefd. Dat waren de mensen die ze nodig had, die haar informeerden welke collega iets negatiefs over haar had gezegd, iets verkeerd had gedaan, of zich niets van haar aantrok. Zij kregen complimenten en aandacht. Elena verbeeldde zich dat ze de vriendin van Heleen was. Ze moest eens weten hoe Heleen haar achter haar rug om belachelijk maakte. De meeste werknemers probeerden haar zoveel mogelijk te ontwijken. 'Dat mens spoort niet,' had hij eens een van de zaterdagkrachten horen zeggen. De jongeman was zich rot geschrokken toen hij ineens Gerben had gezien, maar hij had net gedaan alsof hij het niet had gehoord. Niemand morde in de openbaarheid, niemand sprak hem of Heleen op haar gedrag aan, bang als ze waren om haar sarcasme over zich heen te krijgen of erger, om hun baan kwijt te raken. Onvoorspelbaarheid maakt angstig. Hij wist er alles van.

Zwijgen, pappen, nathouden en vooral aanpassen zodat de vrede bewaard bleef. Het lukte hem zelden. Soms zou hij het van de daken willen schreeuwen, maar hij zweeg. Het zou zich tegen hem keren.

Gerjan Janssen zou hem niet geloven. Vertegenwoordigers als Simon Stefansson en Björn Huurman zouden het hem zeer kwalijk nemen als hij ook maar iets verkeerds over Heleen zou zeggen, collega-ondernemers, klanten en vrienden liepen met Heleen weg. Niemand zou iets van de spanning begrijpen die hem sinds zijn leven met Heleen doorlopend vervulde, hoe zijn hoofd niet meer mee wilde werken, hoe hij steeds vaker geen idee had hoe hij verder moest. 'Hij is wat overwerkt,' had Heleen zelf als diagnose gesteld. Bovendien zou hij de dood van Giny nooit helemaal goed hebben verwerkt. Hij was labiel. Het was goed dat zij hem steunde in zijn werk.

De tornado van woede raasde verder.

De brief van Irene had hem de ogen geopend. *Je hoeft het niet alleen te doen,* had ze geschreven. *We zijn er voor je.* Ze had het goed bedoeld, maar ze had geen idee waar ze het over had. Irene dacht dat ze wist in welke situatie hij zich bevond, maar ze had het mis. Ze wist nog niet de helft van wat zich in zijn winkel en huis allemaal afspeelde. Heleen zou niets van Irene en haar ouders heel laten. Gewetenloos zou ze hen zwart maken bij iedereen die het wilde horen. Hij kende haar inmiddels wel zo goed dat hij daarvan overtuigd was. Irene en haar ouders leefden in een liefdevolle wereld. Het zou geen moment in het hoofd van Irene opkomen om ook maar iemand met opzet kwaad te doen, en dat gold voor Kiki en John net zo goed. Hij kon hen er niet mee belasten. Hij moest hier alleen een weg in vinden, een uitweg zoeken. Alleen, zoals hij het altijd had gedaan.

'Ik snap niet waarom je me dit aandoet!' raasde Heleen door. 'Ik weet niet wat er in je gevaren is. Je bent zo veranderd!'

Irene had geschreven dat hij het niet moest laten merken als hij uit zijn onzichtbare gevangenis wilde ontsnappen. Zover was hij nog niet eens, maar nu al merkte ze de verandering in zijn gedrag. Het maakte hem doodsbang en toch wist hij dat hij zo niet door kon gaan. Hij zou zijn dochters anders helemaal kwijtraken. Hoe kwamen ze hieruit? Hij piekerde al zolang. Met elke oplossing doemde ook weer een muur op. Niets zou zonder consequenties zijn.

'Hoe denk je dat dit voor mij is?' beëindigde Heleen haar tirade. Ze schoof aan tafel. 'Komen de meiden niet eten?'

Alsof er niets was gebeurd.

'Had je nou echt gedacht dat Gerben hier snel op de stoep zou staan?' Maurice schudde zijn hoofd. 'Ik verwacht dat hij helemaal niet komt.' Hij zat naast Irene op de bank, zijn arm om haar heengeslagen. Af en toe leunde hij naar voren om een slok rosé te drinken. Het was een goede rosé, die hij met zorg in de slijterij had uitgezocht, wist Irene. 'Voor jou is het beste nog niet goed genoeg,' zei hij altijd gekscherend als ze er een opmerking over maakte dat het van haar allemaal niet zo duur en moeilijk hoefde. 'Het is aan mij niet besteed,' meende ze. Inmiddels wist ze dat hij het daar niet mee eens was.

Ze was dol op Maurice, maar ze kon er niet goed tegen als hij zulke dingen over Gerben zei. Hij kon niet begrijpen dat ze Gerben niet in de steek kon laten. Wie zou het anders voor hem opnemen, en voor Fay en Cato? Ergens begreep ze zijn cynisme ook wel. Hij reageerde niet anders dan de meeste mensen. Ze lazen erover, maar zagen het niet of ze zagen het wel, maar begrepen het niet omdat ze er te weinig van wisten. Vanaf het begin had ze opgemerkt hoe Heleen te werk was gegaan, maar dankzij de boeken van Linda was ze het gaan begrijpen, hoewel ze ook nog niet alles wist. Was Heleen werkelijk een narcist of viel haar stoornis onder psychopathie? Bij beide stoornissen was sprake van een beperkt ontwikkeld geweten. Heleen had schaamteloos gebruik gemaakt van de kwetsbaarheid van Gerben na Giny's dood. In de loop der jaren had ze gezien hoe Heleen het 'zelf' van Gerben had afgenomen, hoe hij zijn identiteit was kwijtgeraakt. Dat kon je toch niet als je nog iets van een geweten bezat? Voor haar maakte het verschil niets uit. Psychopathie of narcisme, alles wat goed was geweest had Heleen vergiftigd. Ze had Gerben haar donkere wereld in getrokken.

Gerbens reddende engel was een helleveeg gebleken. Haar vader had er een tijd geleden precies het goede woord voor gebruikt.

'Waarom reageer je niet?' hoorde ze Maurice verontwaardigd mopperen. 'Ik kan er niks aan doen dat het is zoals het is.'

'Ik had hoop omdat pa onlangs met een advocaat had gepraat die meer slachtoffers van narcisme onder zijn cliënten had. Hij zou Gerben verder kunnen helpen. Maar je hebt gelijk. Ik moet er niet te veel van verwachten.'

Ze zou het er voorlopig niet meer met hem over hebben, maar als iedereen bleef zwijgen zou er voor Gerben en zijn dochters zeker niets veranderen. Ze was niet van plan om op te geven.

Gerben ging achter zijn bureau zitten. Hij had nog een halfuur voordat hij een toezichthouder brandveiligheid van de gemeente rond zou moeten leiden. Het zou vooral om de woonwinkel gaan. Sinds de verbouwing voldeed de bouwmarkt in alle opzichten aan de voorschriften. Hij opende zijn mailbox en ontdekte dat er een aantal berichten waren binnengekomen die hij nog niet had gelezen, maar wel waren geopend. Heleen deed geen enkele moeite meer om te verbloemen dat ze in zijn mail rondneusde, alsof ze hem wilde provoceren. Gelukkig waren het zakelijke berichten en stond er niets bijzonders in. Een tijd geleden al had hij zijn schoonouders en Irene gevraagd hem niet meer te mailen of te appen omdat hij zogenaamd toch geen tijd had om te antwoorden. De werkelijkheid was dat alleen al de naam van Kiki, John of Irene bij Heleen als een rode lap op een stier werkte. Dagenlang moest hij het horen, steeds kwam ze erop terug, het liefst als hij aan het einde van de dag doodmoe in zijn bed rolde en zij dat nou juist het uitgesproken moment vond om hem er eens flink over door te zagen. Onvoorstelbaar hoe lang ze dat kon volhouden zonder moe te worden. Hij kreeg vaak het gevoel dat hij er knettergek van werd. Ze leek veel minder slaap nodig te hebben dan hij.

Hij haalde diep adem en probeerde uit de mist te komen die zijn denken vertroebelde. 'Zo jammer dat jij in je leven nooit iets zult bereiken.' De stem van zijn moeder dook op in de mist. Ze stond tegenover hem met zijn rapport in haar hand. Hij zat in de tweede klas van de havo en zou moeten doubleren. Haar vingers prikten op de cijfers, terwijl ze die hardop noemde: 'Nederlands een zeven, Engels een vijf, Frans een vier, wiskunde een zes… Waarom heb ik toch zo'n dom jongetje gekregen?' Ook op de middelbare school had hij veel te weinig tijd om te leren. Wanneer er een toets voor hem op het programma stond, dwong zij hem om de middag en avond ervoor klusjes voor haar op te knappen. Het was nog een wonder dat hij een paar voldoendes had gehaald.

'Ik denk dat het verstand op was nadat ik drie intelligente jongens ter wereld had gebracht. Snap je wat dat voor mij betekent? Hoe het is om elke dag weer met zo'n dom jongetje te worden geconfronteerd?'

Waar was zijn vader geweest? In gedachten zat hij altijd zwijgend op de achtergrond, klein en murw gemaakt door zijn volmaakte echtgenote. Klein en murw… Hij zag zichzelf ineens zitten als Heleen tekeer ging tegen Fay en Cato. Vooral Fay moest ze altijd hebben.

'Zomerman?'

Gerben schrok op. In de deuropening stond Schaafsma, de toezichthouder brandveiligheid bij de gemeente. 'Ik had al een paar keer aangeklopt, maar kennelijk hoorde u me niet,' verontschuldigde hij zich.

'Wilt u eerst koffie?' Gerben probeerde weer een beetje tot zichzelf te komen. Beslist schudde Schaafsma zijn hoofd. 'In verband met corona sla ik de koffie overal af.' Het klonk als een terechtwijzing. Hij deed een stap naar achteren toen Gerben opstond en zijn kant uitkwam, alsof hij bang was dat Gerben de anderhalvemeterregel ook was vergeten.

Gerben deed alsof hij het niet zag. 'Dan zal ik u voorgaan naar de andere winkel. Misschien kunt u even opzij gaan, dan kan ik erlangs.'

Flauwekul, mopperde hij in zichzelf. Laat de gemeente dan een poos stoppen met die onzinnige inspecties. Maar nee, dat moest wel doorgaan. Hij wist nu al dat Schaafsma wel weer iets zou ontdekken wat aangepast moest worden.

'Fijn dat jij met meneer Schaafsma mee wilt gaan.' Heleen stond hem bij de deur beneden op te wachten. Ze legde een hand op zijn schouder en glimlachte vertrouwelijk.

Hij kon het bijna niet meer verdragen, en toch flakkerde in hem de angst op dat hij haar nooit los kon laten, omdat zij hem niet losliet, omdat ze samen ook zoveel goede dingen hadden meegemaakt, omdat ze zoveel voor hem had gedaan. Er waren momenten dat ze een klein meisje leek. Ze wist altijd weer zijn medelijden op te roepen. 'Ik heb niemand meer, Gerben. Alleen jou. Je weet hoe slecht ik ervoor heb gestaan voordat ik jou leerde kennen.'

Ze vernederde hem en als het nodig was, werd ze weer even de vrouw van het begin. Afstoten, aantrekken, afstoten... Hij was aan haar verslaafd geraakt, verslaafd aan de hoop dat het ooit weer zou worden als het was.

Tegen beter weten in.

Gelukkig nam Harry in de woonwinkel direct het gesprek met Schaafsma over. Hij wist niet meer wat hij moest zeggen.

22

De wereld was haar wereld niet meer. Kiki zat op het kleine bankje in de tuin nadat ze het gras had gemaaid en onkruid verwijderd, dat in deze tijd razendsnel groeide en de planten zou overwoekeren als ze niet ingreep. Ze hield ervan om sprietje voor sprietje het onkruid te elimineren, zodat de look met zijn paarse bollen en haar roze pioenrozen in volle schoonheid tot bloei konden komen. Het was haar lust en haar leven, nu misschien nog wel meer dan in normale tijden. Hier had ze invloed op. Zij kon ervoor zorgen dat haar fraaie planten niet van hun plaats werden gestoten door onkruid. Het gaf haar houvast in een wereld waar ze zich momenteel machteloos voelde. Goed leek overwoekerd te worden door kwaad, liefde door egoïsme, of was ze daar te gevoelig in geworden sinds ze haar kleinkinderen niet meer mocht zien? Raakten mensen in deze periode van coronamaatregelen niet zo van elkaar vervreemd als zij ervaarde? Was het haar gevoelige natuur die haar parten speelde? Ze voelde zich eenzaam, ondanks de vertrouwde aanwezigheid van John in haar leven en Irene die nog steeds regelmatig bij hen aanwipte, al was dat minder geworden sinds Maurice zijn intrede in haar leven had gedaan.

Het was eind mei, de zomer was in aantocht, de corona-maatregelen werden versoepeld en daardoor veranderde 'alleen' in 'iets meer samen' zoals de regering het zo mooi verwoordde. Maar hoe kon je 'samen' ervaren als mensen onderling anderhalve meter afstand moesten houden?

Haar zoons en hun familieleden bleven bij bezoekjes op afstand. Kiki had nooit beseft wat het met haar zou doen om haar gezinsleden niet te kunnen omhelzen. Overdreef ze?

'Het komt erbij,' had John van de week gezegd. 'Deze crisis en de maatregelen die genomen worden hakken er bij iedereen diep in, maar bij ons komt het nog boven op ons verdriet vanwege Fay en Cato.' John sprak er bijna nooit over. Af en toe meende ze dat hij zich erbij neer had gelegd, maar op momenten zoals deze begreep ze dat hij er ook mee worstelde.

Het doorlopende gedram van Irene over narcisme had haar geërgerd, maar nu verontrustte het haar dat Irene er bijna niets meer over zei, alsof zij het ook had opgegeven. Kennelijk had dat zogenaamde gedram haar toch nog enige houvast gegeven. Bovendien was ze er met andere ogen naar gaan kijken nadat John er voorzichtig in mee was gegaan. In één ding moest ze Irene volmondig gelijk geven: dit was niet meer de Gerben zoals ze hem jarenlang hadden gekend. Die Gerben zou nooit zijn kinderen bij hen weg hebben gehouden, die Gerben had er ook nog nooit zo slecht uitgezien.

Wat hadden ze Heleen gedaan dat ze zo wraak op hen wilde nemen?

Ze bad elke morgen en elke avond voor al haar kleinkinderen, maar het langst voor Fay en Cato. Wanneer ze eraan dacht wat Heleen hen aan kon doen, smeekte ze God om bescherming van haar kleinkinderen.

Van Irene hoorde ze veel meer over narcisme en psychopathie dan haar lief was en elke keer kreeg ze het gevoel dat de wereld donkerder werd. Waarom deden mensen elkaar dat aan? Hoe kon een vrouw dat haar man aandoen en zijn kinderen die hun moeder moesten missen?

Waarom hield dat niet op? Kiki leunde voorover met haar ellebogen op haar knieën. Ze steunde haar hoofd in de handen.

En zij bleef zwijgen.

Al die tijd paste ze zich aan, ze had Heleen nooit een vlieg kwaad gedaan. Alles omwille van haar kleinkinderen. Wat had het haar opgeleverd?

Wat zeurde ze over die anderhalve meter bij haar andere kleinkinderen? Ze zou er alles voor over hebben om de tweeling op anderhalve meter afstand te kunnen zien. Als ze hen maar even kon vragen hoe het ging, of ze wel een beetje gelukkig waren. Of ze ooit nog aan Giny dachten of dat ze zich hun moeder niet of nauwelijks meer konden herinneren.

Waarom had ze het altijd maar zo gelaten? Waarom was ze zo bang voor Heleen? Hoe kwam het dat ze liever de leugens van Heleen had geloofd dan de waarschuwingen van haar eigen dochter? Wat zou Giny ervan hebben gezegd als ze zou weten hoe ze Fay en Cato in de steek had gelaten?

Ze zou haar nooit meer aankijken.

Terecht.

Ze zou haar dochter niet eens meer in de ogen durven kijken.

De zon voelde warm op haar gezicht. Haar bloes plakte aan haar rug.

Wat had ze toch gedaan?

Ineens stond ze op, liep resoluut naar de schuur om de stekker van de elektrische grasmaaier uit het stopcontact te trekken en de gebruikte spullen weer terug te zetten.

Bidden en werken was het toch? Ze kon niet langer doen alsof haar neus bloedde. Of het nu aan deze vreselijke coronatijd lag of niet, ze hield het zonder haar twee jongste kleindochters niet meer uit. Hoe lang was het geleden dat ze hadden gehoord dat zij van hen hield?

Misschien dachten ze wel dat ze hen had afgeschreven.

Met een bang kloppend hart, maar vastbesloten ontdeed ze zich van haar werkkleding, friste zich snel op en trok een jurk aan. Na haar make-up een beetje bijgewerkt te hebben en haar haren gefatsoeneerd, haalde ze haar fiets uit de schuur. Had ze laatst niet gezien dat Gerben de ledlampen in de aanbieding had? En anders verzon ze wel iets anders. In ieder geval zou ze niet eerder uit de winkel vertrekken voordat ze Heleen had kunnen vragen waarom ze hen dit aandeed. Het werd tijd dat Irene weer eens trots op haar was.

'Het ligt er aan wat u voor een doe-het-zelver bent,' zei Gerben. Hij monsterde de kleine, gezette vrouw die voor hem stond en hem had gevraagd naar de beste boormachine. Ze droeg een gedessineerde bloes op een keurige donkerblauwe rok en daaronder glimmende lakpumps. 'Wanneer u zo nu en dan eens een gaatje in een wand boort, zult u een andere machine nodig hebben dan wanneer u een echte klusser bent.' Hij maakte een grapje. Geen moment hield hij er rekening mee dat deze vrouw de boormachine zelf zou hanteren. Het zou wel een cadeau voor haar man zijn.

'Ik ben een doorgewinterde klusser.' Het klonk uitdagend.

Gerben zag kuiltjes in haar rode wangen. Hij vroeg zich af hoe oud ze zou zijn. Een jaar of vijfendertig, schatte hij, maar hij was zich ervan bewust dat hij er op dat gebied nog weleens naast zat. Ze was niet knap, maar ze straalde vrolijkheid uit en hij merkte dat hij daar de laatste tijd erg gevoelig voor was.

Hij probeerde zijn verrassing niet te laten merken. 'Dan zult u meer hebben aan een duurder type, maar dat zal u waarschijnlijk niet verbazen. Zelf ben ik nogal gecharmeerd van deze Makita boormachine.'

De vrouw hield keurig anderhalve meter afstand. Gerben legde rustig de mogelijkheden uit, bedacht ondertussen dat haar uiterlijk hem op geen enkele wijze het gevoel gaf dat ze daadwerkelijk zo'n klusser was, maar haar ter zake kundige opmerkingen en vragen bewezen het tegendeel. Dit was wat hij het liefste deed. Klanten adviseren en hen tevreden naar huis laten gaan. De laatste tijd was het daar veel te weinig van gekomen. Een heksenketel was het in de winkel geweest. Het leek erop dat heel Nederland nu vond dat alle karweitjes moesten worden aangepakt waaraan ze voor de coronatijd niet waren toegekomen. Voor zijn omzet was het een geweldige periode, maar hij had meer en meer het idee gekregen dat hij op de automatische piloot leefde. Klanten leken steeds kortere lontjes te krijgen. In de tijd dat elke klant alleen moest komen, had hij heel wat brandjes moeten blussen omdat er toch mensen waren die met z'n tweeën naar binnen wilden. Medewerkers bij de deur kregen soms nare dingen naar hun hoofd geslingerd. Om zijn personeel te ontlasten had hij er al gauw voor gekozen om een externe beveiliger in te huren.

'En Bosch?' wilde de vrouw weten. Haar vinger prikte in de richting van een andere machine. Vanuit zijn ooghoek zag hij Heleen naderen.

'Denk aan de anderhalve meter afstand,' zei ze waarschuwend, en voegde daar op mierzoete toon aan toe. 'Mijn man wil in zijn enthousiasme nog weleens wat te dichtbij komen.'

'Daar heb ik anders niks van gemerkt.' Hij zag de blik waarmee de vrouw Heleen opnam. 'Integendeel, ik ben erg tevreden over de manier waarop hij met de regels omgaat.'

Heleen zei niets meer. Ze liep door met kleine, woedende passen. Hij zou het straks moeten bezuren. Wat hij verkeerd had gedaan wist hij niet, maar het zou hem snel genoeg duidelijk worden. Kon hij de rest van de dag maar bij deze vrouw blijven. Ze lachte opgewekt. 'Uw vrouw is kennelijk erg zuinig op u.'

'Laten we het zo maar noemen,' reageerde hij en even voelde hij zich lichter.

Nu ze vlakbij de winkel was, hield Kiki in. Was het wel zo'n goed idee? Kon ze daar in die winkel wel rustig praten met Heleen? Van Irene had ze gehoord dat het de afgelopen tijd een gekkenhuis was geweest. Op het financiële vlak had deze crisis Gerben geen windeieren gelegd. Onderweg had ze gerepeteerd hoe ze Heleen wilde benaderen. Rustig en waardig, had ze gedacht. Ze wilde zelfvertrouwen uitstralen. Ze had het recht om van deze vrouw te horen waarom ze in de afgelopen acht jaar steeds meer van haar had afgenomen, hoewel ze Heleen vanaf het begin tegemoet was gekomen. Heleen moest toch begrijpen hoe moeilijk het was geweest om al zo snel een ander in de plaats van Giny te zien.

Volgens Irene kon je dat van iemand met een dergelijke persoonlijkheidsstoornis niet verwachten.

'Ze ziet er heel normaal uit, maar ze is het niet. Dat is het verwarrende. Wij denken dat ze net zoals wij denkt en daarom gaat het steeds fout. We zijn geen heiligen, maar zulke kwaadaardigheden als Heleen kunnen wij niet bedenken.'

Ze dacht eraan nu ze het parkeerterrein op fietste. Haar handen lagen klam rond het stuur. Was het niet bij voorbaat een kansloze missie?

Zou ze omkeren? Niemand wist toch van haar plannen? Niemand zou het haar kwalijk nemen.

Ze zou het zichzelf kwalijk nemen, wist ze en daarom reed ze door en zette haar fiets even later in een van de daarvoor bestemde klemmen naast de winkel. Rustig en waardig probeerde ze naar binnen te lopen, net zoals ze zich had voorgenomen.

Daarna verliep alles anders. Ze had er niet op gerekend dat ze Heleen meteen tegen het lijf zou lopen en ze was er ook niet op voorbereid dat alles wat ze zei en vroeg zich tegen haar zou keren. Vanaf het moment dat ze Heleens ogen ontmoette, was er van haar zelfverzekerde houding niets meer over. Die ogen deden niet mee toen Heleen allervriendelijkst informeerde of zij aan het klussen ging of dat ze iets voor John moest halen.

'Gloeilampen,' zei ze, en ze verbeterde zichzelf meteen. 'Ledlampen eigenlijk.'

'Weet je ze te vinden?'

Ze had geen idee. Heleen was zo vriendelijk om haar voor te gaan. Over haar gewone kleding droeg ze een hes in de groene kleur van Boma, waarop in grote letters het verzoek stond om anderhalve meter afstand te houden. De letters dansten voor Kiki's ogen.

Heleen liep een zijpad in en bleef staan. Met een weids armgebaar omvatte ze de collectie. 'Ledlampen in alle soorten en maten. Welke heb je nodig?'

'Ik kijk zelf wel even rustig. Het is voor de grote lamp in de kamer.' Ze zei maar wat.

'Ik heb niet het genoegen gesmaakt om heel veel bij jullie over de vloer te komen, dus dat weet ik niet.' Haar vriendelijke houding en zachte stem waren in tegenspraak met haar sarcasme.

'Dat ligt natuurlijk niet aan ons,' verdedigde Kiki zich. 'John en ik hebben je nooit een strobreed in de weg gelegd. Je was vanaf het begin welkom.'

'Jullie deden alsof, dat voelde Gerben net zo goed als ik. Ik deed m'n stinkende best, maar het werd me verboden om even in het atelier van Irene te kijken omdat ze er niet was. Voor Gerben was dat ook pijnlijk.'

'Je hebt het toch later samen met Irene gezien?'

'Het voelde als een motie van wantrouwen dat ik niet zonder haar mocht kijken. Er zou toch een van jullie mee zijn gegaan?'

Kiki knikte met tegenzin. Ze voelde zich een kleuter die werd terechtgewezen. Heleen was nauwelijks langer dan zijzelf was, maar ze leek langer.

'Wat had er mis kunnen gaan?' Er speelde een vilein lachje om Heleens mond. 'Ik was niet eens in de gelegenheid geweest om iets achterover te drukken, voor zover ik het al had gewild. Die zogenaamde kunst van Irene zegt me niks. Ik vind het een wonder dat er nog iets van wordt verkocht.'

'Het spijt me als je dat zo hebt gevoeld.' Automatisch begreep Kiki dat ze Heleen op dit moment het beste te vriend kon houden. 'Het was niet zo gemeend.' Ze pakte lukraak een doosje uit het schap. 'Volgens mij moet ik deze hebben.'

Heleen keek verbaasd. 'Dat lijkt me stug, maar jij zult het wel beter weten dan ik.'

Kiki beet op haar lip. Heleen had haar door. Hoe kon ze nu over Fay en Cato beginnen? Alles verliep anders dan ze had gehoopt en gedacht. 'Ik wil je iets vragen,' begon ze toch met de moed der wanhoop.

Heleen zweeg. Haar ogen waren gericht op iets wat zich achter Kiki bevond. Kiki had de neiging om zich om te draaien, maar ze durfde niet. 'Ik mis mijn kleindochters,' viel ze met de deur in huis.

'Waarom proberen jullie dat toch steeds weer?' Heleen dook een beetje in elkaar alsof Kiki iets vreselijks had gezegd. 'Jullie weten dat de tweeling dat niet wil. Aan Giny hebben ze geen goede herinneringen en aan jullie net zomin.' Ze pakte haar zakdoek en snoot haar neus. 'Sorry, maar ik vind het zo rot dat je er nu weer over begint.'

'Kiki, wat doe jij hier?' Gerben dook achter haar op en Kiki begreep nu dat Heleen hem aan had zien komen. Ze wilde zich verontschuldigen en de reden van haar komst uitleggen, maar Heleen was haar voor. 'Net zoals jij, heeft ze nog altijd de dood van Giny niet verwerkt,' hoorde Kiki haar zeggen. 'Ik weet niet wat haar bezielt, maar ze reageert het op mij af. Het is goed dat je niet hebt gehoord wat ze net allemaal heeft gezegd. Ik zal het niet herhalen. Jij geeft altijd zo hoog van Kiki op. Ze speelt het goed. Tegenover jou de lieve schoonmoeder uithangen. Ik geloof dat ik er niet meer tegen kan.'

Stomverbaasd zag Kiki hoe Heleen tranen onder haar ogen wegveegde. 'Ik snap niet hoe ze nog de brutaliteit heeft om hier zomaar binnen te lopen.'

Alle puzzelstukjes vielen op hun plek. De houding van Heleen die eerst neerbuigend was, maar hoe ze ineens in elkaar was gedoken toen Kiki over het gemis van haar kleindochters begon, het snuiten van haar neus, tranen die zomaar uit het niets leken te komen. Voor Gerben had het eruit gezien alsof zij iets vreselijks had gezegd. 'Ik heb niks verkeerds gezegd,' verweerde ze zich bedremmeld.

'Zie je nou hoe ze liegt? Zie je het nu eindelijk?' Heleens stem klonk licht hysterisch. 'Ze heeft geen idee hoe hard we de afgelopen maanden hebben gewerkt, hoe we op ons tandvlees lopen. Ze kan alleen maar aan zichzelf denken, net zoals Giny vroeger en net zoals de rest van die geweldige familie. Dit doet me zo'n pijn. Neem het nu een keer voor me op, Gerben. Altijd veroordeel je me. Durf nu ook eens over je schoonmoeder te oordelen. Je bent er te laf voor.'

'Kiki, het is beter dat je nu naar huis gaat.' Zijn stem klonk zachtjes en verontschuldigend. 'Het spijt me.'

'Het spijt je?' Heleen gaf het nog niet op.

'Het spijt mij ook.' Kiki keek Gerben aan. Heel even raakten zijn ogen de hare en ze schrok van zijn blik die het midden hield tussen leegte en wanhoop. Ineens hield ze het niet meer uit. Ze wilde teruglopen, werd tegengehouden door de snerpende stem van Heleen: 'Niet tegen de looprichting in!'

Bij de kassa herinnerde ze zich nog net dat ze een ledlamp moest afrekenen. Zwijgend betaalde ze. Buiten bij haar fiets kwamen de tranen. Ze wilde het niet, maar ze kwamen toch. Tranen van jaren.

23

De muziek stond te hard.

Ooit had Gerben van UB40 genoten. Nu herinnerde de stem van Ali Campbell hem aan alles wat kapot was gemaakt.

Waarom luisterde Heleen juist vanavond UB40? Meende ze dat hij op die manier terug in de tijd zou gaan en alle verwijten en woede van de afgelopen middag naar de achtergrond waren verdwenen? Gerben bleef bij de achterdeur staan. Hij wilde verdwijnen uit dit huis naar een plek waar Heleen hem nooit meer zou kunnen vinden.

Een plek waar vrede en veiligheid heersten en hij niet steeds zichzelf moest inleveren. Kon hij zijn kinderen maar meenemen om samen opnieuw te beginnen. Hij zou willen dat hij de tijd terug zou kunnen draaien met de wetenschap van nu. Nooit zou hij meer in de mooie praatjes van Heleen trappen. Hij zou weten dat achter die liefdevolle façade iemand anders schuilging, iemand met wie hij voor geen goud zijn leven wilde delen.

Er viel niets terug te draaien.

Meende Heleen dat ze nog iets goed kon maken van wat ze de afgelopen dagen had gedaan? Hij kende haar inmiddels.

Sinds de onverwachte komst van Kiki was het helemaal misgegaan. Kiki, zo noemde hij de moeder van Giny tegenwoordig. Kort na zijn huwelijk met Heleen had hij zich nog wel eens vergist, maar na een uitbarsting waarin ze hem verweet dat hij het expres deed om haar te vernederen, was hij erop gespitst om die fout niet meer te maken. Hij was geschrokken van Kiki's ontredderde blik vlak voordat ze de winkel verliet. 'Het spijt mij ook,' had ze gezegd, net zoals hij even daarvoor, alsof het hun schuld was. De afgelopen dagen was Heleen er steeds op teruggekomen. Heel lang was het hem gelukt om er niet op in te gaan, om Heleen geen voeding te geven zodat ze haar leegte kon vullen. Ze genoot ervan als hij uitviel.

Jarenlang had hij de schuld op zich genomen. Híj was te kort door de bocht geweest, híj was te gevoelig op bepaalde vlakken. Hij had gedacht aan haar jeugd, aan het pesten op school, aan haar slechte huwelijk, aan de baan waar ze niet serieus was genomen. Zíj kon er niets aan doen dat ze was zoals ze was. Zíj was beschadigd. Loyaliteit tot in het oneindige.

De brief van Irene had alles veranderd, en toch kon hij soms niet geloven dat het echt waar was. Al die jaren had hij geleefd met een vrouw die een grote leugen was.

Niet alleen hij had daaronder geleden. De blik van Kiki had hem dat vanmiddag bewezen, een oma die afgesneden werd van haar kleindochters. Hij was blijven geloven dat Heleen het beste voor Fay en Cato wilde. Nu wist hij dat ze alle argumenten alleen had gebruikt om hem en zijn kinderen bij John en Kiki weg te houden, totdat ze zelf niets meer van hem zouden willen weten.

En nu?

Vanmiddag was Heleen een poos in de woonwinkel geweest. Hij had beseft dat dit het moment was om Irene te bellen. Hij had gebeden dat ze thuis mocht zijn en zijn gebed was gehoord. Ze hadden afspraken gemaakt. 'Laat niks aan Heleen merken,' had Irene hem wel drie keer op het hart gedrukt. 'Probeer zo normaal mogelijk te doen. Ik denk erover na en zoek contact met die advocaat die ik via pa heb leren kennen. Zij zal ons vast wat praktische tips kunnen geven. Denk je dat je accountant betrouwbaar is? Misschien kan hij ook nog wat betekenen. Heleen moet geen kans krijgen om geld weg te sluizen, zodat je straks met een enorm financieel probleem zit.' Het was allemaal wat langs hem heengegaan. Alleen het feit dat er iets in gang zou worden gezet waar hij maar heel weinig controle over had, was duidelijk tot hem doorgedrongen. Wanneer hij daar goed over nadacht, werd hij doodsbang en tegelijk wist hij dat er geen weg terug was. Fay en Cato, dacht hij steeds. Voor hen moest hij sterk zijn. Sterker dan hij ooit geweest was.

Doe normaal. Dat is wat Irene hem op het hart had gedrukt. Daar hing op dit moment alles vanaf. Hij moest het volhouden totdat Irene een soort van vluchtweg voor hem en de kinderen had geregeld. Diep ademhalen en normaal doen.

'Hé lieverd, waar blijf je?' Heleen kwam de gang in. Ze monsterde hem van top tot teen. Hij had het idee dat ze zijn angst en schuldgevoel kon ruiken. Zijn stem klonk toegeknepen. 'Ik luisterde even naar dat liedje. We hebben het lang niet meer gehoord.'

'Ik wilde je vanavond verrassen.' Haar hand streelde zijn gezicht. 'Je houdt toch van UB40?'

Hij knikte en liep de kamer binnen. De tweeling was er niet.

'Ik heb Fay en Cato naar boven gestuurd.' Ze trok een raar gezicht. 'Je snapt wel dat de dames het daar niet mee eens waren, vooral Fay had weer een grote mond. Voor straf moeten ze boven blijven zonder tv te kijken en ik heb hun laptops mee naar beneden genomen.'

'Die hebben ze nodig voor hun huiswerk,' sputterde hij tegen.

'Dan hebben ze pech. Eigen schuld, dikke bult.'

Ze keek voldaan. Hij zou willen schreeuwen dat hij van haar leugens wist, dat hij het niet langer volhield.

'Ik heb het gezellig voor je gemaakt.' Ze leek een klein meisje als ze zo pruilde.

'Lief...' Hij kon het woord bijna niet uit zijn mond krijgen. 'Ik ga de meiden even welterusten zeggen. Daarna gaan we er samen van genieten.'

Hij hoopte maar dat ze geen toenadering tot hem zou zoeken. Hij zou haar afwijzen, hoe kwaad hij haar daarmee ook zou maken. Hij wilde het niet meer.

Nooit meer.

Irene had het idee dat iedereen die langs haar heen liep haar hart kon horen bonzen. Ze wiebelde van haar ene voet op de andere en bekeek aandachtig de leerlingen die op dit moment de school verlieten. Haar smartwatch gaf aan dat er al tien minuten verstreken waren na afloop van het laatste lesuur van Fay en Cato vandaag. Voor zichzelf ging ze de stappen nog eens na. Wanneer de les was afgelopen duurde het nog even voordat ze de klas uit zouden zijn, jassen zouden ze met het warme weer van vandaag niet mee hebben maar misschien waren er nog schoolvriendinnen met wie ze een praatje maakten, of mocht dat in deze tijd niet? In ieder geval was het ook nog mogelijk dat ze die laatste les op de bovenste verdieping hadden gevolgd, waardoor ze een paar trappen af zouden moeten. Daarmee was je maar zo vijf minuten verder. Ze hadden geluk dat de jeugd weer naar school mocht, anders had ze niet geweten hoe ze Fay en Cato uit de thuissituatie moesten krijgen. Als alles nu maar volgens plan verliep. Ze keek naar Maurice die schijnbaar ontspannen in de auto zat met het portier open. Hij knikte haar bemoedigend toe. 'Ze kunnen ons echt niet ontgaan. Twee meiden met lang, blond haar moeten wel opvallen, zeker nu er minder leerlingen zijn dan normaal.'

Hij had gelijk, en toch zou ze niet eerder gerust zijn dan als ze allebei in de auto zaten. Hun fietsen zouden achter op de auto meegenomen worden. Tijd verstreek.

'Ik zie er eentje,' hoorde ze Maurice ineens zeggen. 'Maar dat is waarschijnlijk iemand anders? Ze zijn toch altijd onafscheidelijk?'

En toch was het Cato met haar fiets. Irene zag het aan de knalblauwe jumpsuit, een kledingstuk dat Fay nooit zou aantrekken. Waar was Fay dan?

Ze rende naar de overkant. Cato wilde net op de fiets stappen toen Irene ineens naast haar stond. 'Cato, ik wil graag dat je met mij meegaat.' Ze hijgde alsof ze een berg had beklommen.

'Waarom?' Cato klonk niet bepaald toeschietelijk. 'Wat kom je hier doen?'

'Ik leg het je zo uit. Luister nu alsjeblieft en vertel me waar Fay is. Jullie mogen een poosje bij opa en oma logeren.'

'Alsof ik daar op zit te wachten, en waarom zo plotseling?'

'Cato, doe me een plezier en laat het me later uitleggen. Ga nou eerst mee naar opa en oma. Nogmaals, waar is Fay?'

'Die is altijd zo traag. Kijk, daar komt ze.'

Fay maakte geen moeilijkheden. Opgelucht haalde Irene adem. De eerste stap leek voorspoedig te verlopen. Met Gerben hadden ze overlegd dat de tweeling een poosje bij Kiki en John zouden logeren. Gerben verwachtte dat Cato nog wel zou tegensputteren. In vergelijking met Fay werd ze door Heleen verwend. Ze had meer sympathie voor haar dan Fay. Maurice stond al naast de auto. Hij nam de fietsen van de meisjes over en plaatste ze op de fietsendrager.

'Het lijkt wel een ontvoering,' giechelde Fay, en dat idee had Irene zelf ook. Alsof ze meespeelde in een thriller. Vanaf het moment dat Gerben haar negen dagen geleden had gebeld, voelde het alsof ze buiten zichzelf om handelde. Van tevoren had ze in het geheim contacten gelegd met een advocaat en met de accountant van Gerben. Met Maurice had ze doorgenomen wat de meest waarschijnlijke stappen van Heleen zouden zijn. Een zekerheid was dat ze geen duimbreed zou toegeven. Ze zou in het huis blijven wonen en ze zouden haar ook niet buiten de zaak kunnen houden. Er zou vast een rechter aan te pas moeten komen en de vraag was wat Gerben zou overhouden. Heleen kon zichzelf zo goed presenteren dat geen rechter zou geloven wat ze Gerben had aangedaan. Wanneer Irene er goed over nadacht, zonk haar de moed in de schoenen.

'We bidden ervoor,' zei haar moeder steevast als Irene haar twijfels uitte. 'We moeten niet denken dat we het alleen hoeven te doen.'

Ze probeerde er ook nu aan te denken. Stap voor stap, zei ze tegen zichzelf. Stap één was gezet. De meiden zaten in de auto. Gerben zou een smoes ophangen. Ze had nooit kunnen denken dat ze aan zoiets haar medewerking zou verlenen. Sterker nog, dat ze zelf met het idee was gekomen. Een idee van liegen en bedriegen, alleen om Heleen voor te zijn. Normaal zou ze Gerben even een appje sturen dat alles goed was verlopen, maar er was niets meer normaal. Als ze de kans kreeg, neusde Heleen in zijn telefoon. Waarschijnlijk zou Gerben haar die kans niet geven, maar zekerheid boven alles.

Maurice had de fietsen achter op de auto bevestigd, Fay en Cato zaten op de achterbank. Irene probeerde haar spanning weg te zuchten. Maurice ving haar blik. 'We doen wat we kunnen.'

Ze knikte, en stapte in de auto.

Onderweg naar haar ouders bleef iedereen zwijgen.

Gerben had het idee dat de angst van hem afstraalde. Hij snauwde zijn personeel af, kon zijn gedachten niet bij telefoongesprekken houden, was kortaf tegen zijn klanten en viel uit toen iemand tegen de verplichte looprichting inliep. Hij had het idee dat Heleen doorlopend naar hem keek. De dag vorderde maar langzaam. Tegen drie uur liep hij even naar huis en toen hij ontdekte dat daar niemand was, besefte hij dat het goed was gegaan en dat Fay en Cato nu bij Kiki en John waren. Hopelijk zouden ze het begrijpen.

Zou er iemand zijn die zou begrijpen waarom hij zijn vrouw ging verlaten? Hij was toch de zwakke schakel? Zij had hem overeind gehouden. Ze was zijn rechterhand. Hij kon alleen maar concluderen dat niemand hem zou begrijpen, sterker nog, ze zouden hem niet geloven.

Hij keek de kamer rond. Het was net alsof het huis leger leek nu hij wist dat Fay en Cato hier niet meer zouden komen. Vanaf vanavond was het zijn thuis ook niet meer. Heleen zou uit zichzelf niet vertrekken.

Na sluitingstijd moest hij het haar vertellen en hij wist nu al dat haar reactie niet zou meevallen. Angst groef zich dieper in zijn geest, en tegelijk was er de zekerheid dat hij zo niet langer door kon gaan, geen week meer, geen dag meer, en eigenlijk geen minuut meer. Hij haalde diep adem. Hij moest het nog even volhouden, en dan zou hij gaan. Ergens achter in de werkplaats stond een tas met noodzakelijke spullen, die hij stukje bij beetje heel voorzichtig uit huis had gesmokkeld. Aan papieren hoefde hij niet te denken. Heleen had alles in de kast in hun werkkamer opgeborgen, die kon worden afgesloten. Zij had de sleutel.

Wat zou hij over houden? Hield hij nog iets over? Denk verder, hield hij zich voor. Zijn kinderen waren het allerbelangrijkst. Daar draaide het allemaal om. Als hij dit niet voor zichzelf deed dan wel voor zijn kinderen. Alleen had hij eerder moeten vertrekken, veel eerder.

Schuldgevoel had nu geen zin. Als alles goed ging, zou hij vanavond zijn meiden kunnen omarmen. Hij zou hen kunnen uitleggen waarom hij deze stap moest zetten. Als ze het maar begrepen. Cato was de laatste tijd ronduit vijandig tegen hem. Stel je voor dat ze weigerde om Heleen in de steek te laten? En Fay? Hij was steeds heel erg overtuigd van Fay's loyaliteit geweest, maar was hij daarin niet te optimistisch?

Steeds meer bergen doemden op.

Hij dacht aan wat Irene tegen hem had gezegd. 'Denk niet te ver vooruit. We gaan stap voor stap. Het belangrijkste is die eerste stap, en die moet jij zetten.'

Die eerste stap, dacht hij steeds. Als ik die eerste stap maar heb gezet, dan zet zich iets in beweging en daarna is er geen houden meer aan, dan word ik meegezogen in de stroom en is er geen weg terug.

Die gedachte maakte hem misselijk, maar hij wist dat hij zich daardoor niet zou laten weerhouden.

DANKWOORD

Mijn dank gaat uit naar
Chris
Meindert
Nynke
Piet
Robin
Thierry
Seppe
Geertje Smit-Westerink, De Jeneverbes te Elburg, psychosociale hulpverlening
mijn dierbare vriendin Gonny

Hun eerlijke verhalen en hulp waren onmisbaar voor het schrijven van dit boek.

Meer weten over narcisme? https://verdwenenzelf.org

Geraadpleegde literatuur:

Bewonder mij! Overleven in een narcistische wereld, Eddie Brummelman, Uitgeverij Nieuwezijds, Amsterdam 2019

Destructieve relaties op de schop, Jan Storms, Ankh Hermes, Utrecht 2014

Herstellen van narcistische mishandeling, Iris Koops, Het Verdwenen Zelf, 2019 (Hier wordt naar verwezen in hoofdstuk 14)

Het Gaslight Effect, verborgen narcisme, Dr. Robin Stern, Ankh Hermes, Utrecht 2020

Je leven in eigen hand – verder na narcistische mishandeling, Iris Koops, Het Verdwenen Zelf, 2021

Loskomen Uit de greep van narcisme, Marion Lutke, Uitgeverij Sestra, Heerenveen 2020

Narcisme in relaties, Alice Vlottes en Daan Wienke, Van Duuren Management BV, Culemborg 2019 (Hier wordt naar verwezen in hoofdstuk 14)

Narcisme in organisaties, Alice Vlottes, Van Duuren Management BV, Culemborg 2021

SAMEN - DUET VAN HET ZWIJGEN 2

VERWACHT IN NOVEMBER 2022

Na de moeilijke tijd die Gerben heeft doorgemaakt, is het tijd voor een nieuwe start. Hij besluit zijn bouwmarkt te verkopen en te verhuizen, zodat hij opnieuw kan beginnen. Dit gaat echter moeilijker dan verwacht. Gerben blijft moeite hebben met zichzelf openstellen en mensen in vertrouwen nemen. Hij begint een nieuwe zaak, maar ook hier komen de nodige problemen. Gelukkig is daar Alma. Met haar durft hij zijn problemen te bespreken en zij is bereid hem te helpen. Langzaamaan krijgen ze een steeds persoonlijkere relatie.

ISBN: 9789020545654 | ISBN e-book: 9789020545661 | 224 pagina's | Uitgeverij Zomer & Keuning